# 權力巔峰

SUPREME POWER

## 卷7 雷霆專案

夢入洪荒 著

# 目錄

Contents

# 第一章

# 雷霆行動

柳擎宇拿出手機撥通好兄弟黃德廣的電話：「德廣，你那邊準備得怎麼樣了？」

黃德廣接到電話，立刻笑著說道：「老大，放心吧，我這邊一切準備就緒，就等你最後的指示了。」

柳擎宇點點頭：「好，立刻採取雷霆行動！」

當著眾人的面，董浩拿出手機，聯繫自己的嫡系人馬去打探消息，以便於採取行動。

然而，董浩電話打了好幾個，得到的回覆卻是周志東根本就沒有在公安局的掌控中，到底人在哪裡，市局的幾個副局長根本就不清楚，下面的人就更不用提了。

市公安局局長鍾海濤好像知道這件事，但是現在他的電話根本就沒有人接聽。

這一圈電話打完，四個人的臉色都嚴峻起來。

鄒海鵬沉著臉道：「李市長，事情恐怕麻煩了，我看很有可能柳擎宇、王中山、孟偉成、鍾海濤都參與了這次事情，王中山這老狐狸恐怕是要對咱們發動最終的反擊了。」

李德林對鄒海鵬的話雖然持有疑慮，卻不敢不重視，因為今天王中山在常委會上突然發力讓他始料未及，表決的結果也讓他完全沒有想到。

李德林沉思了一會兒，說道：「老韓，我聽說你們家培坤打算去美國留學是吧？我看現在就讓他去吧，讓你老婆也跟著；至於其他人，大家也都安排一下吧，一定要給孩子們一個很好的發展空間。」

眾人都面色凝重地點點頭，打電話安排起來。

半個小時後，韓培坤從一家娛樂會所出來後，直接乘車趕赴機場，韓明輝的秘書則趕到韓明輝家，接上他的老婆，帶上兩人的護照同步趕往機場。與此同時，李德林的家人和董浩、鄒海鵬的家人也分別向機場方向進發。

蒼山市新源大酒店內。

鍾海濤、柳擎宇兩人面對面坐在沙發上。

鍾海濤看向柳擎宇的目光中充滿了欽佩之色。高新區火災發生後，自己派出了多路精銳骨幹去查案都沒有線索，就在昨天，柳擎宇直接聯繫自己，讓自己派親信到新源大酒店接收縱火犯。

他不明白公安局那麼多人都沒有找到的犯人，柳擎宇到底是怎麼找到的。

柳擎宇看鍾海濤直盯著自己，笑道：「鍾局長，行動都安排好了嗎？」

鍾海濤點點頭說：「柳同志你放心吧，都準備好了。我早已按照你的提醒布下了天羅地網，他們不動則已，只要一動，我們就可以收網了。」

柳擎宇滿意地點點頭，眼中寒光四射：「好，我等這一天已經等得有些不耐煩了。」

看到柳擎宇的眼神，鍾海濤暗暗慶幸柳擎宇是自己的朋友，而不是對手！這個柳擎宇實在是太強了，他不過是個小小的代理區長而已，竟然設計想把市長和副書記等人都圈進來，這需要多麼大的勇氣和魄力啊！

鍾海濤是個十分謹慎的人，做事一向求穩，當接到柳擎宇的電話說需要幫忙的時候，他十分猶豫。

他從柳擎宇的隻言片語中已經猜到柳擎宇可能要做一件驚天動地的大事，而這件事一旦爆發，很有可能會改變蒼山市的整體政治格局。

他猶豫了足足有十多分鐘，最終，一向求穩的他決定加入柳擎宇的隊伍中。因為他知道，很多時候，**機會往往稍縱即逝**，他見過好幾次**柳擎宇絕地反擊、逆襲成功**的案例，雖然他知道加入柳擎宇的陣營很危險，但是一旦成功，可以獲得的好處也將是十分巨大的！

……

蒼山市機場。

韓明輝之子韓培坤和老媽剛剛領了登機證，準備登機的時候，五名荷槍實彈的員警突然出現在他們面前。

「不好意思，有一件重大案件需要你們配合調查，請兩位跟我們走一趟！」

韓培坤看到警察，心中便是一顫，不過臉上卻表現得很鎮定，道：「不好意思，我們馬上就要登機了，請讓開，否則我不介意直接打電話給你們局長控告你們。」

這時候，韓培坤還抱存一線希望，想要狠壓對方。

帶頭的員警卻是淡淡一笑：「你想打的話，可以立刻打電話給局長，不過，我要告訴你，我們今天就是奉了鍾局長之命來的。」

韓培坤的老媽見形勢不對，立即威嚇說：「我告訴你，我老公可是蒼山市的副市長韓明輝，你們敢動我們一根寒毛，你們就死定了！我老公會立刻扒掉你們的皮！」

帶隊警官聽了冷冷一笑，大手一揮，四名員警立刻將兩人架起來，直接帶到了警車上。

與此同時，在高速路收費處，李德林、鄒海鵬、董浩的家人也都被警方悄無聲息地控制起來。

省委書記曾鴻濤的辦公桌上，一份厚厚的報告放在上面。報告已經攤開來，曾鴻濤正在看第五遍。

這些資料是昨天晚上蒼山市紀委書記孟偉成半夜親自送到曾鴻濤家中的，當天晚上孟偉成又趕回了蒼山市。

曾鴻濤看到這些資料後，當天晚上便失眠了。

這份資料讓曾鴻濤感覺到異常憤怒，卻又不敢輕舉妄動。從昨天晚上一直到現在，曾鴻濤一直在權衡。即便是在上午開會的時候，在休息的間隙，他心中都在不斷權衡著。

……

蒼山市，新源大酒店內。

鍾海濤得到手下的彙報，說是所有人全部落網。鍾海濤大喜，立刻告訴柳擎宇，問道：「擎宇，接下來我們怎麼辦？」

柳擎宇拿出手機撥通好兄弟黃德廣的電話：「德廣，你那邊準備得怎麼樣了？」

黃德廣接到柳擎宇的電話後，立刻笑著說道：「老大，放心吧，我這邊一切準備就緒，就等你最後的指示了。」

柳擎宇點點頭：「好，立刻採取雷霆行動！」

「好耶，老大，放心吧，半個小時，我保證把這件事炒作起來！」黃德廣信心滿滿地說道。

黃德廣掛斷電話後，立刻對身邊其他三個好兄弟說道：「兄弟們，幹活了，老大終於用咱們一回，咱們可不能給老大丟人啊！」

此刻，對面的沙發上，林雲、梁家源、陸釗三人全都異口同聲地說道：「那是當然的啦！」

雖然四個人平時在北京十分低調，但是他們的能力卻是毋庸置疑的。

僅僅半個小時，各大主流門戶網站上全都刊登了蒼山市癌症村的相關報導，這些報導以翔實的資料以及感性的筆風，描述了癌症村的情形，包括高新區會議室資料被燒的事，在報導的最後，記者以極其悲哀的語氣寫道：

「高新區想要推行環境污染整頓措施，卻遭受了重重阻力，幾乎一度停頓，環境嚴重污染的背後、**癌症村的背後，到底有著怎樣的利益鏈條？為什麼應該實行的措施偏偏遇到如此巨大的阻力？**

「好在蒼山市市委班子在最新一次的常委會上通過了這份方案，這充分說明蒼山市大部分常委還是很重視民意的。

「但是令人奇怪的一點，為什麼在提出這個方案之前，從來沒有人提到癌症村的事？

為什麼沒有人願意為那些飽受污染殘害的老百姓出頭呢？面對環境污染，我們的政府到底應該是要政績還是要民生？到底應該要環境，還是要ＧＤＰ？」

這篇報導迅速引起了廣大線民的關注，尤其是之前高新區號稱史上最嚴厲的污染整頓措施風波剛剛平息，當這些報導被推出後，所有的輿論都沸騰了。

蒼山市市委市政府的電話幾乎被打爆，就連白雲省省委省政府相關部門的電話也一直處於占線狀態！

這時，柳擎宇再次拿出手機撥通了王中山的電話：

「王書記，我這邊已經安排好了。」

「知道了，我馬上向曾書記彙報此事。」

五分鐘後，王中山撥通省委書記曾鴻濤的電話：「曾書記，我有一件重大的事情需要向您報告……」

曾鴻濤聽完王中山的報告之後，勃然大怒，一拍桌子道：

「混蛋！這些人真是混蛋！王中山，你聽清楚了，現在立刻召開緊急常委會，把所有在場的蒼山市常委聚集在市委大院內，任何人都不能以任何理由離開！其他的事你就不用管了。」

聽到曾鴻濤的指示後，王中山心中暗喜，立刻說道：「您放心，我保證完成任務！」

掛斷電話後，王中山立刻讓市委秘書長葉明宇發出緊急通知，要求所有常委在半個小時內趕到會議室，商量癌症村的相關議題！

葉明宇接到王中山的指示，心頭就是一顫，他知道這次事件恐怕有人要倒楣了！

很快，葉明宇便把訊息傳遞給所有常委。

李德林接到葉明宇的電話時，已經得知癌症村被曝光的消息，對此，他狠狠地把環保局局長臭罵了一頓，罵過之後，不得不立刻通知宣傳部部長王碩：

「王碩，聽清楚了，現在我給你一天時間，趕快把癌症村這把火給我滅掉，想辦法讓所有網站撤銷相關的新聞連結，要不惜一切代價！快！」

王碩苦笑道：「李市長，我已經和各大網站聯繫過了，他們根本就不理我！現在這件事要想平息，必須得省宣傳部出面了。」

李德林聽了，咬著牙道：「那就請省宣傳部出面，要不惜一切代價儘快把這把火滅掉！否則的話，後果你是知道的！實在不行，就花錢請那些公關公司出面和各大網站去談吧，哪怕是多花些錢，也必須在省委的批評下來之前把這件事給擺平了。花多少錢，你直接到我這邊來請款！」

此刻，李德林真的有些害怕了。

就在這個時候，葉明宇的電話打了來，李德林知道，這件事，恐怕王中山也頭大了。

就在李德林準備前往市委常委會的時候，韓明輝突然推門走了進來。

他的臉色顯得有些陰暗。他已經通過特殊管道得知兒子被警方帶走的消息。

「李市長，我兒子被警方帶走了！」韓明輝焦慮地道。

李德林心頭一沉，不過他仍然作出鎮定的樣子，道：「老韓，你這消息是怎麼來的？」

「這是我藏在警方的一個內線冒死給我發來的消息，他告訴我，我兒子和老婆在機場被他們的人帶走了，我撥打兒子和老婆的電話，全都關機狀態，我分析可能出事了。你看下一步我們該怎麼辦？」韓明輝語氣沉重地說。

李德林腦門冒出冷汗，趕忙撥打親人的電話，發現也全部關機了，他拿著手機的手不禁顫抖起來。

看到李德林的樣子，韓明輝心頭劇烈下沉，不安地說：「李市長，該不會是省裡要對我們動手吧？」

李德林鐵青著臉說：「照常理來說，只是一個小小的環境污染事件，省裡就算知道了，也頂多拿下一個環保局局長而已，最不濟，再拿下一個分管副市長，按理應該不會找到我們的頭上，我猜這件事很有可能是王中山搞出來的，的目的是借此搬動我們。」

「那我們怎麼辦？難道就這樣坐以待斃嗎？」韓明輝眼中充滿了怒火。

李德林忿忿說道：「當然不！我們絕對不能坐以待斃，必須進行反擊。你馬上給環保局局長打個電話，看看他那邊情況怎麼樣。我立刻安排車，咱們先出去躲一陣再說。」

韓明輝點點頭：「嗯，眼前只能如此了。」

隨即兩人分頭行動，密集地聯繫起來。

各自打完電話後，韓明輝說道：

「李市長，環保局局長周晨輝那邊倒是沒事，我給他打電話的時候他正在開會呢，說是接到省環保廳的嚴肅批評，要他們立刻做出工作部署。」

李德林聽到周晨輝那邊沒事，心中稍安，說道：

「如果周晨輝那邊沒事的話，說明這件事很有可能就是王中山做的手腳，省裡並沒有介入此事，這樣的話，我們可以和王中山好好周旋一番。王中山既然要拿我們開刀，我們也必須反擊。我已經讓市公安局的老黃先去帶人拿下王中山的女兒和老婆，另外，逃跑的車我也安排妥當了，就在市委大院外面等著，咱們先去常委會看一看王中山這傢伙到底想要做什麼，跟他周旋一番，如果能夠給他來個反戈一擊的話，那咱們就跟他好好較量一番，如果形勢不妙，常委會散會後，咱們立刻走人。」

韓明輝雖然想快點跑路，但是兒子和老婆被抓了，他想跑也心有牽掛，李德林這麼一分析，他感覺也有些道理，便點點頭道：

「好，那咱們先去常委會跟王中山周旋一番，不過，李市長，你確定老黃能抓住王中山的女兒和老婆嗎？王中山不是一直以來都很清廉嗎？我們根本抓不住他任何把柄啊？」

李德林嘿嘿一陣陰笑：「清廉？他雖然清廉，不收錢，但是菸和酒這種禮尚往來還是不會拒絕的，據我所知，在某人送給他的酒中放置了幾顆價值數百萬的夜明珠以及和田玉籽料的雕件，這是我們和王中山交手的最後底牌。」

韓明輝聽了，心中一凜，李德林竟然如此陰險，這樣王中山就算是在這次的較量中贏了，也早晚會被李德林給咬出來，從而被雙規，最終的結果就是兩敗俱傷。

既然李德林有這樣的布局，韓明輝就放心了。

兩個人又仔細策劃了一下，看看規定的半個小時時間差不多了，這才邁步向會議室走去。

坐下之後，王中山立刻說道：「好了，現在我們開會，今天會議的主題是癌症村的問題，現在這個問題已經曝光了，我們蒼山市面臨著十分嚴峻的形勢，大家說說，我們接下來該如何應對？」

會議室內，眾多常委圍繞著這個議題爭論不斷，在王中山的刻意為之下，大家爭論不休，會議整整持續了兩個小時，依然沒有商議出什麼結果，但是王中山並沒有叫停的意思。

直到這個時候，李德林開始感覺有點不對勁了。

他認為，王中山要是想對自己出手的話，按理說應該早就動手了，為什麼要讓常委會開這麼長的時間呢？

以往如果只有一個議題的話，王中山最多讓會議持續一個小時，今天卻兩個小時了依然沒有散會的跡象，這裡面肯定有問題。

想到此處，李德林覺得自己必須有所行動，萬一裡面有什麼陷阱，那可就麻煩了。

「王書記，我看會議已經開了兩個多小時了，是不是讓大家先休息一會兒？」

王中山看了李德林一眼，發現他的眼神中露出幾分警惕，知道他已經起疑了，便點點頭道：「好，那大家就先休息十分鐘吧，不過請不要離開太遠，十分鐘後立刻就位，今天這個問題，我們必須討論出一個結果，否則一旦省裡怪罪下來，咱們誰也吃罪不起啊！」

眾人立刻表示明白。

散會之後，王中山站起身來向外走去，李德林走了過來，拍拍王中山的肩膀，道：「王書記，我有事想要跟你單獨談一談。」

「好，那咱們到隔壁的小會議室吧！」

說著，王中山推開小會議室的門走了進去，李德林緊隨其後。

落座後，李德林開門見山地說道：「王書記，韓明輝的兒子和老婆，以及我的親人都被警方控制起來了，這件事你應該知道吧？」

王中山一愣，他沒有想到事情進行得那麼小心隱密，竟然還是洩露了出去，不過王中山臉上卻顯得十分鎮定：「哦？有這種事嗎？不會吧。按照規定，警方沒有權力直接針對你們的親屬採取行動的。」

李德林和王中山交手多次，哪會不明白王中山城府之深，雖然他臉上的表情沒有什麼變化，但是李德林還是從王中山說話語調的變化中聽出一絲端倪。

他眼珠一轉，笑道：「王書記，我忘了告訴你一件事，我曾經接到過一封舉報信，信上說有一個投資商曾經託人給你送過兩瓶酒，酒裡藏了價值好幾百萬的夜明珠和和田玉籽雕件，託你幫他辦件事，你東西收了，卻沒有給人家辦事，那個投資商非常生氣。」

說著，李德林從口袋中掏出舉報信，遞給王中山。

王中山臉色刷的陰沉下來：「李德林，你這是什麼意思？」

李德林冷笑道：「王中山，大家都是在官場上混的，誰也別說誰卑鄙，既然你做初一，別怪我做十五，你立刻讓人把我們的親人放出來，我就當什麼都沒有發生過！不然，這封舉報信今天下午就會出現在省紀委書記的桌上。哦，對了，收禮的人並不是你，而是你的老婆和女兒，現在他們也被警方控制了。」

王中山心裡一驚，沉思了一下，沉聲道：「這樣吧，咱們先回去開會，我好好考慮一下，散會之後，你到我的辦公室來，咱們談談。」

李德林知道王中山又軟了，心中得意起來。

在他看來，王中山就是一個典型的欺軟怕硬的人，只要你對他強硬，他就軟弱；你要是對他示弱，他就強硬。現在王中山這樣說，肯定是擔心自己的仕途前程，這恰恰是他所期望的。

隨後，兩人便一起回到會議室內。

會議重新開始。討論依然十分激烈，李德林老神在在，心想這一次自己又吃定了王中山。

半小時後，會議正在激烈進行的時候，會議室的門突然被人打開，隨即一個身穿一身灰色休閒服的男人走了進來，在他的身後，跟著十多名身穿黑西裝的工作人員。

看到這些人突然闖了進來，眾人都大吃一驚，站起身來，臉上露出驚恐之色。

因為走在最前面的人，正是白雲省省紀委書記韓儒超！

雖然在場的人都是蒼山市的巨頭，在各個領域呼風喚雨，但是，包括王中山在內，在面對省紀委書記韓儒超的時候卻不得不小心翼翼。

因為大家都知道，這位白雲省紀委書記曾經是六號首長劉飛手下的實力派悍將，此人**鐵面無私，忠肝義膽**，從不輕易出手，只要他一出手，一露面，必定會有夠分量的貪官污吏落馬。

韓儒超就如同他的名字一般，身上充滿了儒家學者那種儒雅的氣質。但是，真正見識過他威力的人全都稱他為**貪官殺手**！

韓儒超的突然出現，讓在場眾人都惴惴不安。不知道韓儒超此來的目的，雖然非常不願意看到他，卻又不得不作出一副十分歡迎的樣子。

王中山趕緊走向韓儒超，伸出手道：「韓書記，歡迎您來指導工作。」

「嗯，王中山同志，打擾你們開會了，希望你們不要介意。」韓儒超輕輕地和王中山握了握手，臉上表情十分平淡。

「沒事沒事，有什麼需要我們蒼山市做的，我們會盡力配合的。」王中山戒慎恐懼地說道。

韓儒超點點頭，看向眾人說道：

「各位蒼山市的常委同志們，下面我宣布一個名單，凡是名單上有的同志們，請跟我們省紀委的同志們出去一趟，我準備和名單上的同志們好好聊一聊，當然了，該走的程序，我們還是要走的，希望大家配合我們的工作。」

韓儒超帶來的那些人分別站在會議室兩側，眾人的身後，目光熊熊。

此刻，眾人心中早已掀起滔天巨浪，尤其是心中有鬼的人，雙腿都顫抖起來。

雖然韓儒超話說得含蓄儒雅，沒有一絲的火氣，但是意思非常明確，那就是，一旦出現在名單上的人，就成了被雙規的對象。

開玩笑，紀委書記的談話是那麼好玩的嗎?!很多人心中都開始打起鼓來。

這時，韓儒超目光直落在韓明輝的臉上，道：

「名單上第一個人是……」

韓儒超故意拉長聲音，讓眾人的心一下子懸了起來。

韓明輝發現韓儒超直盯著自己，心中驚懼不已，開始後悔自己為什麼要那麼貪錢？為什麼要放縱自己的兒子呢？

「第一個是韓明輝同志，請你不要作無所謂的抵抗，配合我們的工作。」韓儒超唸出了人名。

果然是自己！韓明輝身體軟倒在椅子上，體若篩糠，**自己縱橫蒼山市多年，竟然被雙規了！**

「韓明輝同志，請你在文件上簽個字。」一名工作人員拿著文件和筆放在韓明輝的面前，聲音冷漠地說道。

韓明輝顫抖著手，歪歪斜斜地寫下自己的名字，臉色灰白如紙，毫無血色，汗水濕透了他的全身。

他知道，這一刻起，他的仕途生涯徹底結束了，他的存款、那些美女、珍寶全都離他而去，等待他的將是鐵窗孤寂的歲月。

韓明輝簽完字，立刻被兩個工作人員架到了外面。

王中山的表情顯得異常嚴峻。他早料到會有今天的情形，但是真正看到的時候，還是很震撼，他慶幸自己雖然醉心於權謀，醉心於仕途，卻從來沒有被金錢左右。

和王中山的淡定不同，很多人心中卻是更加焦慮不安，都在心中祈禱著，名單上千萬不要有我啊！

這時，就聽韓儒超接著說道：「第二個人是……」

李德林感覺自己的後背已經濕透了。

韓儒超依然拉長了聲音，他就是要用這種方式給常委們施加心理壓力，讓那些沒有被雙規的人也充滿焦慮和不安，讓他們以後在想要貪污受賄的時候，想一想今大的場景，讓他們不敢輕舉妄動，以達到有效震懾的目的。

在眾人的等待中，韓儒超終於說出了第二個名字：

「董浩同志，請你配合一下我們紀委同志們的工作。」

董浩面如死灰，知道完了，但是他想不通，為什麼會有自己呢？

董浩一臉迷惑地看著韓儒超道：「韓書記，你是不是念錯名字了？我和這次的事件沒有任何牽扯，為什麼要雙規我？」

韓儒超面無表情地說：「我不想向你解釋什麼，等到了省紀委雙規地點後，自然會有相關人員和你好好地談一談。」

董浩抗議道：「韓書記，我不服，我董浩從來沒有做過任何違法亂紀的事！別人送給我的那些錢，我都存入廉政帳戶了。」

董浩知道，如果此刻自己再不拼一拼的話，一旦被帶走，想要回來恐怕不太可能了。

韓儒超一笑，道：「好，既然你非得這樣說的話，那我就破例提醒你一下！董浩同志，你的確往廉政帳戶裡面存入了幾百萬，但是，根據我們的調查，僅僅在你家中的床墊裡就藏有現金兩千萬！另外地暖的管道裡藏有價值三千多萬的金條！

「董浩同志，我不得不說，你這個政法委書記反偵察的能力真的很強啊，居然偽造了多條地暖管道，把金條藏在裡面，你很有頭腦嘛！光是這些就足夠雙規你了，至於藏在你老家大樹下的那些贓款贓物，還用我再提嗎？」

董浩的臉在這一刻變得慘白無比，他萬萬想不到，自己都把金條藏到地暖管道裡面了，這些紀委人員到底是怎麼發現的？

董浩試圖作最後一搏：「韓書記，你憑什麼搜查我家？你們在搜查前有什麼證據嗎？」

韓儒超冷冷說道：「董浩，本來我真的沒有向你解釋的必要，但是，為了讓你明白，我可以告訴你，你的問題便是你的兒子！我們的情報大部分是從他身上拿到的。帶走！」

韓儒超大手一揮，兩名工作人員立刻把董浩帶走了。

看到董浩被帶走，李德林和鄒海鵬長長地出了口氣，懸著的心放了下來，認為他們應該安全過關了。

因為照一般的情況來說，紀委在雙規市委常委級別官員的時候，為了確保常委班子的穩定，以及整個大局和輿論氛圍，是不會同時雙規超過兩名市委常委的，那樣容易引發不安。

和李德林、鄒海鵬兩人同樣心理的人很多，也都各自鬆了口氣，心頭有如釋重負的感覺。

這時候，韓儒超轉身看起來似乎要走了，這讓李德林和鄒海鵬把心徹底放了下來。

哪知道韓儒超猛的轉過頭來，突然又說道：

「各位同志，說實在的，我真的很想現在就離開這裡，因為已經有兩名市委常委被雙規了，這說明你們蒼山市的問題十分嚴重。但是，我現在還不能走，因為中央已經下了反腐的決心，對於腐敗分子，不管是蒼蠅還是老虎，要一起打！」

韓儒超目光在李德林和鄒海鵬的臉上來回逡巡著：

「鄒海鵬和李德林兩位同志，請配合！」

頓時滿場一地雞毛。

**震驚！驚慌！恐懼！**這一刻，所有人的臉上都露出內心最真實的想法！

沒有人會料到在蒼山市盤踞了將近十年的李德林竟會被雙規！而且是和鄒海鵬一起被雙規！

李德林和鄒海鵬可以說是李德林派系的兩根**定海神針**，只要他們在，就可以團結一票人馬掌控蒼山市至少一半的局勢，進而操控整個蒼山市的大局。

李德林在蒼山市可謂根深蒂固，而鄒海鵬近幾年來，勢力也是飛速壯大，尤其是兩個人在省裡都有靠山，而且是極其強勢的靠山，這也是兩人在蒼山市敢如此囂張的主因。

但是今天，在眾人的眼皮底下，李德林和鄒海鵬以及另兩名鐵桿盟友竟然全部被雙規了。這是近幾年來白雲省少有的大案啊，一下雙規四名市委常委，這絕對是大手筆啊！

此刻，李德林和鄒海鵬呆立當場，半天說不出話來。

李德林一直堅信，只要自己的老領導在位，沒有任何人敢動自己，而且自己又是蒼山市的二把手，就算要動自己，也需要通過很多關卡，至少得中紀委批准，僅僅是白雲省紀委是無法單獨行動的！

想到這裡，李德林鎮定下來，質疑道：「韓書記，根據相關程序，你們省紀委沒有資格對我實施雙規，我是中管幹部，想雙規我，至少得中紀委批准，你們越權了吧？」

對李德林這樣的貪官，韓儒超最是鄙視，尤其都到這個時候了，他竟然還想要翻盤。韓儒超拍了拍手，會議室的門再次被推開，三名身穿中山裝的工作人員從外面走了進來。

為首一人大約五十多歲，身材瘦削，雙眼精光閃爍，犀利異常。

進來後，目光直接定格在李德林的身上，沉聲道：「李德林同志，你的案件將會由我們中紀委直接負責，所以，關於資格和許可權的問題，你無須擔心！」

當李德林看到走進來的這個人時，就知道自己完了。因為這個人他認識，這人便是第六監察室副主任彭國華。這位副主任作風強悍，凡是被他盯住的腐敗分子，幾乎沒有一個能漏網。

就在一瞬間，原本還高高在上、表現得趾高氣昂的李德林猶如洩了氣的皮球一般，癱軟在椅子上。

鄒海鵬更是徹底絕望了。顯然這是一次省紀委和中紀委的聯合行動，連李德林那樣的人都束手就擒了，何況是他呢。

李德林很快被彭國華命人帶走了。

這時，韓儒超掃視剩下的蒼山市常委們，嚴肅地說道：

「各位同志，今天的場景，大家都看到了，我再次提醒各位，你們身為蒼山市的市委常委，身上肩負著整個蒼山市的重擔以及老百姓的期待，希望大家能夠牢記一點，當官為民，這是官員為官的基本原則，誰要是像李德林、鄒海鵬他們這樣肆意妄為，不知道認真做事，只知道利用權力為自己撈取利益，那麼等待你們的結果，將會和他們一樣！老百姓的眼睛是雪亮的，我們紀委的達摩克利斯之劍永遠都會懸在半空中，隨時都有可能斬下！」

韓儒超接著又看向王中山，道：「好了，王同志，打擾你們開會了，你們繼續吧，我先走了。」

頃刻間，會議室又安靜了下來，然而，每個人看著空蕩蕩的四把座椅，心中卻久久不能平靜。

王中山的心也是波濤起伏。他不禁想起了柳擎宇！

**今天的巨變，真正的功臣是柳擎宇**；甚至可以說，今天的變局是柳擎宇一手策劃的，是**柳擎宇一步一步把孟偉成和自己牽進來，形成自己和孟偉成聯合發力的局勢**！

此刻塵埃落定，王中山對柳擎宇超強的策劃能力表示欣賞的同時，卻又對柳擎宇強大的破壞力產生了深深的忌憚。

僅僅是一個環保事件，就攪動整個蒼山市的大局大亂，導致四位市委常委被拿下，這樣的人不是自己能夠掌控的，甚至還會被動地捲入他所布的局之中，**這樣的人才，自**

**己應該如何應對呢？**

如果再因為什麼事，柳擎宇又搞倒一兩個常委，那自己這個市委書記可就沒法當了。一時之間，王中山的頭也有些大。

就在蒼山市市委常委會上發生驚天巨變的時候，幕後策劃者柳擎宇正淡定地坐在自己新華區的代理區長辦公室內忙碌著。

批閱完所有檔案後，他立刻著手修改新華區經濟發展規劃方案。在這份規劃方案中，他針對新華區的現況又規劃了多個執行的方案……

四名常委被雙規的消息，立刻在蒼山市甚至是白雲省政壇引起了極大的震撼，讓很多人心中都是一凜。

其中以新華區區委書記姜新宇感受最深。

隨著李德林一系垮臺，蒼山市的政治格局將會徹底改寫，王中山肯定會掌控蒼山市的大局。伴隨著這種變化，**蒼山市將會迎來一場大清洗！**

他很慶幸，因為柳擎宇，自己倒向了王中山，否則也很可能成為這場大洗牌中的犧牲品。所以當天下午，姜新宇便屁顛屁顛地跑到王中山的辦公室去彙報工作了。

不得不說姜新宇是個聰明人，當他從王中山辦公室出來後，臉上帶著笑容，這一關自己算是平安度過，王中山表明不會動自己，但是提出了一個要求，就是他必須大力配合柳擎宇的工作，不能對柳擎宇有任何掣肘。姜新宇自然點頭應承不迭。

當天晚上，蒼山市市紀委突然發力，一夜之間，兩名縣長、一名縣委書記、六名副縣長、兩名副書記、三名各個市局的局長、九名市局的副局長全部被雙規！

力度之大為蒼山市有史以來之最。

兩天後，蒼山市新的市委班子正式啟動。

常務副市長唐建國被提拔為蒼山市市長，公安局局長鍾海濤被提為政法委書記兼任公安局局長，而市委副書記、新的常務副市長、常委副市長人選則直接由省裡空降下來，以免蒼山市再蹈之前的覆轍，通過這次人事變動，省裡大大加強了對蒼山市的掌控。

新任市長唐建國上任當天，柳擎宇便把兩份經濟發展方案擺在唐建國的桌上。

唐建國和柳擎宇之間的關係自不必說，唐建國放下所有的工作，仔細閱讀柳擎宇提交的兩份方案。

看完，唐建國拍案而起：「擎宇，你的這兩份方案真是太好了，一直以來，我都在為新華區和高新區如何突破發展桎梏發愁，沒想到我剛剛當上市長，你就送給我這麼大一個禮物。好，非常好！你放心吧，我保證這兩份方案在市政府會議上能夠通過！」

隔天，柳擎宇便得到唐建國的回音，告訴他這兩份方案不僅在市政府會議上獲得通過，在市委常委會上也全部獲得通過，並成為這兩個區經濟發展的正式規劃方案，市委市政府已經聯合下達通知，要求這兩個區必須嚴格按照發展方案去執行。

兩個月後，人代會正式舉行，柳擎宇正式當選新華區區長；而市委在人代會之前，也已經正式任命柳擎宇為新華區區委副書記，柳擎宇的級別被提拔到了正處級。

在柳擎宇的主持下，新華區的經濟建設正式拉開了序幕。高新區那邊，諸多投資商的項目全部落地，建築工地到處可見，原本空曠無人的馬路頓時車水馬龍，人聲鼎沸。

可以預見，未來高新區的經濟總量可以大幅增長，等到各大廠全部投產，總量至少會再翻一倍甚至好幾倍。新華區的經濟總量預計也可以翻上一倍，尤其是隨著新的經濟發展規劃出爐，各地的投資商紛至遝來，形勢十分喜人。

六月中旬，當柳擎宇正在新華區視察新建的物流工業園區時，他的手機突然響了起來。電話是市紀委書記孟偉成打來的：「擎宇，你立刻準備一下，一個小時後來找我，跟著我去省裡一趟。」

柳擎宇一愣：「去省裡？」

「嗯，沒錯，去省裡，省委曾書記要見你！」

柳擎宇淡定地道：「好的，我馬上過去。」

掛斷電話後，柳擎宇一邊行動，一邊思考孟偉成這個電話的含義。

自己現在滿打滿算不過是一個小小的區長而已，怎麼算也不應該進入省委書記曾鴻濤的視線。畢竟兩者級別相差實在是太大了，他找自己到底是什麼意思呢？又為什麼是孟叔叔來通知他，並且帶自己去呢？

一時間，各種疑問在柳擎宇大腦中盤旋著。

來到市紀委大院門口，柳擎宇便看到孟偉成的專車已經停在那裡，見柳擎宇過來，孟偉成搖下車窗，向他招招手。柳擎宇上了車，汽車便一加油門，向前飛馳而去。

柳擎宇看向坐在司機正後方領導位置的孟偉成，疑惑道：「孟叔叔，曾書記為什麼要見我啊？該不會是我犯了什麼錯誤吧？」

孟偉成笑著說道：「你小子瞎想什麼呢，就你那官風官德，怎麼可能犯錯誤呢，不過呢，從目前的情況來看，你的確不太適合繼續在蒼山市工作下去了。」

柳擎宇聽了一愣，孟偉成這番話透露出來的訊息很多，看來曾書記召見他的背後似乎有什麼隱情。

柳擎宇好奇地問道：「孟叔叔，到底是怎麼回事？您就別再賣關子了。」

「你還記得年前癌症村事件嗎？」

柳擎宇點點頭，這件事他怎麼會不記得，在他的策劃下，蒼山市十三名市委常委就被雙規了四個，全省震動！

孟偉成說道：「由於李德林等人被雙規的事鬧得很大，省裡市裡各方勢力蠢蠢欲動，競相角逐，暗中布局，雖然你低調行事，但是大家都知道，整件事的引爆點就是你。

「當時沒有動你，並不代表他們不想動你，而是當時他們沒有精力去為你這麼一個小卒子費神，而且你的超強破壞力也讓各方勢力暫時不想招惹你，以免惹禍上身。

「現在，經過半年多的沉澱，各方勢力的較量和布局已經塵埃落定，不論輸贏，大局已定，這時候，他們再次想起了你。省裡有人提議把你提升到省委或者省政府裡去，有的提議讓你去做一個實權的處長，也有的提議讓你做一個虛職的研究員。

「重要的是，咱們蒼山市方面，市委王書記曾經和省裡的一些領導在彙報工作的時候提出過，說是你能力強，希望把你交流出去，讓你好好提升一下，他的這種想法在省裡獲得了不少呼應的聲音，所以，你離開蒼山市已經成為鐵板釘釘的事。」

柳擎宇的臉色有些難看起來。

對於離開蒼山市，他早有心理準備，也很清楚李德林等人背後的勢力絕對不會放過自己，但是讓他失望的是，市委書記王中山竟然不願意自己繼續留在蒼山市。

對王中山的想法，柳擎宇也猜到大概，肯定是王中山**覺得他無法掌控自己，覺得自己是一枚定時炸彈**，所以才想把自己一腳從蒼山市踢開。

這正是讓柳擎宇失望的地方，本質上，王中山是個不錯的官員，不貪不腐，能夠以人民為重，但是有些時候卻又活得太功利了。

看到柳擎宇的心情不太好，孟偉成便勸慰道：

「擎宇啊，你也不要太在意，王同志這個人就是那樣，他太過於求穩，不喜歡冒險，而且太注重政治利益上的得失，所以，他在用人上往往喜歡用那些比較聽話的人，這是個人風格的問題，你無法強求；他不用你，那是他的損失，我已經向曾書記推薦你了，我們去省委的原因，就是曾書記想要當面和你聊一聊，考察考察，看看給你安排一個什麼樣的職務！」

聽到孟偉成這樣說，柳擎宇心頭一暖，孟偉成的話，代表他非常看重自己，而他跟自己如此交底，也說明他對自己十分信任，是在暗示自己，他的真正後臺是曾書記。他把自己推薦給曾書記，說明孟偉成希望自己能夠有更好的發展，作為好友孟歡的父親，孟偉成這個叔叔對自己真的沒得說。

而孟偉成對王中山的評價也是相當客觀的，從孟偉成的評價中，柳擎宇突然看明白了很多東西，孟偉成之所以一直保持中立的姿態，正是因為其個人風格問題。

柳擎宇感激地對孟偉成道：「孟書記，謝謝您。」

孟偉成笑著拍了拍柳擎宇的肩膀，欣賞的說道：

「擎宇，孟歡這小子自打和你搭班子之後，對你就十分推崇，不斷在我面前提到你。說實在的，我一開始並不怎麼認可你，但是後來，你的一連串舉動讓我看清了你的本心，雖然有時候你做事很出格，行事太過激烈，但是我認為你是一個真正能夠把老百姓利益放在心中的官員，而且你敢打敢拼，這種精神在現在不少官員身上已經缺失，所以我對你非常欣賞。

「擎宇啊，有一點你可能根本不會想到，雖然你遠在蒼山市，但是你在蒼山市的所作所為，曾書記一直看在眼中，對你也非常欣賞。曾書記在用人上十分大膽，這也是我稍微向他推薦了你，他就決定要見你一面的原因。

「不過我還是得提醒你，曾書記做事十分嚴謹，也十分嚴格，雖然他欣賞你，但是如果見面後你的表現、能力無法取得他的認可，他是絕對不會重用你的，所以，見到曾書記後，你說話前要先仔細過一過腦子，不要衝動。」

柳擎宇點點頭：「好，我明白了，謝謝孟叔叔。」

隨後，孟偉成又向柳擎宇介紹了一些曾鴻濤的資訊，讓柳擎宇對曾鴻濤有個初步的瞭解，以免和曾鴻濤見面的時候不知道如何應答。

其實，對孟偉成來說，向省委書記推薦柳擎宇，他也是冒了相當大的風險，因為萬一柳擎宇沒有獲得曾鴻濤的認可，那麼他在曾鴻濤心中的分量就會下降，也會影響到他的仕途，但是他依然堅定地向曾鴻濤推薦了柳擎宇，這也是柳擎宇會那麼感動的原因。

只不過柳擎宇這個人不會把感動的話說出來，只是默默地銘記於心。

# 第二章

# 豆腐渣工程

柳擎宇的眉頭緊緊地皺了起來，像這樣簡陋的豆腐渣工程建好將近一年了，竟然沒有任何人出聲！而一旦公路重建，之前存在的問題將會被掩蓋，如果還是由那個天宏建工來承包的話，是不是又會重新出現一個豆腐渣工程？

汽車在省委大院內停下，孟偉成帶著柳擎宇，走向高大、威嚴的省委辦公大樓。

曾鴻濤的辦公室在八樓，是一個大套間，外面是曾鴻濤的秘書秦浩的辦公室。秦浩年紀三十多歲。

他們一上來，便看到秦浩辦公室靠牆的沙發上已經坐了一排人，都是等著向曾鴻濤彙報工作的。

秦浩看到孟偉成和柳擎宇，立刻站起身來，和孟偉成握了握手，說道：「孟書記，你好，曾書記正在裡面聽取彙報，你們稍等片刻，我進去跟曾書記說一聲，曾書記已經交代過，你們來了後，讓我直接通報。」

對這位省委一號大秘，孟偉成十分尊重，不敢托大，使勁和秦浩握了握手，道：「秦秘書，辛苦你了。我給你介紹一下，這位就是柳擎宇同志。擎宇，這位就是我跟你提到的秦秘書，能力超強。」

柳擎宇連忙伸出手來：「秦秘書，給你添麻煩了。」

秦浩友善地和柳擎宇握了握，道：「柳同志，我知道你，你們先坐一下，我進去通報一聲。」

坐在沙發上等待的人看到柳擎宇他們一來就獲得了超常規的接待，都是一愣，目光聚集在兩人的身上。

對眾人關注的目光，柳擎宇顯得十分淡定。坐下後，他並沒有像有些官員那樣，拿著手機擺弄，只是靜靜地坐在那裡，默默地等待著。

孟偉成因為和很多人都認識，相互打了個招呼，也坐了下來。

秦浩進去不久便出來了，看向孟偉成道：「孟書記，曾書記說，等裡面的人出來，你們就可以進去了。」

不久，裡面便有一個人走了出來，孟偉成和柳擎宇在眾人驚異的目光中向曾鴻濤辦公室走去。

曾鴻濤正在看一份公文，聽見兩人進來，曾鴻濤頭也沒抬地道：「偉成，你們先在沙發上坐會兒，我把這份緊急公文批示一下。」

孟偉成便帶著柳擎宇走到沙發處坐了下來。

柳擎宇在坐下的那一瞬間，感覺到曾鴻濤好像抬頭看了自己一眼，他雖然不能肯定，卻立刻明白了，曾鴻濤恐怕是在考驗自己，心中暗道：「看來進入大領導的法眼還真不是一件容易的事啊，考驗處處都在。」

不過柳擎宇對這種考驗一點也不緊張，因為他老爸給人的壓力比曾鴻濤的還要大，面對老爸，柳擎宇都可以淡然處之了，何況是面對曾鴻濤呢！所以柳擎宇規矩地坐在沙發上。

柳擎宇人長得高大，為了讓自己舒服一點，整個屁股貼靠在沙發上，雙腿併攏，雙手搭在上面，腰桿挺得筆直，是一種標準的軍人坐姿。

曾鴻濤果然眼角的餘光一直在默默觀察著柳擎宇的一舉一動。看到他的坐姿，曾鴻濤便笑了，透過柳擎宇的動作他看得出來，柳擎宇是個十分坦率、真誠的人。

一般的官員坐在沙發上都顯得很拘禁，只敢用小半個屁股坐在上面，這些人雖然表面上顯得很敬重自己，實際上，**他們敬重的是他的權力**。柳擎宇的坐姿卻不虛偽，他並沒有讓自己為了表示尊敬而使身體不舒服，但是，那挺直的腰桿和軍人坐姿卻表現出了對自己的敬意。

曾鴻濤放下文件。

他對柳擎宇的第一關考察結束，整個過程前後不到三分鐘的時間。

曾鴻濤沒有像對待一般人那樣，隔著辦公桌和他們談話，而是直接起身坐到他們對面，笑道：「柳同志，偉成同志應該已經告訴你，我今天見你的真正目的了吧？」

柳擎宇點點頭道：「是的，孟書記說您要對我進行當面考察。」

柳擎宇說完，旁邊的孟偉成心中那叫一個著急啊，心說，柳擎宇，你怎麼把話說得這麼直白啊，你就不會拐彎一下或者裝糊塗嗎，這下可好，把我也給賣了。

柳擎宇原本也沒有打算直接向曾鴻濤坦白，因為按照他和孟偉成之前的計劃，柳擎宇要假裝不知道曾鴻濤是在考察自己，好增加通過的機率。

但是當柳擎宇坐下後，他突然意識到，這位省委書記不是一般的人物，尤其是他只用三分鐘的時間，就結束第一波的考察，柳擎宇感覺曾鴻濤應該是個做事果斷之人，所以他毫不猶豫地坦率直言。

聽到柳擎宇的話，曾鴻濤先是一愣，隨即便笑了。

柳擎宇真是一個聰明人，從他簡單的幾個動作便看出了自己的個性，要知道，很多廳級官員面對自己的時候都很難保持鎮定的心態，柳擎宇這小子不僅鎮定如常，還能從自己的細微動作中判斷自己的個性，這充分說明柳擎宇心理素質過硬。

「很好，柳同志，你很坦誠，我很喜歡，既然你已經分析出我這個人的做事風格，那我也就不跟你兜圈子了。

「我相信你自己應該也清楚，你是一個才華橫溢、能力超強，卻十分孤傲之人，現在官場上，一般人是絕對不敢用你這樣的人的，因為你常常惹禍，但是，我不一樣，只要你的心中裝著老百姓，只要你肯做事，我就敢用你！

「現在，有兩個位置給你選擇，一個是頂替秦浩，擔任我的秘書，級別還是正處級，如果你不犯重大錯誤，兩年後我可以提升你到副廳級。

「第二個，則是去省會遼源市下屬的縣級市東江市做市紀委書記，級別也是正處級。目前東江市問題重重，前任紀委書記因為腐敗問題被拿下，而省委常委、遼源市市委書記李萬軍和我關係一般，你要是去了那裡，一切得靠你自己打拼，我很難照顧到你。」

聽到這兩個職務，孟偉成心中就是一動，他知道曾鴻濤對柳擎宇十分重視，卻沒想到曾鴻濤竟然打算讓柳擎宇當他的秘書！

如果柳擎宇能夠給曾鴻濤當兩年秘書，絕對可以穩穩地升到副廳級，一旦曾鴻濤升遷、調離或者退休，也會把柳擎宇提到正廳級的崗位，這是很多官場中人夢寐以求的機遇。

要知道省委書記的一號大秘可不是一般人想當就可以當的，簡直比買彩券中五百萬的機率還要小。孟偉成滿懷興奮地期待柳擎宇會選擇秘書這個職位。

相對來說，東江市市紀委書記那個職位可不是那麼好當的，前任東江市市紀委書記在去東江市之前，是省紀委系統有名的辦案能手，為人十分清廉，當初省裡派他下去，就是希望他能夠發揮特長，肅清東江市的官場貪腐之風，但是誰想他去東江市不到一年的時間，便被徹底腐化，並直接被遼源市紀委拿下。

東江市的官場腐敗十分猖獗，省裡多次派人下去，但是去的人要麼碌碌無為，只圖自保；要麼與當地腐敗勢力沆瀣一氣，想要真正履行使命的人，大部分下場十分慘烈，不是出橫禍，就是被當地勢力設計陷害，最終被拿下。

曾鴻濤上任這兩年來，東江市已經成了他的一塊心病。

曾鴻濤給了柳擎宇兩個選擇後，目光便停在柳擎宇的臉上，觀察柳擎宇的表情。

柳擎宇略微沉思了一會兒，做出決定道：「非常感謝曾書記對我的信任，如果讓我選的話，我希望能夠去東江市。」

孟偉成暗嘆了一口氣，對柳擎宇的選擇有些失望，畢竟，東江市可是龍潭虎穴，很多比柳擎宇年紀大、經驗豐富的官員都在那裡折戟沉沙，而柳擎宇進入官場才兩年左右的時間，萬一在東江市失敗了，再想崛起恐怕就非常難了。

然而，和孟偉成的看法不同，曾鴻濤聽了柳擎宇的選擇後很是讚許，他能對省委書記秘書這樣一個充滿誘惑力的職位毫不動搖，反而選擇前往東江市任職，從這一點就可以看出柳擎宇做事的勇氣和魄力。

「你為什麼會做出這樣的選擇？難道留在我身邊當秘書不好嗎？還是你不願意當我的秘書？」曾鴻濤問道，他很想知道柳擎宇心中的想法。

柳擎宇侃侃說道：「曾書記，我當然希望能夠在您的身邊當秘書，可以向您學習，那對我來說是一個十分難得的機會，一旦錯過很難再有，但是，我認為您既然給了我第二個選擇，就說明東江市紀委書記這個位置您也十分看重。

「如果我留下來擔任您的秘書，頂多只能做另一個版本的秦浩而已，然而東江市的問題恐怕就難以解決了，所以我願意去東江市試一試！越是有困難，越有挑戰，人越能快速成熟，這就是我選擇東江市的原因。」

聽了柳擎宇的解釋，曾鴻濤哈哈大笑起來：

「好，好一個柳擎宇！真是後生可畏啊，看你人雖然年輕，卻深諳人心和人性。沒錯，我希望你去的地方就是東江市！雖然東江市是一個縣級市，但是它的腐敗問題卻令我十分頭痛，我派你去東江市，就是希望你能夠充分發揮你惹禍的本事，把東江市這潭水給我攪渾！最好能夠把它的腐敗問題徹底解決！你有這個信心嗎？」

柳擎宇沒有直接回答曾鴻濤，而是淡淡一笑：「既然是紀委書記，我的責任就是和一切腐敗分子作鬥爭，將他們繩之以法！」

曾鴻濤滿意地說：「好，你好好準備一下，三天後，前往東江市上任紀委書記，級別正處級！」

當兩人從曾鴻濤辦公室出來，上車後，孟偉成看向柳擎宇，不禁嘆息一聲，道：「擎宇啊，這次你真的有些魯莽了，東江市那個地方水非常深啊，就連省委直接空降去的人都鎩羽而歸啊！」

「孟叔叔，我理解你的好意，不過我只能做出這樣的選擇，我父親曾經對我說過，年輕的時候絕對不能拈輕怕重，哪裡艱苦就去哪裡鍛煉，他說，只有在最困難的環境中還能夠堅持為百姓謀取福利的人，才有可能走向更高的位置。

「我對升官並沒有那樣的渴望，只希望能夠為老百姓多做一些事，越是腐敗嚴重的地方，老百姓的生活越是困難，這種地方也就越需要我！」柳擎宇雙拳緊握道。

孟偉成有些無奈地看了柳擎宇一眼，對柳擎宇的老爸和柳擎宇充滿了敬意，心中也多了一絲疑惑，柳擎宇的老爸到底是誰呢？能夠說出這樣的話來，絕對不是一個普通人物啊。

回到蒼山市的當天下午，柳擎宇的調令便到了。

新任新華區區長很快就確定下來，柳擎宇用一天時間和對方完成交接工作。

至於高新區這邊，不管是王中山也好，唐建國也好，都清楚高新區的工作恐怕只有柳擎宇留下的嫡系人馬才能搞好，所以兩人十分默契地沒有對高新區進行大規模的人事調整，秦睿婕被提拔為管委會主任，級別也提到副處級；管委會辦公室主任洪三金在柳擎宇的推薦之下，被提為管委會的副主任，級別提到正科級；環保局局長唐智勇則提升到管委會辦公室主任的位置，環保局局長則由他的副手擔任。所有工作都在有條不紊地展開。

三天後的晚上，柳擎宇和秦睿婕、洪三金、孟歡、唐智勇等一干老部下們在蒼山市聚首，為柳擎宇辦了個小型的餞別宴。

第二天，眾人直接到機場給柳擎宇送行。

臨行前，秦睿婕拉住柳擎宇的手走到一邊，低聲道：「柳擎宇，你離開後會想我嗎？」

柳擎宇看著秦睿婕俏麗的臉龐，點點頭：「會。」

秦睿婕臉上露出欣喜之色，多了幾絲紅暈，突然一把抱住柳擎宇的脖子，身體緩緩前傾，猛的吻向柳擎宇的嘴。

柳擎宇呆住了。這一刻，整個機場來來往往的人群似乎全部定格了。

溫軟濕潤的嘴唇帶著幽幽體香，讓柳擎宇感覺到舒服極了，接著，一條柔軟的香舌伸了進來，柳擎宇沒有任何猶豫，任由那條香舌十分生澀地在自己嘴裡胡亂地掃來掃去，雙手順勢環住秦睿婕柔軟纖細的腰肢，把秦睿婕摟進懷裡。

和秦睿婕共事將近兩年，她對自己的心意，柳擎宇又豈能不懂，他欣賞秦睿婕，卻又有些顧慮。

他不是聖人，但也不是登徒子，所以，不管是秦睿婕也好，曹淑慧也好，柳擎宇只是把她們當成好朋友，並沒有對她們做出出格的事情來，因為柳擎宇知道自己無法給她們任何承諾。他不希望傷害這兩個深愛著自己的女人。

然而此刻，當秦睿婕突然爆發出似火的熱情，柳擎宇感覺到自己的心開始融化了。

他熱情地回應著。

就在這時候，機場廣播不解風情地響了起來：

「三八〇六航班馬上就要起飛，請搭乘的旅客趕快登機……」

廣播聲把秦睿婕從沉醉中驚醒，她連忙推開柳擎宇，白了他一眼，道：「大色狼，趕快登機吧，要不該來不及了。」

秦睿婕的表情是那樣嫵媚，那樣迷人，柳擎宇又擁抱了一下秦睿婕，再和其他人揮手告別，正式踏上了前往東江市的行程。

柳擎宇是帶著雄心壯志離開的，因為蒼山市高新區和新華區在他的手中已經被打造成充滿生機和活力的地方，他希望自己到東江市後，也能為東江市的老百姓做出貢獻。只是柳擎宇萬萬沒有想到，**東江市成為他人生中最為凶險的一次官場之旅**。

離開蒼山市後，柳擎宇直接到了白雲省省會遼源市。

考慮到距離通知書上所說的到市委組織部報到的日期還有兩天，柳擎宇決定趁這兩天的空檔，去東江市轉一圈，以便對東江市的情況有所瞭解。

他在新源大酒店開了個房間，把隨身物品都放在房間後，便到長途客運站，坐上了前往東江市的車子。

遼源市距離東江市差不多有一百多公里，正常情況下，坐車走高速公路兩個小時左右便可以到達了。

車子發動，柳擎宇便閉目養神起來。

兩個小時後，柳擎宇被車身一陣劇烈的顛簸給弄醒，看看手錶，離出發已經兩個多小時了，然而，他向窗外看去，竟然還沒看到一點東江市市區的影子，柳擎宇的眉頭不由得皺了起來。

按理說，車子都走了兩個多小時了，怎麼也該看到東江市了吧？柳擎宇觀察了一下路邊的商店招牌和廣告，發現的確已經進入東江市的範圍了。

再瞧了瞧，他發現車子是在村子裡穿行，而距離村子不遠就是一條高速公路。

柳擎宇不由得疑惑起來，對身邊一個老鄉道：「老鄉，這車子不是一直都在高速公路上走嗎？怎麼到了這裡就換走小路了？」

老鄉聽柳擎宇這樣問，笑著說道：「小兄弟，你肯定是第一次坐這車吧？我告訴你吧，司機也不願意走這些小道，但是沒有辦法啊，高速公路進入東江市後不超過二十公里便得改走小路，否則根本過不去。」

柳擎宇一愣：「前面不是有高速公路嗎？為什麼不走呢？」

老鄉聽柳擎宇這樣問，臉上立刻露出一絲憤怒，說道：

「是啊，有高速公路不假，但問題是『天宏建工』修的路根本是豆腐渣工程啊，這條公路自從去年九月分通車後不到三個月，有不少路段便坑坑窪窪的，路政的工人都快忙死了，三天一小修，五天一大修，從那之後，就沒有一個星期不動工的！

「更扯的是，一個月前，『天宏建工』負責重新翻修的東江水庫突然決堤，下游許多鄉鎮的農田被淹，遭受洪水直接沖擊、其他公司修的路一點問題都沒有，可是天宏修建的那段大約十公里的路段只是被分流過來的洪水稍微一沖就垮了六公里！」

柳擎宇一聽，竟有這種事！忿忿地問：「難道發生了這麼嚴重的道路事故，那個天宏建工就沒有人管嗎？」

「管？誰敢管？人家在市裡有人，縣裡也有關係，普通老百姓誰敢過問這件事?!

曾經有媒體記者聞訊過來採訪，但是卻突然暴斃身亡，從那之後，就再也沒有記者願意來採問了。而且那段路沿線總有人巡邏，誰要是敢帶手機、相機之類的東西靠近就會被打，即便是當地的老百姓也輕易不敢靠近。」老鄉說到這裡，臉上顯得十分無奈。

柳擎宇震驚地道：「天宏建工這麼囂張啊！難道東江市市委市政府就沒有人來調查此事嗎？這段路就讓它這樣壞著嗎？」

老鄉嘆息一聲：「我聽說市裡半個月前就宣布招標重建這段路了，小道消息說，天宏建工已經報名參加競標，不出意外的話，這條路段還是由天宏建工來負責。」

「什麼？還是由天宏建工負責？難道那段被沖毀的公路出現那麼嚴重的問題，東江市領導看不出來嗎？為什麼還讓他們參加競標呢？」

柳擎宇真的傻眼了。

「這樣的事，就算是我這樣的老百姓都看得清楚，但是東江市的領導看不清楚啊，人家經過所謂的『周密調查』後，說那段路是因為洪水衝擊力過大才被沖毀的，和天宏建工無關。這年頭，官官相護，官商勾結，最苦的還是我們老百姓啊！我們村今年每個人都被徵收了一個人頭費，每個人五十塊，不交錢就不發各種補助！唉！」

說到這裡，老鄉又一聲長嘆，顯得十分無奈。

這個老鄉看起來也就是三十多歲，很是健談，雖然穿著沒有都市人那樣講究，看起來就是個鄉下人打扮，但柳擎宇分析這個老鄉應該是個生意人，否則不會對市裡的事這麼瞭解。

聽到老鄉那聲充滿無奈的長嘆，柳擎宇感覺自己的心好像被錐子狠狠地扎了一下般深深的刺痛。

他雖然還沒有正式上任東江市紀委書記，卻已經對東江市的問題有了初步的瞭解，他有些明白為什麼曾鴻濤對東江市那麼重視了，看來東江市的問題不是一點半點啊。

他不明白，這麼嚴重的建築品管事件，甚至可能涉嫌官員瀆職，竟然沒有任何人承擔責任！另一個疑問也在柳擎宇的腦海中升起，東江水庫既然在一年前剛剛被重新修繕過，為什麼會決堤？

想到這裡，柳擎宇問道：「老鄉，東江水庫決堤那次，雨下了幾天？」

老鄉回憶了一下，道：「就下了半天，雨雖然大，但是正常情況下，水庫是不應該決堤的，因為那種規模的大雨幾乎每年都會有幾場，從來沒有發生過任何問題，而水庫重修後，只下一次雨就決堤了。」

老鄉有些意興闌珊的看向窗外。

汽車繼續前行，柳擎宇的心也隨著車身的顛簸漸漸下沉。

決堤的洪水、被淹沒的村莊和農田，還有被沖毀的高速公路，這些都和那家名叫「天宏建工」的公司有牽連，就連普通老百姓都看得明白的事，為什麼東江市的市領導們看不清楚呢？

為什麼沒有一個人站出來說句話？

東江市的媒體對此事沉默可以理解，但是遼源市的媒體為什麼也保持沉默？白雲省的媒體呢？

高速公路每公里的造價最少也得五六千萬，十公里就是五六億，難道錢就這樣打了水漂嗎？

最讓柳擎宇想不明白的是，東江市準備重新招標，對這條路段進行重建，而天宏建工竟然又要參與競標，如果這次真的又是天宏建工得標的話，那麼這裡面的問題可就太嚴重了。這一進一出可就是數十億的資金啊！難道東江市的市委班子對此就沒有一個人有異議嗎？

就在這個時候，老鄉突然用手拍了拍柳擎宇的肩膀，說道：

「小兄弟，看到沒，那裡就是被洪水沖毀的路段，你看，沿線每隔三四百米就有幾個人在巡邏，名義上是施工考察，實際上是防止有人靠近進行調查。」

柳擎宇順著老鄉手指的方向看去，發現情形果然如老鄉所說，相隔三四百米的地方都有一個搭建起來的活動板房，板房外面的太陽傘下坐著四個人正在打牌。

柳擎宇心中一動，他雖然不是搞建築的，但是對高速公路的修建流程還是明白的。他立刻跟司機打了個招呼，讓司機停車，邁步向公路斷面處走去。

老鄉搖下車窗對柳擎宇喊道：「小兄弟，你千萬不要靠近他們啊，那些人下手可狠了！」

老鄉善意的提醒，讓柳擎宇心中暖烘烘的，與此同時，一股責任感也油然而生，自己即將就任為東江市紀委書記，怎麼能容忍無數像這老鄉一樣的善良百姓忍受那些貪官污吏的壓榨呢！

不行！絕對不行！既然自己要到東江市上任，就要為東江市的老百姓做主，必須讓東江市的官場風氣大大地改觀！

**他不能容忍任何勢力、任何官員把他們自己的意志強加給老百姓，他不能容忍他們以權謀私！**

**當官必須為老百姓做主，否則，那就讓他們回家賣紅薯去吧！**

柳擎宇向老鄉揮了揮手，逕自向公路斷面走去，他想要實地查看一下，這段高速公路到底是怎麼修的，品質為什麼會如此之差。

柳擎宇沿著農田向前走，到了活動板房一百五十米左右的地方，對方已經看到了柳擎宇。

一個彪形大漢拿起身邊的一個大喇叭喊道：「喂，你是幹什麼的？立刻離開此地，否則後果自負。」

柳擎宇可是從屍山血海中爬出來的，怎麼會在意對方的威脅之語，仍然向斷面處走去。

看到柳擎宇竟然不理會警告，彪形大漢把大喇叭往桌上一摔，騰的一下站起身來，諷刺地說道：「哎喲，今天竟然碰到一個生瓜蛋子，敢到咱們哥幾個負責的地盤上撒野，兄弟們，好幾天沒有活動筋骨，咱們也該運動運動了。」

說著，便帶頭向柳擎宇衝了過去。

這哥們看起來有一米八五左右，臉龐黝黑，光著膀子，穿著大褲衩，胳膊上紋著一隻斑斕猛虎，看起來十分彪悍的樣子。

其他三個人雖然沒有這傢伙彪悍，也是一副十分囂張的樣子，聽黑臉大漢招呼，立刻站起身來，罵罵咧咧地說道：

「奶奶的，居然敢給咱哥幾個找麻煩，先打斷他的雙腿再說！」

很快，幾個人便攔在柳擎宇面前，呈扇形把柳擎宇圍在當中。

黑臉大漢用手一指柳擎宇，道：「小子，你幹什麼的？剛才沒聽到我跟你喊話嗎？」

柳擎宇冷冷道：「你以為你是誰啊？這裡又不是你們家的地盤，我愛怎麼走就怎麼走，礙著你啥事了？立刻給我讓開，我要去前面溜達溜達。」

黑臉大漢聽到柳擎宇的話後，不由得哈哈大笑起來：「去前面溜達溜達？小子，你是外地人吧，我警告你，這路沿線三百米內都是禁區，不許任何人踏入，否則後果不是你能夠承受的。」

柳擎宇反問道：「禁區？誰劃的禁區？有東江市市委市政府的批文嗎？如果我非要

踏入呢?」

這時,一個穿著花褲衩的瘦高個兒揮舞著手中的鐵管,劈頭便向柳擎宇的腦袋狠狠地砸下,邊砸還邊冷笑道:「這就是後果!」

黑臉大漢一看,也揮起了手中的鐵管,朝柳擎宇的腰部抽了過去。一時間,棍影重重,四個人向著柳擎宇下了狠手。

柳擎宇的眼神在頃刻間便變得犀利起來。

他沒想到對方一言不合便對自己下死手,自己要是普通老百姓的話,恐怕不死也得半殘了!

怪不得那位老鄉說沒有記者敢報導此事,看來這些人的確非常凶殘。到底是誰給他們如此凶殘的底氣?他們就不怕把人打死打殘了,要受到法律的制裁嗎?

**為什麼?這到底是為什麼?這個東江市到底怎麼了?**

一個個疑問在柳擎宇的腦中升起,他的心情在這一刻變得異常煩躁,尤其是當他看到四根鐵管竟然先後向著自己要害之處狠狠打來的時候,柳擎宇發飆了!

電光石火間,柳擎宇猛的一伸手,便避過第一個出手的那個瘦高個的鐵管,同時握住他的手腕,隨即一抖,這小子胳膊直接脫臼,鐵管瞬間落入柳擎宇的手中,接著,柳擎宇把鐵管猛的向外擋出,架開了黑臉大漢的鐵管!

隨即不到一分鐘的時間,黑臉大漢和其他三人全都被柳擎宇的連環腿直接踹倒在地上，柳擎宇揮舞著手中的鐵管狠狠地把幾個人教訓了一番。

考慮到此處遠離市區，如果打傷他們，流血過多，無法挽救的話容易出人命，柳擎宇並沒有打斷他們的手腳，但是他們每個人都結結實實地挨了柳擎宇八棍！

這八棍看上去並沒有打斷他們的筋骨，但是四人挨了這八棍後卻全都倒在地上，口吐鮮血，想要再爬起來，不是一時半會能做到的。

他們不知道，柳擎宇因為恨透了他們肆意欺壓老百姓的流氓行為，在下手時用了八卦鎖陽棍，八棍都打在他們的關鍵穴位上，而這八個穴位一旦被打中，便徹底鎖死了他們身上的陽氣貫通通道，從今以後，這四個人身上的陽氣將會逐漸萎縮，鬍子也會漸漸消失，聲音變細，成為新時代的「東方不敗」。

搞定這四個人後，柳擎宇大步向前走去。

來到斷面處一看，柳擎宇頓時驚得目瞪口呆。

只見在斷面處的西邊，通往東江市市區的方向，原本應該是高速公路的地方變成了一個個高低起伏的小土丘，在土丘的旁邊，散落了很多大小石塊，土丘與土丘之間，是被水沖出來的一條條的溝渠，水已經消失了，但是這些溝渠和土丘卻保留了下來。

在斷面的東邊則是沒有被沖毀的路面，但見路面上布滿了大大小小的坑槽，大的如臉盆，小的如盤子。

再往前不遠處，路中央突然出現數十米長的裂縫，柳擎宇走過去仔細一看，裂縫最寬處竟然有三指寬，如果是騎自行車的話，車輪肯定會陷進去。

柳擎宇順著裂縫把手插進去抓了一把，放在路面上一看，發現抓到手裡的竟然全都是黃土！

開玩笑嗎？路下面竟然是黃土！

就算是一般的鄉村小路，在路面下也得添加一些石料來墊基吧？高速公路的要求就更加嚴格了，不僅要求有瀝青層，還得有混凝土層、墊土層，還得有流沙層，按照正常的施工，瀝青層下面應該是混凝土層，但是自己卻一把就抓出了黃土！難道自己這把抓得太深了？

他又在不同位置上抓了幾把，發現抓上來的全是黃土，根本就沒有看到混凝土。

柳擎宇拿出手機上網查了一下，按照規定，瀝青層的合理厚度應該在九至十二釐米，他用手量了一下實際厚度，竟然只有四釐米，這還是他放寬了量的結果，如果照實際測量的話，能夠有三釐米多一點就不錯了。

看到這種結果，柳擎宇便知道為什麼路面會裂開了！

這絕對是典型的豆腐渣工程啊！根本就沒有按照施工標準來施工！這樣的路面不出問題才怪！

看到這裡，柳擎宇的心徹底涼了！但是很多問題他也想明白了！他總算知道為什麼東江市這麼急的對這段公路重新招標的原因、明白為什麼沿線要有人看守，以防閒雜人等，尤其是記者靠近了。

想到這裡，柳擎宇拿出自己的手機對斷面兩側分別進行拍照和攝影存證！對每一個細節都不放過。

然而，他沒有注意到，就在距離他幾十米遠的地方，那個黑臉大漢看到他拿出手機拍照後，立刻撥通了一個電話，通報道：

「老闆，我們遇到了一個疑似記者的人，他把我們都打傷了，正在用手機拍照採證，你趕快派人過來吧！」

電話那頭傳來憤怒的聲音：「又一個找死的！那我就成全他！」

掛斷電話，黑臉大漢怨毒地看著柳擎宇一眼，喃喃道：「孫子，得罪我們老闆，你死定了！」

柳擎宇自然不知道黑臉大漢在背後鼓搗的一切，因為此刻他的心思全都聚焦在這十公里的高速公路上。

柳擎宇沿著斷面東側向殘存的路段行走了整整一公里，看完這個路段後，他氣得差點直接罵娘！

這哪裡是高速公路啊，就算是鄉下的土路都比這個平整！一個大坑套著一個小坑，一條裂縫接著一條裂縫，整條高速公路就像是乾旱了十年八年的土地，慘不忍睹！

至於兩邊的護欄，就更讓他抓狂了，護欄顧名思義，要起到保護阻攔的作用，但是這裡的護欄尺寸比正常的高速公路護欄薄了一半都不止，遠遠地看還像那麼一回事，走近一看，根本是一層薄薄的鐵片，風一吹，鐵片便嘩嘩作響。

柳擎宇感覺自己真的有些錯亂了，這也太誇張了吧！

要知道，在公路的建設過程中，第一波有監理公司在現場進行監理，第二波還有建設方，也就是東江市有關部門技術人員和領導負責驗收把關，就算是監理方與承建方沆瀣一氣，路面的瑕疵被掩蓋，但是公路兩邊的護欄可是一直都豎立在那裡，一目了然的啊，難道大家的眼睛都瞎了？

柳擎宇的眉頭緊緊地皺了起來，他越來越感覺到東江市存在的問題不是普通的嚴重！像這樣簡陋的豆腐渣工程建好將近一年了，竟然沒有任何人出聲！而東江市竟然還打算重新招標，一旦公路重建，之前存在的問題將會被掩蓋，**如果還是由那個天宏建工來承包的話，是不是又會重新出現一個豆腐渣工程？**

他向前又走了幾百米後便放棄了，因為他發現剩下三公里左右的路都是這樣，這家天宏建工的膽子真是太大了！

難道這真的只是天宏建工一家的責任嗎？柳擎宇一邊沿著公路往回走，一邊思考這個問題。

他走著走著，突然一陣警笛聲響起，只見六輛警車拉著警笛呼嘯駛來，在距離他最近的土路上停了車，隨即車上下來十幾員警，向他衝了過來。

其中一輛警車上的擴音器響了起來：

「公路上的那個人聽著，你涉嫌嚴重違法，即將被捕，請你不要亂動，否則我們就要開槍了，後果由你一人承擔！」

柳擎宇的臉當即沉了下來。

看到員警呈扇形向自己圍堵過來，柳擎宇站在那裡不動了，他倒是要看看，這些人到底要如何對付自己。

這時，眾人已經把柳擎宇圍了起來，那個黑臉大漢在兩名員警的攙扶下走了過來，用手一指柳擎宇，對帶隊的警官道：「陳局長，就是這個人把我們打傷的，他還用手機拍攝這裡的情況，看樣子應該是記者。」

陳局長四十多歲，面白無鬚，最大號的警服也難以掩飾他那高高隆起猶如孕婦一般的啤酒肚。

聽到黑臉大漢告狀後，陳局長大手一揮，下令道：「先把這小子給我銬起來。」

立刻有兩名員警走向柳擎宇，其他員警則拿出手槍指著柳擎宇，深怕他不肯就範。

柳擎宇冷冷地掃了眼靠近自己的員警，看向陳局長說道：

「陳局長，你不覺得你們這樣做不符合警方辦事流程嗎？首先，你們憑什麼銬住我？我違法犯罪了嗎？」

聽柳擎宇提到辦案流程，陳局長眉頭一皺，從這人不亢不卑的神態中，他感覺到這個年輕人不是一個好對付的主，他越發斷定這人很有可能是記者。

身為東江市市公安局副局長，他主要的任務便是確保這段高速公路的事不被曝光，所以他的壓力非常大，因為他很清楚，一旦事情曝光，不管是什麼原因，他的副局長位子肯定是保不住了，所以，他的神經這段時間一直都繃得很緊。

不過，讓他欣慰的是，自從有記者因為想要曝光這件事一死數傷之後，就沒有記者敢再來報導此事了，這讓他暫時安心了一陣子。

只是沒想到，他剛鬆了口氣，竟然又接到電話，說是有人過來找麻煩，這讓他十分氣惱，立刻擺出官威道：「銬你是因為你涉嫌打人，手段極其殘忍，有黑道分子的嫌疑，現在我們要把你帶回警局調查。」

陳局長當然不會說帶走柳擎宇是因為懷疑他是記者。

柳擎宇抗議道：「我鄭重地聲明，首先，我並不是什麼黑道，更沒有隨便打人，而是出於正當防衛才動手的。我可以配合你們去警局進行調查，但是你們沒有權力銬住我。」

「我們有我們的辦案流程，這一點不需要向你解釋什麼，現在我們必須把你銬住，這就是我們東江市公安局的辦案流程，如果你不配合，萬一我們某位同仁的手槍走火了，後果恐怕不是你能承擔的。所以我奉勸你一句，不要進行無謂的抵抗，乖乖跟我們走一趟。我們不會冤枉一個好人，也絕對不會放過一個壞人的。」陳局長冷冷地說。

柳擎宇仔細看了一下這位陳局長的表情，便知道他沒有嚇唬自己，因為從對方眼底深處掠過了一抹殺機。

作為一個常年在生死線上的狼牙特戰大隊的大隊長，他對這種殺機是十分敏感的。

正好他也想見識見識對方到底想要做什麼，便爽快地伸出雙手道：

「好，好一個擦槍走火，我讓你們銬。不過，陳局長，我最後一次提醒你們，最好一切按照正規的流程辦事，否則後果自負。」

陳局長撇了撇嘴，用眼睛掃了旁邊員警一眼，那兩人二話不說給柳擎宇戴上手銬，隨即又在柳擎宇的身上搜索起來。

然而，兩人摸了半天，卻發現柳擎宇身上除了幾百塊錢外，一無所有。

陳局長的目光犀利地看向那個告狀的黑臉大漢。

黑臉大漢立刻說道：「陳局長，我剛才看到這個小子用手機拍攝這附近的照片來著，這一點絕對錯不了！我沒有撒謊！」

陳局長是個善於觀察的官場老手，看黑臉大漢的表情便知道他沒有撒謊，而且他也不敢跟自己撒謊，但是柳擎宇身上的手機不見了，唯一的可能便是對方藏起來了。

「你的手機呢？」陳局長問。

「我沒有帶手機。」柳擎宇兩手一攤道。

一旁的員警聽了，一腳踹在柳擎宇的大腿上喝道：「我們局長跟你說話呢，老實點，劉黑子從來不會撒謊的，老實交代，你的手機到底放在哪裡了？」

柳擎宇怒視著那個員警：「你憑什麼踹我？誰給你權力踹我的？」

那個哥們一看柳擎宇這種態度，心中大怒，從來沒有人敢在被銬住之後還這麼囂張，他立時拿出身上的警棍就想暴打柳擎宇一頓。

這時，陳局長目光在柳擎宇的臉上掃了兩遍之後，衝著那名員警狠狠地瞪了一眼，對方立刻老實了，一句話都不敢說，乖乖地站在一旁。

就聽陳局長突然呵呵笑道：「好，既然沒有帶手機，那也沒有關係，來人啊，把他帶回局裡去好好調查調查！」

剛才踹柳擎宇一腳的員警聽到局長用這種聲音說話，頓時臉上一喜，隨即露出猙獰之色，因為局長一旦用這種聽著似乎十分溫柔的聲音說話，那就意味著他真的火了，這個傢伙想完好無損地從局裡出來，幾乎是不可能的！

柳擎宇被帶上了警車，陳局長留下一半警力在現場搜索柳擎宇的手機，以防止柳擎宇把手機藏在這兒，再告訴朋友手機的藏匿點。

警車一路疾馳，從荒郊野外行駛了差不多七八公里左右，便駛入了市區。

讓柳擎宇驚訝的是，在剛才駛過的七八公里路段雖然是市郊，但是各色商店、超市一應俱全，在距離市區不到兩公里範圍內，高樓林立，車水馬龍，已經和真正的市區差不多了。

等進入市區後，柳擎宇更加震驚了。

東江市不過是省會遼源市下屬的一個縣級市，但是這裡的繁華程度比之蒼山市這個地級市都不差，甚至還略有勝出。街上更是豪車頻頻出沒，讓人感嘆這座城市的富裕。

警車進入市區後不久，便到了市公安局大院內。柳擎宇直接被帶入審訊室中。

看到「審訊室」三個字，柳擎宇不由得苦笑了一下。

自己和公安局還真是有緣啊，在蒼山市的時候被關了一次，現在剛到東江市，還沒有正式上任呢，竟然又被抓了進來。

進來之後，柳擎宇直接被按在了專用的審訊椅上。

按理說，像柳擎宇這種無名小卒的審訊，陳局長這位堂堂的公安局副局長根本沒有必要出現，只是，這位陳副局長神經太過緊繃，只要是和高速公路有關的嫌疑人在審訊的時候，他都會親自趕到現場進行督導，以免下面人員在辦事的時候出什麼紕漏，導致自己丟掉烏紗帽。

陳副局長坐在審訊席旁邊一把寬大的椅子上，十分舒服地靠在上面，腳搭在前面的凳子上，對自己的嫡系人馬、公安局刑偵支隊副隊長王文奎說道：

「文奎，開始審訊吧，半個小時內必須知道結果，否則晚上你就看著處理吧！」

說完，陳副局長便開始閉目養神起來。

王文奎坐在審訊席上，身邊還坐著兩名員警。

「姓名、性別、年齡、籍貫？」

「柳擎宇、男、廿四歲、北京市。」

「你是北京市人？」

聽柳擎宇說他是北京市人，王文奎的臉上露出了凝重之色，就連剛閉上眼的陳副局長也睜開了眼睛，因為他們擔心柳擎宇是來自北京的重量級媒體的記者，如果真是那樣的話，可就有些棘手了。

柳擎宇點點頭：「沒錯，如假包換。」

「你的身分證呢？」王文奎問道。

柳擎宇毫不猶豫地拿出自己的身分證放在桌上，王文奎拿過來一看，的確是北京市人，他的臉再次陰沉了幾分。

「你是記者？」王文奎直接問出自己最關心的問題。

「你認為呢？」柳擎宇反問道。

## 第三章

# 第一把火

自己要是像以前那樣，未必能夠在東江市站穩腳跟。因此，柳擎宇決定利用這次機會，在正式上任前便先燒起自己新官上任的第一把火！他要透過這次的公路事件，強行在東江市撕開一個口子，看看這東江市的水到底有多深。

「啪！」王文奎狠狠地一拍桌子：「我問你話呢，你到底是記者還是不是？你只需要告訴我是還是不是，我不需要別的答案！」

「是又如何？不是又如何？」柳擎宇挑釁地說。

看到柳擎宇竟然不配合，王文奎身邊的兩個員警就要站起身來好好教訓教訓柳擎宇。

這時，陳副局長發話了：「行了，不要亂動，我們是員警，要文明執法，這是上級三令五申交代過的。」接著目光落在柳擎宇的臉上：

「你為什麼要去高速公路上拍照？你想要知道什麼？」

「我說這位領導啊，你們抓我來好像是因為打人吧，這和我是不是記者，去不去高速公路拍照有關係嗎？按照流程，你們是不是應該問跟打人相關的事？而且，據我的觀察，你們並沒有把跟打人事件相關的另一方當事人帶到警局調查，只單方面把我帶來，你們這樣辦事似乎不太對吧？」

陳副局長對柳擎宇越發忌憚，既然能夠熟知警方辦案流程，這說明對方絕不是普通的記者，不過他臉上卻表現得十分淡定，說道：

「我早就說過了，該怎麼辦案，我們警方有我們警方的規矩，你最好配合！現在，我最後問你一次，你到底是不是記者？你的手機到底藏在哪裡？」

柳擎宇聽陳副局長下達最後通牒，便確定他們抓自己來不是因為他打人，而是怕他是記者。

他淡淡一笑：「我不是記者，這一點，你可以把心放在肚子裡，至於我的手機，我並沒有帶來，還放在我的住所呢。」

陳副局長眼中開始冒火，他看出這個年輕人十分難纏，既然如此，他只能採取一些特殊措施了。

他對王文奎道：「文奎啊，你先審吧，我先睡一會，今天有些累了。」說著，靠在椅子上再次閉目養神起來。

就見王文奎臉上露出猙獰之色，威嚇道：

「柳擎宇，我看你是敬酒不吃吃罰酒啊，來人啊，給他上點措施，讓他知道知道，我們東江市公安局審訊室不是那麼容易進的。」

王文奎話音落下，他身邊的兩個人立刻站起來，一個人手中拿著一疊書，另一個人手中拿著一把鐵錘，臉上帶著變態的興奮，張牙舞爪地走向柳擎宇。

顯然他們是想要嚴刑逼供，這種逼供手法，從外表根本看不出什麼傷，鐵錘擊打的部位卻會受到嚴重的內傷，而且這種傷很難恢復，甚至有可能造成終身殘疾。

柳擎宇對東江市的亂局再次有了深切的體會。那位陳副局長公然以睡覺為名，對手下如此胡作非為不予約束，甚至是暗示縱容，這哪裡是一個市局公安局副局長應該有的作為?!

這個東江市到底怎麼了？為什麼連執法單位都如此黑暗？公安局的幹警應該是老百

姓的守護神才對啊。

看到兩個人越向自己逼近，柳擎宇說道：

「陳局長，如果我是你的話，我是不會縱容手下做出這樣違反規定的事情來的，尤其是對一位即將上任的東江市紀委書記做出這樣的事！」

柳擎宇報出了自己的身分。

正在假寐的陳副局長立時一愣，大腦開始飛快地轉動起來。

這個人是在暗示他是即將上任的紀委書記，他認真地回想了一下，突然想起最近很多人都在議論一件事，那就是即將上任的市紀委書記，據說這位紀委書記是直接從蒼山市新華區區長位置上空降過來的，沒有一點紀委系統的工作經驗，而且很年輕，名字好像叫……

他心頭一震，對了，就叫柳擎宇！

陳副局長如雷劈一般，一下子從椅子上站起身來，拿起柳擎宇的身分證向角落的電腦跑去，隨即登錄警政系統的官網查看起來。

當他打開領導公告欄後，瞬間呆若木雞。因為公告欄裡第一個顯示的就是柳擎宇的大頭照和名字。

這下子，陳副局長知道自己真的惹禍了！

此刻，那兩個員警已經走到柳擎宇身邊，書本墊在柳擎宇的後背上，正準備要動手。

陳副局長衝著他們大喊道：「住手，都給我住手！誰讓你們動手了！放下手中的東西，立刻去給我寫一份檢討報告！」

一邊說著，陳副局長一邊快步向柳擎宇的方向跑了過去。

柳擎宇的臉上露出一絲冷笑。這笑容，冷漠中還夾雜著幾許憤怒！

那兩名員警看到陳副局長的表情，傻愣在當場，不解為何副局長前一秒鐘還暗示他們要好好收拾一頓柳擎宇呢，為什麼突然間叫停，還罵了他們一頓，這位大局長到底是怎麼回事？怎麼突然間好像換了一個人一樣？

緊接著，在場所有的人都看到了讓他們眼珠子掉下來的一幕！

平時高高在上，表現得十分強勢的陳副局長竟然挺著他那碩大的啤酒肚，屁顛屁顛地向柳擎宇跑了過去，躬下身子道：「柳書記，對不起，真是對不起，我們沒想到您提前到了，還被我們的工作人員誤抓了，我給您道歉！」

說到這裡，陳副局長立刻向旁邊一名員警怒斥道：「馬曉三，還不快給柳書記把手銬打開，這位就是我們東江市即將上任的紀委書記柳擎宇同志！」

聽到陳副局長的話，眾人都是一愣，嚇得腿肚子都快要抽筋了，面對紀委書記這種專門對付官員的人，沒有一個人不害怕的。

馬曉三趕忙巴結地道：「柳書記，我給您打開手銬。」

柳擎宇卻說：「陳局長，我記得你們抓我的時候我就說過，請神容易送神難，現在你們把我抓了起來，還差一點就對我逼供，我真的很害怕啊，我看你先把你們局長和政法委書記喊來吧，等他們到了之後，我要和他們好好談一談。」

這下子，陳副局長可急了，政法委書記和公安局局長都是由陳志宏擔任，如果陳志宏一來，自己肯定會被罵到臭頭。他連忙滿臉陪笑說道：

「柳書記，這一切都是我們有眼無珠衝撞了您，還請您大人不記小而過，就不要請陳書記來了，我給您賠禮。」

說著，立即鞠了三個躬。心裡卻想著：柳擎宇！早晚有一天我會讓你加倍奉還，我陳天彪的便宜可不是那麼好占的。

柳擎宇看著陳天彪的謙卑作態，心中卻對這個副局長多了幾分心思，一個可以如此不把面子放在眼中的人，說明此人能屈能伸，城府極深。

如果是一般人，在面對陳天彪這樣的人的時候，尤其是在對方如此誠懇道歉的時候，絕對會盡可能化干戈為玉帛的，但是，柳擎宇不是一般人，從對方今天一連串的表現來看，柳擎宇已經意識到自己在東江市絕對不會那麼一帆風順。

自己要是像以前那樣低調行事，穩紮穩打地推行工作，恐怕未必能夠在東江市站穩腳跟。因此，柳擎宇決定利用這次機會，在正式上任前，便**先燒起自己新官上任的第一把火！**他要透過這次的公路事件，強行在東江市撕開一個口子，看看這東江市的水到底有多深。

想到這裡，柳擎宇堅持道：「陳副局長，請按照我說的去做，今天見不到政法委書記或者公安局局長，我是不會離開的。」

見柳擎宇態度如此堅決，陳天彪知道自己這次恐怕有麻煩了，只能點點頭說：「好，那我出去給陳書記打個電話。」

說著，陳天彪走出審訊室，找了個僻靜的地方，拿出手機撥通了政法委書記兼公安局局長陳志宏的電話。

電話很快接通，陳志宏低沉的聲音從電話那頭傳了出來：「天彪啊，有事嗎？」

陳天彪苦澀地說道：「陳書記，我給您惹麻煩了。」

陳志宏一皺眉頭：「怎麼回事？」

陳天彪立刻把整件事從頭到尾詳細地向陳志宏彙報了一遍。

陳志宏聽了，聲音中透著幾分寒意說道：

「看來這個柳擎宇來者不善啊，人還沒有正式上任呢，就想要找我們東江市的麻煩，天彪，柳擎宇藏起來的手機找到了沒有？」

「目前為止還沒有找到，不過我已經留下人在那邊進行搜索了。」陳天彪回道。

陳志宏立刻說道：「你留了幾個人？」

「六個！」

「六個不行，你再多派幾個人過去，對柳擎宇走過的地方進行地毯式搜索，務必在柳擎宇被釋放前把手機找到，絕對不能給他留下任何把柄。同時加強那段公路的警戒工作，不許任何人靠近。另外，你告訴柳擎宇，說我在下面基層調研，估計得三個小時左右才能回來，如果他願意等就等，不等的話正好。我們必須給那些搜索人員爭取一些緩衝時間。」陳志宏迅速指揮著。

「好，我馬上派人過去！不過，陳書記，既然柳擎宇的身分已經曝光了，他想去視察，是很輕鬆的事，我們有必要把柳擎宇的手機搜到後處理了嗎？」陳天彪不解地問。

陳志宏點點頭：「非常有必要！現在離柳擎宇上任還有兩天的時間，這兩天，柳擎宇是沒有資格插手我們東江市的事的，一會兒你給天宏建工那邊打個招呼，把柳擎宇的事通知他們一下，讓他們看著辦，我相信他們會處理好的。」

「好的，我馬上去辦！」

掛斷電話，陳天彪接連打了幾個電話，把陳志宏交代的事都安排妥當了，這才走回審訊室，對柳擎宇歉意地說：

「柳書記，我剛才和政法委書記兼公安局局長陳志宏同志溝通過了，他正在基層視察，如果往回趕的話，至少得三個小時才能趕到我們市局，您看要不這樣，我先給您打開手銬，您如果要走呢，我們派車送您，要是等著見陳書記，您也可以在市局休息一會兒，我給您準備好房間。」

柳擎宇淡淡說道：「都不需要，我就坐在這裡等陳同志，你們留下來陪著我一起等吧，什麼時候陳同志來了，咱們把事情都談開，你們再離開，這一點沒有什麼困難吧？」

陳天彪連忙道：「沒問題，沒問題。」便連同其他的人一起陪著柳擎宇默默等待起來。

等待的時間是十分難熬的，尤其是陪著柳擎宇這樣一位即將上任的市紀委書記、市委常委。

很多人已經等得心煩氣躁，竊竊私語，然而，柳擎宇卻顯得十分淡定，一直保持著同樣的姿勢，一動不動。陳天彪震驚地看了柳擎宇一眼，心中對柳擎宇多了幾分忌憚。

三個多小時後，眾人等得都有些餓了，審訊室的門突然一開，陳志宏在幾個人的陪同下走了進來。

當他的目光落在柳擎宇身上時，眉頭不由得一皺，柳擎宇手上的手銬竟然還沒有摘下，很明顯，柳擎宇這是故意給自己看的啊！

陳志宏對柳擎宇的印象立刻變得異常糟糕！不過，陳志宏城府極深，他對柳擎宇的好惡沒有在臉上表現出來，隔著老遠便滿臉含笑地道：

「柳書記，真是不好意思啊，沒想到我們竟然在這種場合見面，都是我御下不嚴，讓你受苦了。」

說到這裡，陳志宏立刻朝著旁邊的陳天彪怒聲喝道：「陳天彪，你怎麼這麼沒有眼力啊，既然是誤會，怎麼不早點把柳書記的手銬打開呢？」

陳志宏一上來就把整個事件定性了，想要用此堵住柳擎宇的嘴。

等陳天彪讓人把手銬給打開後，柳擎宇和陳志宏握了握手，諷刺說道：「陳書記，感謝你花了好幾個小時的時間趕過來救我啊，否則的話，我真的不知道還能不能活著參加兩天之後的就職儀式呢。」

柳擎宇這是在表示對陳志宏和自己的不滿，甚至是在要求陳志宏處理自己！陳天彪臉色一沉，心想陳志宏都把話說到這種程度了，柳擎宇竟然一點面子都不給，還給陳志宏出了一道難題。

陳志宏也是一愣，柳擎宇的話讓他感到有些難堪，臉上的笑容也漸漸收斂，鬆開了和柳擎宇握著的手，淡淡說道：

「柳同志，事情已經發生了，陳天彪他們也是無意才把你抓起來的，你看這件事是不是讓陳天彪他們給你道個歉，這事就此掀過？」

陳志宏已經做好和柳擎宇翻臉的準備，就算柳擎宇再強勢，也沒有到讓自己對他有所忌憚的地步，畢竟這裡是東江市，自己是東江市的政法委書記，手中掌握公安局這個強力部門，別說柳擎宇了，就算是面對遼源市普通的副市長，他也沒有任何懼意。

讓陳志宏意外的是，就在他認為柳擎宇肯定不會放過陳天彪的時候，卻見柳擎宇笑道：「好，既然陳書記這樣說了，那今天這件事就此掀過吧。不過，陳書記，我有一點挺好奇的，為什麼這些員警要為那段被洪水沖毀的高速公路保駕護航呢？而且好像還有一些不知名的勢力在沿岸守護著，我不過出於好奇過去看看，卻差點被打傷，這裡面是不是有些什麼貓膩啊？」

柳擎宇直指核心，似乎對那個路段十分感興趣，這讓陳志宏十分不高興，別說是在東江市，就算是在整個遼源市，這個話題都十分敏感，一般官場中人是不會在公共場合討論的。

陳志宏笑著打了個哈哈，道：「哦，這個啊，不過是湊巧罷了，至於有人在那邊守著，我倒是沒有聽說啊，有時間了我讓人去核實一下。柳同志，你這次來東江市算是提前走馬上任還是有什麼安排？怎麼我沒有接到通知啊？」

輕描淡寫間，陳志宏便把話題岔了過去，同時還發起了反擊，探詢柳擎宇的目的。

「我在蒼山市完成交接工作，感覺沒有什麼事了，便過來溜達溜達，感受一下這裡的風土人情，沒有其他什麼安排。」柳擎宇一派輕鬆地說道。

「哦，這樣啊，那這樣吧，現在已經是下午兩點多了，我安排一下，咱們一起吃個飯吧，算是我提前給柳同志接風洗塵，還希望以後你對我的工作多多支持啊！同時也讓陳天彪同志給你賠禮道歉。」陳志宏殷勤地道。

柳擎宇擺了擺手：「不用了，本來我打算利用空檔來東江市溜達溜達，下午還要回遼源市呢，沒想到被抓到這裡給耽擱了，看來只能以後再好好逛逛了，遼源市還有人等著我，我就不打擾陳書記了，我一會兒自己搭車就行了。」

陳志宏也不挽留柳擎宇，說道：「好吧，既然柳同志還有事，我就不強留了，以免耽誤你的正事，那咱們就此別過，以後在工作上多多相互支援。」

「一定一定！」柳擎宇虛以委蛇道。

陳志宏、陳天彪恭敬地把柳擎宇送到市公安局大門外。

等柳擎宇上了計程車確定離開後，眾人回到陳天彪的辦公室，陳志宏立即交代道：「天彪，晚上記得派人找那個計程車司機瞭解一下，看看柳擎宇是不是真的回遼源市了。另外，讓下面的人加快搜索，我看這個柳擎宇不簡單啊！」

陳天彪也深有感觸地說道：「是啊，這個年輕人還真讓人看不透，我本來以為他不打算賣給您面子了，沒有想到這小子把架勢拉得很大，最終卻是草草收尾，真不知道他是怎麼想的。」

陳志宏臉上露出罕見的凝重之色，說道：

「嗯，沒錯，本來我也以為這小子打算對你們大動干戈呢，我之所以來得這麼慢，有一個重要的原因，就是想要刺激一下柳擎宇，希望他因為一時激憤，提出一些過分的要求，他還沒正式上任，我一下子就可以抓住他的把柄，只要這件事我們運作得當，便可以讓他到任後不久便顏面掃地，再也無法立足。哪曉得這小子竟沒有這樣做，真是狡滑！天彪啊，你跟天宏建工好好溝通一下，讓他們注意一下，千萬不能讓柳擎宇回去把手機找到，以免後患無窮。」

陳天彪連忙把陳志宏的吩咐一一記下，自己這位老領導總是能夠料敵先機，在東江市多次的政局動盪中屹立不倒，成為政壇的一棵常青樹，令陳天彪很是佩服。

陳志宏離開後，陳天彪立刻按照陳志宏的吩咐行動起來。

柳擎宇回到了新源大酒店。

他躺在床上，心情久久難以平靜。

不管是陳天彪也好，陳志宏也好，柳擎宇感覺這些人都十分不簡單，尤其是陳志宏，令他不由自主地感到了幾分忌憚。

本來，在陳志宏到達市公安局前，他的確打算借題發揮，狠狠地收拾一下陳天彪，但是陳志宏出現後，他的言行舉止讓他心中升起一絲危險的感覺，他的第六感告訴他，這個男人雖然看起來滿臉笑容，但是十分危險。

柳擎宇很相信自己的第六感，這點他充分繼承了老爸劉飛的超級基因，這也幫助他在戰場上多次躲過敵人的埋伏。所以他當機立斷，決定不再和陳志宏他們糾纏下去，先回酒店休息。

柳擎宇思考了一會，撥出去一個電話，掛斷電話，柳擎宇嘴角露出一絲冷笑，不管這東江市是龍潭還是虎穴，他都決定要好好闖一闖！

兩天後，柳擎宇直接來到遼源市市委組織部，找到市委組織部幹部三處的辦公室，幹部三處是負責遼源市各縣（市）、區幹部工作的處室。

敲了幾聲門後，便聽到裡面傳來一聲不耐煩的聲音：「進來吧！」辦公室裡面坐著一個三十歲左右的中年人，正坐在電腦前，望著電腦螢幕上股票的曲線發愁。

見有人來，中年人瞥了柳擎宇一眼，發現是個大學生模樣的年輕人，便不耐煩地道：「你是哪個單位的？找我們組織部有什麼事？」

柳擎宇看到對方用這種態度和自己說話，心中便多了幾分不高興，不過臉上卻沒有露出來，只是淡淡地說道：「我找你們處長，他在嗎？」

「找我們處長？就你？」聽到柳擎宇的話之後，中年人的臉上露出一絲不屑之色！開玩笑，遼源市市委組織部幹部三處處長級別可不低，那可是堂堂的正處級，享受副廳級待遇，眼前這個年輕人看起來也就是一個剛剛畢業的大學生，頂多是其他單位派到組織部辦事跑腿的，就他，還想要見處長，這不是白日做夢嗎？

尤其是這哥們正在炒股呢，他買的幾檔股票現在行情都在看跌，他心情十分不好，所以柳擎宇說完後，這哥們直接往椅子上一靠，翹著二郎腿，雙臂抱在胸前，露出一副十分傲然的樣子說道：

「我們處長不在，你有什麼事，直接跟我說就成了。」

看到對方這種姿態，柳擎宇臉上有些無奈，人們都說：閻王好過，小鬼難纏，尤其是組織部的人，更是見官大一級，看對方這個態度，肯定是把自己當成其他單位跑腿的了。

誰讓他長得面嫩呢，很多人又習慣於以貌取人，碰到這樣一個極品的人，他也只能直接自報家門了。

「這位領導，我是來東江市就職的幹部，今天是來報到的。」

柳擎宇話已經說得十分明白了，在他看來，自己都這樣說了，對方至少也得幫自己通報一聲。

然而，沒想到這哥們全部的心思都在他面前電腦上的股票指數上，一心正在琢磨著如何割肉呢！如果這些股票再不賣的話，恐怕會賠得更多。

所以，對方目光緊盯著電腦，十分不耐煩地說道：「我們處長不在，你下午四點以後再過來吧！」

其實這哥們根本就是在使壞，因為他們處長下午四點鐘要出去開會，根本不可能在部裡。

柳擎宇也知道市委組織部的工作人員底氣很足，所以他一直把自己的姿態放得很低，雖然對方三番五次地挑釁自己，柳擎宇一直都沒有跟他計較，可是看對方這個樣子，根本就是把自己當成是透明人，故意在忽悠自己，他的火氣一下子就躥了起來。

柳擎宇早就看清楚，幹部三處處長的辦公室就在這間辦公室的旁邊，上面清楚地寫著呢，他之所以先到這邊來，主要目的就是讓辦公室的工作人員幫忙通知處長一聲，讓對方不至於感覺到很突兀。

這是為了表示他對對方的敬重，卻遭到一個小職員的刁難！

柳擎宇直接邁步向外走去，邊走邊說道：「組織部的工作人員就是狂啊，為了炒股，連正常的工作都可以不顧，看來我只能直接去隔壁找崔處長報到了，我得好好問問崔處長，是不是組織部允許下屬工作人員在上班的時間炒股！」

柳擎宇這話一出口，那個炒股的人嚇了一跳，沒有想到柳擎宇居然無視自己的權威，要去崔處長那裡告狀！

這還了得，如果崔處長知道自己在炒股，那自己肯定會有麻煩，馬上就要評估年終績效了，如果在這個時候被崔處長記在黑名單上，那今年年終的績優獎金就沒有了。

所以，這哥們的屁股就像裝了彈簧一般，直接從椅子上跳了起來，快步衝到門口，一把攔住柳擎宇，眼中充滿憤怒地說道：

「我說你這個人到底是怎麼回事？懂不懂規矩啊，我們崔處長是你想見就能見的嗎？你到底有什麼事？我幫你辦就可以了。」

這一次，這哥們不敢再像以前那麼囂張了，他發現這個年輕人好像根本不懂官場上的規矩，要知道，官場上到處都充滿了規矩。尤其是當你需要進入某個衙門口求人辦事的時候，你必須遵守別人的規矩！別人讓你站著，你就得站著；讓你等著，你就得等著；讓你熬著，你就得熬著。

對於這種規矩，官場上的很多人早就習以為常了，所以很多人在辦事之前，都會先找熟人幫忙打個招呼，這樣辦事的時候就不會受到各種刁難，順利把事情辦妥；如果你沒有熟人，那你就站著、等著、熬著吧！

柳擎宇聽到對方說他要幫自己辦事，臉上露出一絲不屑的冷笑：「幫我辦事？你好像還不夠資格吧？」

這一刻，柳擎宇的身上直接散發出強大的氣勢，這是一種正處級幹部的官威！

雖然柳擎宇平時不屑於擺出這種氣勢來，但是面對這個狗眼看人低的小職員，他真的有些生氣了，說話的時候，一點面子都不給對方。

這一下，可把這個小職員氣得不輕，看向柳擎宇，質問道：「我不夠資格？你開玩笑吧，你到底要辦什麼事情？」

這時，柳擎宇拿出自己的調令遞給對方。

小職員看到柳擎宇居高臨下的不屑表情，心情那叫一個不爽，心中暗道：「我倒要看看你到底要辦什麼事，瞧我不折騰死你！」

只是，等他接過調令仔細看了之後，臉色刷的慘白起來，額頭上也開始頻頻冒汗了。

調令上白紙黑字寫著廿四歲，正處級，擬調往東江市擔任市紀委書記！

雖然東江市只是遼源市下屬的縣級市，但是這個紀委書記可是十分重要的位置，而正處級的級別更是他望塵莫及的！

他老大不小都三十好幾了，才剛剛混到一個副科級的科員，而人家廿四歲便已經是正處級，這差距不是一點半點啊，要說沒有背景，誰相信啊！看來此人的背景不會簡單啊！這一刻，這哥們終於意識到自己這次是踢到鐵板上了。

不過，這哥們也有他的生存智慧，看完調令，臉上立刻露出恭敬的討好笑容：「原來是柳書記啊，真是對不起啊，我沒有想到您竟然這麼年輕，真是年輕有為啊，今天的事都怪我有眼無珠，沒有認出您來，還請您大人不記小人過，不要和我這樣的小職員一般見識啊。您稍等片刻，我馬上去崔處長那裡幫您通報一聲。」

說話間，這哥們對著比他年輕十來歲的柳擎宇點頭哈腰，就差給柳擎宇跪下了。

看到對方擺出如此一副嘴臉，柳擎宇原本的怒火一下子就熄了，這個世界就是這樣，有些事情太認真了，只會把自己氣死。

「好吧，那就麻煩你辛苦一趟了。」柳擎宇淡淡說道。

「應該的，應該的。」

那哥們點頭哈腰地先讓柳擎宇在沙發上坐下，然後給柳擎宇倒了杯茶，這才轉身離開辦公室，敲響了隔壁的房門。

進門後，他看向坐在寬大辦公桌後面的幹部三處處長崔岩波道：「處長，有一個叫柳擎宇的同志過來報到，說是要見您，您看，這是他的調令。」

說著，便把調令放在崔岩波的桌子上。

崔岩波拿過調令掃了一眼，點點頭道：「哦，到了啊，讓他過來吧。」

小職員應和一聲，立刻彎著腰倒退兩步，這才轉身離開。

回到自己的辦公室，他立刻滿臉含笑，討好道：「柳書記，我剛才和崔處長好好說了一下，崔處長已經同意你過去了。」

他這是在暗示自己為這件事也算盡心出力了。

柳擎宇笑道：「好，那就多謝了。」

說著，柳擎宇邁步走到隔壁崔處長的辦公室，在他離開這個辦公室的那一刻，他已經把這個哥們淡忘了。

崔岩波看到柳擎宇進來，並沒有站起身來迎接，公事公辦地說：

「柳同志，你的調令我看到了，這樣吧，上午我還有點事，下午兩點鐘你到我辦公室來，我親自送你到東江市上任。」

看崔岩波的姿態，柳擎宇心中一動。他感覺到這遼源市市委組織部的人對自己並不怎麼重視啊！否則剛才那個哥們不應該不曉得自己今天要過來報到的。

崔岩波說完話，便低下頭去，繼續做自己的事來，直接無視柳擎宇的存在了。

柳擎宇自然不會天真地認為對方只是在擺架子而已。要知道，到了一定級別，其城府和心機一般都不會太差，在面對同級別的幹部之時，尤其是以後有可能經常打交道的幹部，通常是不會讓對方太過難堪的。

但是今天崔岩波的樣子，明顯就是給自己臉色看！

而且從崔岩波的話中，柳擎宇還得到了另外一個訊息，那就是自己前往東江市上任只有崔岩波這個三處處長相送，連一個副部長都沒有派，這相當不給力。

自己再怎麼說也算是由省裡空降過來的，按理說，遼源市市委組織部也該給省裡一個面子，派出一個副部長送行，但是對方卻偏偏只派了一個處長相送。

最重要的是，這個處長對自己十分冷漠，如果在送他去的時候也是這種姿態的話，那麼這將會給東江市的市委班子一個感覺，那就是自己根本不受遼源市市委領導的重視，這樣一來，自己在東江市要想樹立威信可就沒有那麼容易了。

這些念頭在柳擎宇的大腦中迅速閃過，看到崔岩波低頭工作，他不動聲色地說道：「好，那崔處長你忙你的，我就不打擾你了。」

雖然心中有氣，柳擎宇還是壓了下去。經過這兩年的鍛煉，他已經明白了很多官場上的事，所以也鍛煉出喜怒不形於色的能力。

當然，對柳擎宇來說，忍耐還是有一定限度的。

中午，柳擎宇在外面找了個大排檔吃了碗番茄雞蛋麵後，便在遼源市到處轉悠了起來。

這是一座充滿生機和活力的城市，高樓大廈鱗次櫛比，路邊各色商店一家接著一家，街道上人流摩肩接踵，處處透露出繁華氣息。

蒼山市同屬白雲省下轄的地級市，但是和省會遼源市比起來，就好像是一座小縣城一般，差距十分大。

柳擎宇即將上任的是紀委書記這個職位，在市區轉悠的時候，卻用心體會著整座城市的發展精髓，以及整個城市的經營策略，這些都是可以通過肉眼觀察，通過細節來感悟的。

當然，一般人是做不到這一點的，但是柳擎宇卻能夠做到。

原因很簡單，老爸劉飛留給柳擎宇的厚厚的筆記本內，記錄著他在每個地方的為官之道，經濟發展之道，城市經營之道以及政治鬥爭之道。

雖然這些東西有些僅僅是一句話，甚至是幾個字，但是柳擎宇卻可以透過對新聞和網路上的搜尋，對老爸感悟的聯想模擬出當時的環境，從而體悟老爸在政治、經濟領域上獨特的想法，這些東西對柳擎宇進入官場後制定發展戰略有十分深遠的影響。

尤其是老爸一直堅持的發展經濟必須讓老百姓受益的這個最基本的原則，柳擎宇不管是在關山鎮還是在新華區、高新區的時候，都嚴格地遵守著。

柳擎宇轉了兩個多小時，對東江市的城市發展理念大概有了一些初步的理解，在柳擎宇看來，遼源市雖然經濟發展快速，但是存在的問題卻不少，要是套用老爸在經濟領域的見解，恐怕得送上「假性繁榮」四個字！

柳擎宇到幾家房仲公司和房產樓盤詢問了一下，發現遼源市非中心區的房價已經漲到了三萬多一平米，市中心的房價則是漲到了六萬到八萬，就算是二環附近的房價也是兩萬多，這種房價已經嚴重超出了老百姓的承載能力。

要知道，一般老百姓一個月的收入也就是三四千元而已，經理級的工資好一點，也就七八千。

柳擎宇查閱了遼源市近十年來的房價，十年前，市中心的房價是六千元一平米，二環附近是兩千元，這個價格是很正常的。

隨著環境的變化，房價保持平穩的上升態勢，五年前，市中心房價不過是一萬元一平米，但是自從現任遼源市市委書記、省委常委李萬軍上任市長之後，上馬了一連串城建規劃和各種建案，在這些措施的刺激下，房價飛快上升，兩年前，市中心的房價已經達到三萬元一平米。

後來，李萬軍被提拔為市委書記、省委常委後，遼源市的房價就像坐上火箭一般，飆升到了八萬元一平米！

此刻，坐在計程車趕往市委組織部的路上，柳擎宇陷入了深深的思考之中。

**難道經濟的發展非得綁架著房價的提升嗎？這麼高的房價，普通的老百姓買得起嗎？**老百姓辛辛苦苦積攢了一輩子的錢僅僅夠給兒女們湊個買房的頭期款，這樣的經濟發展真的是讓老百姓受益嗎？

「小兄弟，市委大院到了，你該下車了。」這時候，計程車司機喚醒了陷入沉思中的柳擎宇。

柳擎宇對計程車司機笑了笑，付了車錢，下車走進市委大院，來到組織部幹部三處處長崔岩波的辦公室前，敲響了房門。

「進來。」依然是那冷漠的聲音。

柳擎宇走進辦公室，發現崔岩波仍是在看公文，依然無視於他的存在，便自己找了個沙發坐了下去。他的臉色十分平靜，但是眼神卻漸漸冷了起來。

柳擎宇坐了差不多二十分鐘，崔岩波這才放下手中的公文，站起身來說道：

「柳同志，真是不好意思啊，我手頭有一個緊急公文需要處理，讓你久等了，現在終於處理完了，可以走了。」

「好，那就麻煩崔處長了。」柳擎宇禮貌上地回應。

兩人上了市委組織部的專車，一路向東江市駛去。

路上，崔岩波看向柳擎宇道：

「小柳同志，對於你此次東江市上任紀委書記這個職位，你有沒有什麼想法？打算怎麼樣把這個工作做好？」

柳擎宇沒有想到崔岩波會問自己這個問題，心想這位崔處長對自己沒有什麼善意，對崔岩波便多了幾分提防之心。

看到柳擎宇表情凝重，崔岩波笑著拍了拍柳擎宇的肩膀，說道：

「小柳同志，不要這麼嚴肅嘛，咱們只是隨便聊聊，不要有什麼顧慮，有啥說啥，咱們的談話又不會記錄的。」

說到這裡，崔岩波又解釋道：

「小柳同志，你可能誤會我了，我這個人平時並不是一個嚴肅的人，做事也很少拖拉，只不過前幾天在一次幹部考察中，下面的人出了一個嚴重的錯誤，上午你來我辦公室的時候，我正在處理這件事，下午我正在對此事進行最後的確認，所以對你可能有所怠慢，你千萬不要介意。對你這種年輕有為的同志，我是非常欣賞的。」

崔岩波說話的語氣聽起來十分真誠，而且身為幹部三處的處長，他也的確有傲然的本錢，畢竟他手中掌握著遼源市各個縣市、區幹部的考察工作，就算是各個縣市、區的書記、縣市長們面對他的時候，也得禮讓三分。

柳擎宇聽了崔岩波的話，不僅沒有因此而有所放鬆，反而警惕性更高了，因為他相信，像崔岩波這樣一個性格高傲之人，要想讓他道歉是很難的，但是他竟然向自己道歉，而且還問了一個看似沒有什麼營養的問題，這讓柳擎宇感覺到裡面肯定有問題。

所以，他略微沉思了一下後，說道：「崔處長，你太客氣了，我知道市委組織部領導們一向很忙，所以你不用向我道歉。」

「嗯，你理解就好。小柳同志啊，你說說看，你打算怎樣在東江市展開工作呢，我以前也做過紀委的工作，咱們可以交流交流嘛！」崔岩波再次追問道。

柳擎宇打哈哈道：「崔處長，說實在，我還真沒有想好到底應該怎樣展開工作，不過嘛，工作原則是有的，那就是貫徹國家的法律法規，加強對腐敗分子的打擊和懲治力度，維護法律的尊嚴！」

崔岩波心中一動，從柳擎宇的話中，他感覺到柳擎宇並沒有說謊，他的確想要這樣做。一抹寒光從崔岩波的眼底飛過。

然而他看向柳擎宇的時候，臉上卻多了幾分笑意：「嗯，不錯不錯，小柳同志啊，很不錯啊！」

笑容掛在臉上，心中緊握殺人刀！

崔岩波的虛偽，柳擎宇又怎會看不出來?!隨便應和了兩句後，兩人便結束了這場相互試探的談話，汽車一路疾馳，來到東江市市委大院外。

此刻，在東江市市委大院外，東江市市委書記孫玉龍、市長唐紹剛，正帶著東江市的市委班子成員以及東江市各個系統的一二把手們在大院外面等候。

汽車在門口停下，孫玉龍和唐紹剛立刻迎了上去。

崔岩波先從車內走出來，柳擎宇緊隨其後。

孫玉龍主動伸出手來和崔岩波使勁地握了握，滿臉含笑道：「崔處長，歡迎到我們東江市指導工作啊！」

崔岩波熱情地和對方握了握手，笑著回應道：「孫書記，你太客氣了，我今天來是另有任務。」

聽崔岩波這樣說，柳擎宇立刻會意，按照正常的流程，這個時候，崔岩波應該要將自己介紹給東江市的眾人了，所以柳擎宇微微上前了一步。

然而，讓柳擎宇傻眼的一幕發生了，崔岩波說完這句話後，根本沒有提有關柳擎宇到任的半個字，只握住市長唐紹剛的手，熱情地寒喧道：「老唐啊，咱哥倆又見面了，你看起來還是那麼年輕帥氣嘛！」

「老崔，你也是威風不減當年嘛！」唐紹剛回道。

聊完，崔岩波又接著和其他東江市市委常委們握手，柳擎宇就那樣十分尷尬地站在那裡。

他被崔岩波給耍了！柳擎宇臉色陰沉下來。

當柳擎宇感受到在東江市市委常委們背後，各個市局領導們充滿震驚、異樣的目光時，他深刻意識到自己在東江市的力量是那樣弱小，自己真的能夠完成省委書記曾鴻濤交給他的任務嗎？

很快，柳擎宇便從沉思中解脫出來，因為他從來都是一個不懼怕任何挑戰之人，哪怕是環境再險惡，他都會堅持到底。

這個時候，柳擎宇突然有所感悟。做任何事都不可能是一帆風順的，事情不會以你自己的主觀想法為轉移，要想做成事情，必須循序漸進，至少不能急於求成，更不能把所有的期望寄託在別人的身上，因為每個人都有自己的利益訴求點，你不能滿足別人的需求，別人又怎麼能照顧到你的心情呢？

所以，他唯一能夠做的，便是靠著自己的打拼，去實現自己的理想，去達到自己的目的。

想到此處，柳擎宇臉上的陰沉之色漸漸收斂，眼底深處的那種鋒芒也漸漸淡去，取而代之的是一種淡定、從容之色。

至於尷尬、面子這些身外物，柳擎宇已經將之置諸度外。

這時，崔岩波和東江市的市委班子成員們握完手，這才走到柳擎宇身邊，向眾人介紹道：

「各位，下面，我向大家隆重介紹，這位便是我這次東江市之行的主要任務對象：柳擎宇同志！相信大家都知道了，省裡把柳同志特地從蒼山市調到東江市來，是希望加強東江市紀委系統的工作，加強反腐倡廉的力度，在來東江市的車上，我和柳同志聊過，柳同志是一個很講究原則的同志，他說到了東江市後，一定會貫徹國家有關的法律法規，加強紀委的監察整頓力度，讓東江市走上政治清廉之路。讓我們對柳同志的到來表示熱烈的歡迎。」

在場的常委們先是一愣，隨即臉上帶著各色表情，機械式地鼓起掌來。

市委書記孫玉龍主動伸出手來和柳擎宇握了握，說道：

「柳同志啊，作為班長，我代表東江市市委市政府對你的到來表示熱烈歡迎，希望我們東江市紀委系統能夠在你的帶領下真正發揮反腐的功能。來，我給你介紹一下我們東江市的其他領導班子成員。」

隨後，在孫玉龍的帶領下，柳擎宇與東江市其他常委班子成員一一握手，彼此寒暄。介紹完畢，眾人進入市委禮堂，柳擎宇的就職典禮正式開始。

就職典禮上，按照流程，先是崔岩波代表市委組織部對柳擎宇做了簡單的介紹，希望東江市方面能夠照顧好柳擎宇。隨後，則是市委書記孫玉龍代表東江市方面講話，對柳擎宇到來表示歡迎，並對柳擎宇的未來表現表示了強烈的期待。

接著，便輪到就職典禮的最高潮，柳擎宇的就職演說。

柳擎宇掃視了下面的眾人，朗聲說道：

「非常感謝省委領導對我的關心和重視，讓我有機會可以從蒼山市調到東江市來工作；也非常感謝東江市各位領導、同仁們對我熱情的鼓勵。在這裡，我不想說什麼空話，我認為那樣的話聽著好聽，卻沒有什麼實際意義。我就直接說一說我的為官之道。

「我認為，身為官員，就必須遵守國家所制定的各項法律和規章制度，絕對不能知法犯法，必須以身作則。我以前沒有在紀委系統工作的經驗，但是我會嚴格按照法規和流程辦事，對一切腐敗勢力、腐敗行為零容忍！

「如果今後在工作上和各位領導、同仁產生了摩擦，還希望大家多多體諒。如果行事上影響到了大家的利益，那麼我只能說一聲對不起，因為我是紀委書記。」

全場頓時鴉雀無聲。

沒有人會想到柳擎宇在就職演說上，直接來了這麼一段充滿火藥味的演說。

孫玉龍和唐紹剛這兩位正副班長臉色立時暗沉下來，顯然柳擎宇這是在明確地告訴東江市的所有人，他上任之後，將會放手去做，完全不會顧及當地官員的利益。

冷場！絕對的冷場！

沒有一個人鼓掌！

眾人看向柳擎宇的目光中都充滿了敵意！

沒有人會喜歡一個超級強勢的紀委書記，尤其是一上來就作出一副堅決反腐姿態的紀委書記！

冷場持續了將近二十秒的時間，這才在市委書記孫玉龍和市長唐紹剛的帶領下響起了稀稀落落的掌聲。

眾人以為柳擎宇的就職演說這個時候已經結束了，然而眾人掌聲剛落下，柳擎宇又接著說道：

「我知道，我的到來似乎東江市很不歡迎，但是不管大家歡迎還是不歡迎，我已經來了，希望大家都能調整好自己的心態，做好各自的工作。好了，我的就職演說結束，謝謝大家。」

說完，柳擎宇靠在椅子上，一臉的平靜，就好像剛才那些話不是他說出來的一般。整個會場再次冷場。

這時，孫玉龍瞥了柳擎宇一眼，對主席臺下的眾人說道：

「各位同志，看來我們這位新上任的紀委書記柳擎宇同志很有幽默感，就職演說聽起來就像是電影臺詞一般，再配上柳同志嚴肅的表情，我看柳同志可以去競選奧斯卡金像獎了，下面，讓我們對柳同志這種充滿幽默風格的就職演說表示熱烈支持！」

孫玉龍說完，現場響起了熱烈的掌聲，還有眾人不時發出哄笑聲。

柳擎宇心知孫玉龍話中的真正含意，是說自己剛才的表現就像是演員在演戲，這分明是在打擊自己的威嚴。

他本想藉就職演說來樹立自己紀委書記威嚴的目的，被孫玉龍輕描淡寫的幾句話給打得一點不剩，讓他不得不承認孫玉龍這個市委書記非常厲害。

## 第四章

# 無形黑手

等何耀輝離開後，柳擎宇的眼神漸漸轉冷。從何耀輝的種種作態，他感覺到有一隻無形的黑手操控著一切，否則，何耀輝這麼一個小小的紀委辦公室主任怎麼敢給自己這個堂堂的市委常委設下這麼多的陷阱？

就職演說結束後已經是下午五點多了。

按照流程，散會後，便是歡迎晚宴，孫玉龍對崔岩波說道：「崔處長，歡迎晚宴我們已經準備好了，今天晚上您可得多喝幾杯啊。」

崔岩波推辭說：「很感謝東江市同志們的熱情款待，今晚的晚宴恐怕我無法參加，我還有一件緊急的公務需要處理，得立刻趕回去，就此告辭了。」

隨後，崔岩波便直接上車離開了。

崔岩波走後，孫玉龍歉意地對柳擎宇說：「柳同志，真是不好意思啊，我晚上也有一個十分重要的外國客人需要接待，就讓其他同志陪你赴宴吧，改天有時間了我再給你補上！」說完，孫玉龍也離開了。

孫玉龍的離開猶如給平靜的湖面拋入了一顆石子，頓時濺起陣陣漣漪。

孫玉龍剛走不久，市長唐紹剛的手機便響了起來，唐紹剛哼哼哈哈地接了幾句後，掛斷電話，隨即說道：「柳同志，我也有點事需要處理，先走一步，改天我和孫玉龍同志一起給你補上。」

唐紹剛也沒管柳擎宇答不答應，轉身就走。

接下來，在前往宴會餐廳的路上，不斷有人向柳擎宇以各種理由提出告辭。

當一行人到達宴會大廳門口時，柳擎宇赫然發現，整個市委常委班子裡面，除了人武部政委姜文國以外，其他常委們全都走光了，而各個市局的一把手們也基本上都走光了，留下來的人，加在一起勉強湊成兩桌。實際上，今天一共預訂了整整六桌飯菜。

此刻，柳擎宇就算是再傻，也知道自己是徹底被東江市整個市委班子孤立了。

除了姜文國，沒有一個人給他柳擎宇面子。

這時，留下來的人目光都落在柳擎宇的身上。大家都想看看這位新上任的紀委書記接下來會怎麼做。

說實在的，留下來的，基本上在各個單位都屬於比較邊緣化的人，沒有什麼實權；另外，也不乏一些投機之人，想趁機找到可鑽營的空間，柳擎宇接下來的表現會決定他們將來是否要向柳擎宇靠攏。

柳擎宇自嘲道：「真沒想到東江市市委市政府的各位領導們很忙嘛，連吃個飯都沒有時間，不過這樣也好，少點人吃飯比較清靜。不過，我看原本預訂的宴會廳顯得很空曠，那樣喝酒太沒有意思了，這樣吧，既然大家留下來，說明看得起我柳擎宇，給我面子，晚上我做東，去東江市凱旋大酒店一醉方休。大家看怎麼樣？」

聽了柳擎宇的話，一旁的姜文國眼中不禁露出欣賞之色，他本以為柳擎宇被孫玉龍、唐紹剛等人聯手狠狠地耍了一下後，肯定會勃然大怒，拂袖而去，萬萬沒有想到，柳擎宇不僅沒有走，反而乾脆放棄去原來市委預訂的宴會廳吃飯，改換酒店。

雖然都是吃飯，但是兩者意義卻完全相反。

如果柳擎宇拂袖而去，那就真的上了孫玉龍等人的當了，因為那樣的話，他將會失去留下來的這些人對他的信任和期待，在東江市徹底被孤立。

然而柳擎宇如果去原先市委預訂的酒店，那麼他依然會落入孫玉龍等人的算計之中。

別人不清楚，作為在東江市擔任了三年多市委常委的人武部部長，姜文國卻非常清楚，市委雖然在這家酒店裡預訂了包間和飯菜，但是並沒有付帳，如果柳擎宇帶著眾人留下來吃飯，那麼今天這六桌的錢都得由柳擎宇來買單。

當然了，官場上的人，誰會真金白銀地付帳呢，很多人早已養成簽字的習慣，既然市委的人會在這裡預訂飯菜，那就說明這裡肯定是市委的定點飯店之一，是可以簽字的。

所以最終的結果肯定只有兩個，要麼柳擎宇簽字後，這筆錢算在市委或者市紀委的帳上；要麼柳擎宇先支付，然後拿發票回去報帳。

不管柳擎宇到底選擇哪個，這都會成為他的把柄，一旦在鬥爭最激烈的時候被有心人推出來，必將會成為壓倒駱駝的最後一根稻草。

三年前，省裡空降下來的柳擎宇上兩任紀委書記，就是因為和柳擎宇眼前類似的經歷，被孫玉龍等人抓住了把柄而黯然下臺，而上一任紀委書記則是被對方拉攏腐化，最終被一腳踢開。

柳擎宇卻跳開了孫玉龍設的坑洞，選擇自己掏腰包請客，不管柳擎宇是有意也好，無意也好，姜文國從柳擎宇此舉，看到了這個紀委書記人雖然年輕，行事卻十分沉穩謹慎，比前兩任紀委書記都要老到。

姜文國知道，自己冒險留下來，看來是做對了。

接下來，眾人便前往「凱旋大酒店」。

讓眾人意想不到的是，來到酒店後，柳擎宇竟然直接走入酒店最高檔的天字一號包間！這讓所有人都震驚不已。

「凱旋大酒店」雖然不是東江市唯一的一家五星級酒店，但是絕對屬於東江市最好的酒店。這裡的包間是分等級的，包括天地玄黃四級。

天字號包間主要是給東江市市委常委們使用的。然而，即便是東江市市委書記孫玉龍要想使用天字號房，也只進得去天字六號包間而已。

因為天字二號到五號的包間是酒店預留備用的，除非有遼源市市委常委親臨，否則不會開放。至於天字一號，那是專門給省委領導或者特殊的客人準備的，不管你多有錢，想進入都沒戲。

更讓眾人掉眼珠的事還在後面呢。

當一行人在一號包間內坐定，點好菜後，酒店的總經理羅海峰竟然親自來到包間，手中端著兩瓶特供茅臺，滿臉含笑跟眾人打了個招呼，隨後看向柳擎宇，恭敬地說道：

「柳書記，您好，我是酒店總經理羅海峰，剛剛得知您到我們酒店來用餐，真是讓我們酒店蓬蓽生輝啊。十分抱歉，我來得有些遲了，這是我私人收藏的好酒，今天就貢獻出來，算是給您賠禮了，還請您見諒！」

羅海峰把兩瓶茅臺放在桌上，又說道：「柳書記，您還有沒有別的吩咐？」

柳擎宇看了那兩瓶茅臺一眼，笑著說道：「羅總，你真是太客氣了，這兩瓶酒可是有些年頭啊，看樣子應該得來不易，我看你還是收回去吧。是我今天來得太突然，你不需要向我道歉的。」

羅海峰連忙擺手道：「柳書記，您千萬不要這樣說，您要是不收，我可真的害怕了。」

柳擎宇開玩笑說：「羅總，你知道的，我是紀委書記，是不能隨便收人禮的，那樣的話，我豈不是要把自己雙規了？」

這話一說完，眾人都哈哈大笑起來。

大笑之餘，眾人看向柳擎宇和羅海峰的目光中，也多了幾分不解和疑惑。

別看這個羅海峰只是酒店的總經理，這個人非常不簡單，據說這傢伙在省裡有些背景，就算是東江市市委書記孫玉龍對他也得禮讓兩分。

而桌上這兩瓶酒的來歷更是稀少，這可是專供省委常委級別的酒，尋常人是喝不到的，也存貨不多，對愛喝酒的酒場老手來說，絕對是寶貝啊。

但是羅海峰卻捨得把這麼好的酒拿出來送給柳擎宇，為什麼羅海峰這麼重視柳擎宇呢？柳擎宇真正的背景又是什麼呢？

這時，羅海峰顯得有些尷尬。

其實，他之所以要把這兩瓶酒送給柳擎宇，也是存了為柳擎宇撐一撐面子的意思。

身為凱旋大酒店的總經理，他非常清楚，能夠持有酒店貴賓卡的人，絕對不會是普通人。尤其柳擎宇的貴賓卡級別之高，即使是一般的省委領導都未必有。

就聽柳擎宇笑道：「這樣吧，羅總，我這裡有幾張明德酒莊的酒票，就送給你了，憑這些酒票，你可以去明德酒莊買幾瓶用純正綠色糧食釀造的白酒，就算是和你這兩瓶酒進行等價交換吧！」

說著，柳擎宇從口袋掏出六張明德酒莊的酒票遞給羅海峰。

眾人更加驚異了。因為明德酒莊的酒從來不對外銷售，也從來不進入特供行列，但是夠級別、愛喝酒的人，都聽說過明德酒莊這個名字，因為明德酒莊的酒絕對正宗、好喝，喝過的人都會豎起大拇指。

只是明德酒莊的酒並不在市面上流通，他們只靠酒票發售，而且看票不看人，只要持有酒票的人，就算是普通老百姓也能購買；可是沒有酒票，就算你再有錢有勢，他們也不賣！

很多官員在給上級送禮的時候，如果能夠送上兩瓶明德酒莊出品的酒，一定會讓上級對你另眼相看。

因而此刻大家心中都有一個共同的疑問：這個柳擎宇到底是什麼來頭？

接過明德酒莊的酒票，羅海峰內心激動異常，興奮得無以復加。他太清楚明德酒莊酒票的價值了，說是萬金難求都不為過。

「柳書記，看來今天我的道歉不僅沒有吃虧，反而賺到了，這明德酒莊的酒票我可就不客氣了，這可是千金難買的好東西啊。」

羅海峰小心翼翼地把酒票放入貼身口袋中收好，然後說道：

「各位領導既然是柳書記的朋友，也就是我的朋友，為了表示我的歉意，我這裡有幾張貴賓卡，就算是我的一點心意！」

羅海峰從口袋裡掏出一疊貴賓卡，一一發給眾人。

羅海峰發給眾人的都是地級一品卡。在場的人，身上持有的都是玄字號的貴賓卡，好一點的也就是地級貴賓卡，就算是持有地級貴賓卡的，也很難弄到前五號的包間。因為地級貴賓卡也是分為地級一品和地級二品兩種規格，一品的許可權可以預定地級前五號的包間，而地級二品只能預訂六號以後的包間。

更讓大家羨慕的是，羅海峰給姜文國的則是天字二品卡。

天字號的卡分為三級，天字一品卡可進天字一號包間，二品卡可進天字二號到五號的包間，而三品卡則是進天字六號以後的包間。即便是市委書記孫玉龍，手中也僅僅只有天字三品卡。

看著手中的卡片，姜文國心中就是一動。**他在意的不是卡的本身，而是羅海峰發給自己這張卡的用意。**

因為他很清楚羅海峰的頭銜雖然是凱旋大酒店的總經理，但實際上，他的關係網可以覆蓋到省裡，這也是凱旋大酒店包間級別分得如此清楚，孫玉龍等人卻不敢對他下手的原因。

這樣一個牛氣哄哄的人，偏偏在第一次見到柳擎宇的時候就想方設法討好柳擎宇，甚至主動幫柳擎宇維繫關係，這功夫可是下得夠足了！

羅海峰發完卡後，便藉口有事離開了，隨後宴會正式開始。

首先發言的是姜文國。

姜文國舉起酒杯，看向柳擎宇說道：「柳書記，這一杯我們大家一起敬你，算是給你接風洗塵。」

其他人紛紛附和道：「是啊，柳書記，這一杯給你接風洗塵。」

大家紛紛碰杯，相互對喝。

隨後，姜文國又舉起杯，想要單獨敬柳擎宇，柳擎宇卻舉起酒杯說道：「姜政委，各位同事，第二杯由我回敬大家。今天的事，我相信大家心中都有數，對大家能夠在這種情況下依然出席今天的宴會，我表示由衷的感謝，謝謝大家給我柳擎宇這個面子。我先乾為敬。」

說完，柳擎宇一飲而盡。

柳擎宇這杯酒敬得可說是恰到好處。

眾人之所以肯留下來，就是希望柳擎宇能夠記住自己的名字，甚至能夠在關鍵時刻提攜自己一下，再不濟，萬一自己觸碰到了紀律問題，柳擎宇也許會看在這次的份上網開一面，也算不虛此行。要是能有機會進入柳擎宇的法眼，成為柳擎宇的心腹那就更好了。

所以，柳擎宇的回敬讓眾人感覺到十分有面子，心中對這個空降來的紀委書記也多了幾分好感，彼此間的隔閡在一點點地化解。

就在柳擎宇和眾人一起培養感情的時候，在天字五號包間內，東江市市委書記孫玉龍、常務副市長姚文亮、市政法委書記兼公安局局長陳志宏、市委秘書長吳環宇、黑煤鎮鎮委書記于慶生、市委組織部部長廖敬東等幾個人圍坐在桌旁，一邊喝酒，一邊談著今天的事情。

市委秘書長吳環宇笑著說道：「書記，市長，我看今天柳擎宇的面子算是丟到家了，咱們整個市委班子裡，就一個姜文國給柳擎宇面子，剩下的都是在單位裡混得不怎麼樣的二把手們，我看到咱們離開時，柳擎宇拳頭攥得緊緊的，差一點就要發飆打人了。」

孫玉龍聽了哈哈大笑起來，不過他卻沒有說什麼。到了他這種級別和身分，很多事情可以做，卻不可以說。

他不說，有人替他說了，說話的是政法委書記陳志宏。

陳志宏因為前兩天柳擎宇突然暗訪高速公路的事，對柳擎宇意見非常大，所以，他對今天狠狠落了柳擎宇面子感到非常爽，所以吳環宇說完，他立刻跟進道：

「是啊，孫書記，我看這次咱們和唐市長聯手給柳擎宇這一炮，讓柳擎宇打擊不小啊，我對柳擎宇這個傢伙真是煩透了，他還沒正式上任呢，就跑到我們東江市來暗中調查高速公路的事，差點被他把這件事捅出去。」

本來孫玉龍臉色還不錯，聽了陳志宏的話後，臉色立時沉了下來，恨恨說道：

「其實，我並不願意像今天這樣搞他，這樣做畢竟很不利於班子成員間的團結，但是柳擎宇太年輕了，根本不懂事，如果我們不趁著他立足未穩給他一點教訓，讓他知道知道我們東江市的規矩，以後還不知道他要鬧出什麼事來！」

說到這裡，孫玉龍臉色嚴峻了幾分：

「我可是聽說了，柳擎宇在蒼山市的時候，竟然把當時的市長、市委副書記、政法委書記和常務副市長全都折騰得雙規了，那件事鬧得整個白雲省都沸沸揚揚的，沒想到他被發配到我們東江市來避風了還不老實。希望他能夠藉由今天的教訓對自己的錯誤有所認識，性格收斂些，否則我們一定要團結起來孤立他，不能讓他破壞我們東江市穩定的大局，以確保東江市發展的大局不變！」

其他人聽孫玉龍這樣說，立即紛紛稱是，就好像他們這樣做真是為了東江市的大局著想一般。

就在這時候，市委秘書長吳環宇的手機響了起來。

電話是市委招待所總經理趙亮打來的：

「吳秘書長，柳擎宇並沒有到市委招待所就餐，據我得到的消息，他和姜文國一幫人跑去凱旋大酒店了。」

吳環宇愣了一下，點點頭道：「嗯，很好，我知道了！趙亮，你做得不錯，繼續努力。」

掛斷電話，吳環宇把消息跟眾人說，看向孫玉龍道：「孫書記，難道柳擎宇識破了我們的意圖？」

孫玉龍沉思了一下，「應該不會，以柳擎宇的閱歷，我們這個局布得那麼深，他應該不可能看破的。」

陳志宏皺眉道：「孫書記，您說有沒有可能是姜文國點破的啊，畢竟前兩任紀委書記為什麼垮臺，姜文國可是很清楚內幕的。」

孫玉龍想了想，說：「姜文國是個做事十分謹慎的人，他不願意加入我們這一邊，但是也沒有加入唐市長那一邊，他只想要自保而已，在這種情況下，他不可能冒著得罪我們和唐紹剛的風險去點破它。未來也許很難說，但是眼前絕對不可能！只能說柳擎宇運氣很好，或者這小子比較有想法罷了！看來，以後我們對付柳擎宇的時候也得小心一些，這小子還真不是省油的燈啊！」

就在孫玉龍等人研究柳擎宇的時候，距離凱旋大酒店一公里處的另外一家酒店內，市長唐紹剛、市委副書記耿立生、常委副市長姚文亮、宣傳部部長徐建武、市委統戰部部長常志剛等人聚集在一間包廂內，也正在談論著有關柳擎宇的話題。

唐紹剛，四十多歲，中等身材，國字臉，看起來充滿了威嚴，往主位上一坐，氣勢天成，所有人都圍繞著他，表現得十分恭敬。

話題已經進行一段時間了，此刻正進入最重點的階段。

常委副市長姚文亮突然說道：「市長，您說我們這次配合孫玉龍他們，擺了柳擎宇一道，會不會作繭自縛啊？」

唐紹剛眉頭一皺：「這話怎麼說？」

姚文亮娓娓分析道：「市長，從目前東江市的形勢來看，孫玉龍那邊憑藉著票數的優勢，一直在東江市佔據主導地位，幾乎大部分資源都被他們壟斷，我們這邊所取得的資源和利益相對來說要少得多，所以，對這個新來的紀委書記柳擎宇，我認為孫玉龍是最迫切希望把他搞掉的，因為他們屁股下面的屎實在是太多太髒了，又是如此明目張膽，自然不希望有一個強勢的紀委書記進駐。

「相對來說，我們就比他們要強得多，雖然我們也會攫取一些利益，但是在我們這個圈子裡，發展與前進才是主旋律，利益只是為了保證我們能夠更好地掌控大局，為發展鋪路和創造條件用的，尤其是要想讓下面的幹部們為我們所用，不給他們利益、權力，他們怎麼能死心塌地地跟著我們呢？而且我們的心也沒有孫玉龍那邊那麼貪，做事的時候還會顧及法律底線。

「我認為，雖然我們東江市依然風平浪靜，省委也沒有給遼源市市委施加壓力，要求調整市委班子，但是這已經是省委第三次空降紀委書記下來，說明省委對我們東江市十分不滿，就算我們上面有遼源市市委撐腰，動作太大的話，也很難保證省委不會採取其他方式直接介入。所以，對這個新上任的紀委書記，我們不能完全照孫玉龍那邊規劃的路線去對待，應該變通一些。」

這些話，姚文亮從未說過，因為之前大家都在一種很順利的狀態，隨著上一任紀委書記再次鋃鐺入獄，姚文亮感受到了濃濃的危機。所以，今天在大家討論怎樣把柳擎宇擺平的時候，他一直沉默不語，直到現在語出驚人。

姚文亮說完，滿場頓時鴉雀無聲。

大家都不是普通人，能夠混到這種地步，都是一路踩著別人的肩膀上來的，姚文亮的話讓眾人都陷入沉思之中。

過了一會兒，市委副書記耿立生說道：

「嗯，老姚這番話說得很有道理，前幾年我們的日子過得確實太順利了，尤其是經濟的飛速發展讓我們的心態有些自滿自大起來，現在起，我們必須踩剎車，不管做出多大的成績，都必須注意一點，那就是紀律！

「除了紀律，上級對我們的態度也十分重要。省委接二連三空降紀委書記下來，便是表達了明確的信號，那就是對我們東江市的紀律現狀十分不滿，尤其是國家對腐敗的打擊力度越來越大，多少級別很高的貪官都被雙規了，所以我們在對待柳擎宇的態度上，不能像以前那樣處處順著孫玉龍、不能再和他們進行深度合作。

「據我得到的消息，柳擎宇在空降到東江市前，曾經和蒼山市紀委書記孟偉成長談了一個小時，所以我懷疑柳擎宇是曾書記親自點名派到我們東江市的！如果真是這樣的話，我們恐怕已經進入省委高層領導的視線了，甚至很有可能是省委領導們博奕的砝碼。

「大家想想，**棋子的結局有幾個是好的**？尤其曾書記這個人十分強勢，到了白雲省之後，出手的次數並不多，但是哪一次出手不是雷厲風行，乾脆俐落?!目前為止，已經有四名廳級官員倒在曾書記的手中了，如果他真的對我們東江市動了心思，我們這樣的小卒子能否頂住壓力呢？那時候，我們這些人該何去何從呢？」

耿立生不愧為市委副書記，在分析大局的時候，站的角度比姚文亮還要高，想法更加深遠。

耿立生說完，唐紹剛的臉色變得凝重了幾分。

身為這個圈子的老大，他考慮事情非常仔細。

其實，他早就有這種擔心，但是在接二連三的順境推動下，他的危機意識漸漸消失。今天耿立生和姚文亮的話讓他突然警醒了。

市委宣傳部部長徐建武沉思了一會之後，沉聲道：

「嗯，唐市長，我認為他們兩個人說得很有道理，我看對於孫玉龍提議的一起搞定柳擎宇的這個建議，我們暫時叫停，採取三不政策：不支持，不配合，不反對。柳擎宇上任前就對高速公路各種弊端有濃厚的興趣，這對我們來說也許不是什麼壞事。您想，如果柳擎宇真的把這件事曝光出來，那麼孫玉龍那邊必定元氣大傷，這時候，我們的機會就來了。就算柳擎宇敗了，對我們也沒有什麼損失，即使曾書記發怒，板子肯定也是先打在孫玉龍他們身上，我們照樣可以坐收漁利。」

唐紹剛細細考量著，點頭道：「嗯，建武的這個提議很好，我們就按照這個思路去做吧，先讓柳擎宇和孫玉龍他們好好鬥一鬥，孫玉龍他們也實在是太過分了，竟然在高速公路案子上搞了一個豆腐渣工程，真是膽大包天啊！」

凱旋大酒店。

天下沒有不散的筵席，柳擎宇和眾人在酒過三巡，菜過五味之後，喝得十分盡興，聊得也非常開心，眾人一起走出了天字一號包間。

就在柳擎宇和姜文國剛走出包間門口，同一樓層的六號包間內，孫玉龍等人也走了出來。

這兩個包間位於樓道的兩側，相距不到二十米。

由於電梯位於樓道中間，所以雙方從包間出來後，立刻看到了對方。

柳擎宇看到孫玉龍等人從六號包間出來，立即明白孫玉龍今天根本就沒有什麼所謂的公務，完全是為了給自己難堪才離開的。

其次，孫玉龍帶著其他市委常委在這裡聚會，而不是在市委招待所內，看來市委招待所那邊很可能已經布好局了，如果自己不是為了拉攏這些人，而選擇在市委招待所就餐的話，八成會掉入他事先的布局裡面。

第三，從孫玉龍等人出來的陣容上看，他沒有看到市長唐紹剛和其他幾個市委常委，說明孫玉龍和唐紹剛不是同一個圈子的人。

想明白這幾點，柳擎宇看向孫玉龍的眼神中多了幾分冷意。

他到東江市擔任紀委書記並沒有打算針對誰，收拾誰，只是想把自己的工作做好，但是到了東江市後，卻接連遇到一連串怪事，這足以說明東江市沈痾已久，這也是曾書記派自己到東江市的主要原因。

只是柳擎宇不知道，此刻孫玉龍心中的震驚程度超過他百萬倍。

孫玉龍的第一個疑問就是：**柳擎宇為什麼會從天字一號房間內走出來**？難道東江市來了省裡的領導了？由柳擎宇作陪？

然而，等柳擎宇他們都出來以後，孫玉龍發現後面再沒有人走出來，表示並沒有省委領導過來。這樣一來，孫玉龍的疑問更濃了，柳擎宇不過是個小小的紀委書記而已，在市委裡面排名也很靠後，為什麼他能夠進入天字一號包間，而自己一個堂堂的市委書記卻只能進六號包間？

難道柳擎宇是認識酒店總經理羅海峰？還是走了什麼後門？

種種疑問在他腦海中打轉，一個愣神，兩批人馬相遇了。

柳擎宇故意對孫玉龍說道：「孫書記很忙嘛，怎麼樣？事情都忙完了嗎？」

柳擎宇是笑著說話的，但是話中卻隱隱藏著刀鋒，毫不猶豫地直接揭穿孫玉龍的謊言，一點面子都沒有給他留。

姜文國一聽柳擎宇這樣說，心中一凜，這位新上任的紀委書記一有機會就毫不猶豫地進行反擊，看樣子以後東江市的局勢有得鬧騰了。

此時，其他人臉色都顯得有些尷尬，本以為陪柳擎宇吃飯的事不會被發現，沒想到狹路相逢，當場被抓個正著，於是趕緊低下頭去，希望不要被領導看到。

孫玉龍表情自然地說：「是啊，剛剛忙完，柳同志喝得很盡興嘛，看來各位陪得很不錯，回頭我給大家請功，算是對大家的作陪表示感謝。」

孫玉龍作風強勢，當著柳擎宇的面說謊，大方地承認自己很忙，還把矛頭對準了作陪的眾人，言辭間雖然是說要給眾人請功，實際上是在暗示眾人，他把他們都記住了，這是要找後賬的節奏。

孫玉龍說完，立即有兩名官員歉意地看了柳擎宇一眼，說：「柳書記，對不起啊，我有點事得先走了。」然後，根本就不聽柳擎宇說什麼，快步離去。因為只有這樣才可能讓孫玉龍不找自己後賬。

柳擎宇見狀，乾脆面向眾人說道：「還有人要離開的嗎？正好當著孫書記和其他常委的面，免得以後被穿小鞋或者找後賬。」

孫玉龍直接，柳擎宇更狠，他再次當著孫玉龍的面揭穿他的打算，一點面子都不給孫玉龍留，而且對身後的人進行最終的考驗。

果然，又有四個人一聲不響地離開了。

在他們看來，跟著柳擎宇也許會有發展，但是如果得罪了孫玉龍這位東江市的絕對老大，仕途升遷卻是肯定無望！

孫玉龍的嘴角露出了得意的笑容，笑容中卻夾雜著幾分殺氣。

他對柳擎宇是徹底動了真怒，柳擎宇竟敢當著這麼多人的面向自己叫板！

更讓孫玉龍憤怒的是，市委常委、人武部部長姜文國在自己目光的注視下，依然站在柳擎宇的身邊，不卑不亢，顯然他是打算和柳擎宇站在一個陣營裡了。

而他們兩人身後還站著六個人，這六個都是市裡各個市局的二把手，這些人竟然敢無視自己的威脅，和柳擎宇站在一起！

此刻，孫玉龍那邊的人中，有的臉上也露出了凝重之色。柳擎宇到東江市才多長時間，用一次酒宴就拉攏了一個市委常委和六名基層幹部，這種效率和能力比起前兩任紀委書記可是強太多了。

冷場，絕對的冷場！

柳擎宇的目光和孫玉龍的目光對視了一眼，都從對方的眼神中看出了幾分火氣。

電梯正好到了，柳擎宇很有風度地說道：「孫書記，您是領導，您先請吧，我們等下一班。」

柳擎宇做了一個請的動作，也代表了「道不同，不相為謀」的意思。

凱旋大酒店的電梯載客量很大，就算是二十個人同乘也不會超重，柳擎宇在三言兩語間便將彼此的立場畫分得十分明確。

孫玉龍不是笨人，自然看懂柳擎宇此番的含義，冷冷地說道：

「嗯，也好，柳同志，希望你在紀委書記的崗位上能夠做得穩一些，千萬不要像你的前兩任那樣出現種種問題，我們東江市的局面真的傷不起了啊！」

柳擎宇淡淡一笑，他怎麼可能聽不出孫玉龍話中的深意，孫玉龍說的是反話，是在暗示他很有可能會重蹈前兩任的覆轍。

柳擎宇毫不畏懼地回道：「孫書記，這一點你儘管放心，我柳擎宇別的本事沒有，為老百姓做事的能力還是有的，我這個人性格和孫悟空差不多，我不管對方是誰，有何背景，只要他犯了法，侵害了老百姓的權益，我就會毫不猶豫地把他送進紀委的談話室！」

孫玉龍臉色沉了下來，一句話不說，轉身就走。

柳擎宇的這番話不僅把孫玉龍氣著了，孫玉龍身後眾人聽了也被氣到了。

柳擎宇這番話太明白不過，是在告訴眾人，如果他發現他們有問題的話，絕對會把他們送進紀委的談話室。

柳擎宇是在向眾人傳達一個十分強硬的信號。

孫玉龍等人離開，現場再次安靜下來。

姜文國和那六個人都看向了柳擎宇，目光中閃爍著異樣的光澤。

大家都是在官場上混跡多年的老油條了，官場上的各種事，包括各色人物的心理狀態，都能通過對方的言辭揣摩得八九不離十。然而，他們卻從來沒有看過像柳擎宇這樣囂張的幹部。

這傢伙竟然敢一個人正面硬撼孫玉龍和他身後整個圈子的勢力，這和螞蟻撼樹沒有什麼區別！但凡思維正常的人，絕對不會做出這種事情來的。

而且混到市委常委這種級別，一般人也不會像柳擎宇這樣意氣用事。柳擎宇卻偏偏這樣做。而且做得十分徹底，沒有留下一絲一毫的餘地！

然而，不可否認的是，眾人此刻都覺得心裡那叫一個痛快！

以前，孫玉龍隨便一個眼神就可以讓眾人嚇得不敢吱聲，更別提和孫玉龍正面對抗了，都是小心翼翼的，生怕惹惱了孫玉龍。

今天，柳擎宇不僅正面對抗孫玉龍，還做出強烈的挑釁！這得要多強的信心，多強的背景！

此刻，眾人的心情十分複雜，對柳擎宇的強勢既欣賞又擔心。對自己的仕途也充滿了矛盾，既希望能夠跟隨柳擎宇平步青雲，又擔心一旦柳擎宇敗給孫玉龍，自己就會雞飛蛋打，連眼前的位置恐怕都保不住。

但是眾人也清楚，**身在官場，在站隊的時候最忌諱的就是猶豫不決，搖擺不定**，所以，眾人咬了咬牙，最終大部分人基本上都暗下決心，要緊跟著柳擎宇。

很快，電梯又來了，柳擎宇帶著眾人走進電梯，走出凱旋大酒店。

隨著新的一天的到來，柳擎宇的仕途也翻開了嶄新的一頁。

**一連串的危機即將到來，而柳擎宇的真命天女也將漸漸露出她的真容**，柳擎宇萬萬沒有想到，第一天到紀委正式上任，便看到了一個他意想不到的人物。

第二天上午，柳擎宇正式到紀委上班。

柳擎宇到達東江市紀委的時候是七點四十，離八點鐘正式上班還有二十分鐘的時間。

柳擎宇是直接由市委招待所走到紀委大院的。

在東江市，市委辦公大樓和市政府辦公大樓是在同一個大院裡，只不過是兩座不同的樓。而市紀委大院由於工作的特殊性，並沒有和市委、市政府在一起，而是位於同一條街上，距離市委大院有五百米左右的距離。

柳擎宇來到大門口正要邁步走進去，便被門口值班的保安攔住了：

「喂，你給我站住，不知道這裡是政府機關啊！誰讓你進去的？」

這個保安本來正在低頭玩手機，看到一個陌生人要進去，當時就怒了，拉開值班室的門便衝了出來，想要把柳擎宇推搡出去。

然而，柳擎宇往那裡一站，這哥們推了半天，發現柳擎宇居然動都沒有動一下，臉色一沉，用手指著柳擎宇的鼻子罵道：「出去，給我出去！」

看到保安囂張的樣子，柳擎宇眉頭一皺。這個保安連問都不問，就要把自己往外趕，這種態度也太誇張了。

就在這時候，一輛「別克」林蔭大道汽車緩緩駛到大門口附近。

看到這輛汽車，那個保安立刻丟下柳擎宇，一邊打開自動伸縮門，一邊站在旁邊點頭哈腰地衝著汽車行禮。

柳擎宇看了一下車牌，東A00068，看這個號碼，柳擎宇便猜到這絕對是一輛公務車，這個時間，車上的人竟然開著公務車上班，明顯是公器私用啊。

還有一個問題，那就是這輛車售價不菲，就算是最低配備也得幾十萬啊，一個縣級市的紀委大院裡，誰的級別可以開如此高檔的車呢？

現在國家三令五申，下達了各種禁令，身為紀委工作人員，竟然帶頭破壞紀律，這樣的態度如何服眾？

想到此處，柳擎宇把這個車牌號碼記了下來，隨即走到值班保安面前，問道：「我說這車是誰的啊？」

看到柳擎宇湊了過來，這個保安心情再次不爽起來，怒斥道：「不該問的不要問，我們是有保密條例的。你趕快給我出去，這裡是政府機關，不是普通人能進來的地方。」

柳擎宇兩手一攤道：「不好意思啊，我還真能進去。」說著，拿出自己的工作證遞給保安道：「你看，這是我的工作證。」

保安順手接過工作證，嘴裡還不停地唸著：「我告訴你，就算你有工作證，也得先登記，等我跟裡面的領導確認後你才能進去……」

再仔細一看，保安瞪大了眼，一句話都說不出來了，因為他看到工作證上清楚的寫著：東江市紀委書記柳擎宇。

保安呆立半晌，這才顫聲道：「這個……這個，柳書記，我……我……我不知道是您……」

柳擎宇不以為意地擺擺手道：「沒事，不知者不怪。不過，這位同志，我得提醒你，工作的時候要注意你說話的態度，不要以貌取人。畢竟你的態度和素質好壞，也代表著我們東江市紀委的形象。」

那名保安連忙點頭哈腰地說道：「一定，一定，柳書記，請您放心，我以後一定改。」

柳擎宇點點頭，用手一指停在大院內的汽車，說道：「剛才開那輛車進去的人是誰啊？」

保安連忙說道：「那是紀委副書記嚴衛東的車。」

柳擎宇又問：「那輛車是嚴同志平時的座駕嗎？怎麼沒有看到司機啊？」

那個保安看到柳擎宇沒有追究自己的意思，便把自己知道的全都說了出來：「平時上班的時候是有司機的，不過下班以後，那輛車嚴書記就自己開走了。」

柳擎宇聽到保安的回答感到很滿意，隨即心中一動。自己剛到東江市，可謂是兩眼一抹黑，啥都不瞭解，最欠缺的就是一個對東江市紀委有所瞭解的人，最好是對下面各個副手的動向十分清楚的，雖然眼前這個保安不起眼，但是他說的這番話對自己卻很有用。

想到此處，柳擎宇從口袋裡掏出一張空白名片遞給保安，說道：「保安同志，你剛才說的這番話對我很有用，這是我的私人名片，以後你有什麼事可以直接跟我聯繫。」

說完，便邁步向裡面走去。

這個保安雖然為人勢力，卻是個七竅玲瓏的主，從柳擎宇的話中，尤其是從柳擎宇遞給自己他的私人名片的動作中，意識到自己改變命運的機會來了。

他看出這個年輕的紀委書記剛剛上任，肯定需要先摸清紀委裡面的大小事情，瞭解各種情報，自己雖然只是個小保安，但是如果事情做到位了，未必不能獲得柳擎宇的重視啊。

尤其是剛才自己冒犯了他，他卻沒有計較，從這一點上來看，這個新來的紀委書記心胸很是大度，和嚴衛東那個二把手很不一樣。

有一次，嚴衛東開車過來，自己因為玩手機，開門的動作稍微慢了一點，就被嚴衛東罵了個狗血噴頭，差一點就丟了這份工作，幸好他事後找個機會，提著兩瓶好酒巧妙地送給了嚴衛東，這才躲過一劫，卻也為此付出了整整一個月的工資。

他心中恨透了嚴衛東，無奈自己只是個小卒子，對方他根本惹不起。所以以後每次嚴衛東來了，他都會點頭哈腰的，以免惹怒嚴衛東，丟掉了工作。

現在，新的紀委書記上任了，他立即感覺到自己出頭，甚至是報復嚴衛東的機會來了。

他雖然不是官場中人，卻也深諳新官上任三把火這個道理，所以他小心翼翼地把柳擎宇的名片收好後，便開始思考起來，自己該怎麼樣做才能討好這個新上任的紀委書記呢？

柳擎宇來到辦公大樓裡，找到了書記辦公室，發現書記辦公室的門緊緊地關著。他第一天上任，又沒有鑰匙，只能邁步來到紀委辦公室門前。讓他沒想到的是，紀委辦公室的門也緊緊地鎖著。

看看時間，已經是七點五十二分了，離上班時間還有八分鐘。柳擎宇在辦公大樓從上到下又溜達了一圈，發現三層的辦公大樓裡，已經到達的人連五分之一都不到。

到了八點，雖然陸陸續續有人進入辦公大樓，但依然還有一半的門是緊閉的，看到這種情況，柳擎宇的心情一下子糟糕起來。

不管是在蒼山市新華區或是關山鎮的時候，他從來沒有遇到過今天這種情況，即便當地的風氣有些問題，在上下班的紀律上，大部分人還是遵守規定，少有無故蹺班的。

東江市紀委作為東江市官場紀律監察的首要責任部門，工作人員竟連準時上下班這個最基本的紀律都做不到，更遑論其他了。

此刻，柳擎宇對東江市紀委整個團隊的戰鬥力產生了深深的懷疑。

等柳擎宇再次回到三樓書記辦公室的時候，辦公室的門倒是打開了，一個四十歲左右的中年人正指揮著兩名工作人員在裡面打掃衛生。

中年人穿著一身西裝，留著油頭，小腹隆起，手上戴著一塊看起來很不錯的手錶，一看就是領導階級。

看到柳擎宇走到門口，中年人一眼就認出來，快步走了過來，滿臉含笑道：

「柳書記，您來了，我是市紀委辦公室主任何耀輝，我正指揮這兩個小子給您打掃辦公室呢，要不您先到我辦公室坐一會，等他們收拾好了我去喊您？」

柳擎宇臉色平淡地說：「不用了，我就站這裡稍微等一會吧。你們繼續。」

說著，柳擎宇便默默地站在外面抽起了菸，眼神漸漸凝重起來。

雖然這個辦公室主任話語間充滿了恭敬，還做著討好自己的事，但是柳擎宇卻是個十分注重細節的人，當聽到何耀輝報出頭銜的時候，便意識到**東江市紀委內部也是處處陷阱**。

柳擎宇是一個相當注意細節之人。

在來東江市之前，柳擎宇就瞭解過東江市這次人事變動的相關訊息，他知道前任紀委書記被雙規的時候，一起被雙規的還有當時的辦公室主任。

按理說，前任辦公室主任被雙規，這個何耀輝即便是報職務，頂多也就是報代理主任或者副主任，他報的卻是主任。

要知道，離前任辦公室主任被雙規也就十來天的時間，新任辦公室主任應該是由自己這個新上任的紀委書記選定之後才能確定的，然而竟然有人趁著自己還沒有上任，就把紀委辦公室主任這個位置安排好人手了，這裡面的意思可就深了。

其次，這個何耀輝早不收拾，晚不收拾，偏偏在自己第一天上任，馬上就要進入辦公室的時候收拾！

這個動作看起來沒什麼，實際上卻意味深長。

因為正常情況下，紀委辦公室方面早該在昨天前就把他的辦公室收拾好，今天頂多是稍微清掃一下，而不是像現在這樣大動作。顯然何耀輝之前並沒有收拾，今天只是裝裝樣子。

如果自己是一個粗枝大葉之人，這個細節恐怕就疏忽了，弄不好還得感謝何耀輝如此賣力辦事。

偏偏柳擎宇十分善於從細節中發現問題，何耀輝的一連串動作都表明自己這個紀委書記在紀委裡根本就沒有什麼地位。

尤其是現在將近八點半，許多人開始上班了，偏偏看到自己在樓道站著，像是在外面罰站一般。紀委書記到了上班時間卻無法進入自己的辦公室，這絕對是一件非常丟人的事。

第三，剛才何耀輝建議自己去他的辦公室坐會兒，這個提議看起來很好心，實際上險惡之極，如果真的照他的意思去了，那自己丟人絕對丟到姥姥家了。

想想！他可是紀委書記，何耀輝不過是個小小的辦公室主任而已，應該是他指揮何耀輝，而不是何耀輝來指揮自己，現在何耀輝明顯是想要左右自己的行動，如果讓他這一招得逞了，這件事一旦傳出去，自己還沒有在紀委正式上任呢，威信便徹底掃地了。

**陰險，真是太陰險了！**

又過了足足有二十分鐘左右，柳擎宇的辦公室才算收拾好，柳擎宇則整整在辦公室外面站了二十多分鐘。

不過自始至終，柳擎宇的臉上一直保持著平靜的神色，不急不躁。

這時，何耀輝帶著工作人員滿臉含笑地走了出來，恭敬地說道：「柳書記，辦公室都收拾好了，您可以進去視察一下，看看哪裡還有需要改進的地方。」

柳擎宇走進辦公室，上下打量了幾眼，問道：「何同志，這間辦公室應該是前任紀委書記的辦公室吧？」

何耀輝連忙點頭道：「是啊，柳書記，本來我是想給您換一間的，不過目前咱們局裡辦公室有限，像這樣類似的套間已經沒有了，所以您先在這裡湊合一下，等有了之後，我立刻給您換間新的。」

柳擎宇沒有表態，又問：「裡面的傢俱好像也不是全新的吧？」

這句話問出來，何耀輝腦門冒汗了。他當然知道這些傢俱不是新的。不過這些傢俱也不舊，是前任紀委書記在任時，今年二月份剛剛買的，也才五六個月的時間，再經過一番擦拭後煥然一新，看起來和新的沒兩樣。

本來何耀輝想要蒙混過關的，沒想到竟被柳擎宇看出來了。

何耀輝眼珠轉了轉，滿臉陪笑著解釋道：「柳書記，是這樣的，為了響應國家厲行節儉的號召……」

沒等何耀輝把後面的話說完，柳擎宇立即制止道：

「行了，你不用解釋了，我並不是一個迷信的人，雖然官場有講究，說是前任升官的辦公室一定要用，前任出事的辦公室千萬不能用，傢俱必須換，但是我卻不這樣認為，我認為只要自己行得正，坐得端，根本不需要在意前任是什麼情況。好了，這辦公室打掃得不錯，辛苦你們大家了。」

說到這裡，柳擎宇坐到辦公桌後面寬大的辦公椅上，感受了一下，感覺還行，便對何耀輝說道：「何同志，你立刻通知局裡所有紀委常委成員、所有部門的正副手，半個小時後到會議室開會，希望大家不要遲到。我這個人脾氣不太好。」

說完，便打開桌上的電腦流覽起來，至於何耀輝，他連看都沒有再看一眼。

何耀輝見狀，心中暗道：「柳擎宇，你囂張個什麼勁啊，估計用不了幾個月，你就會像前幾任書記一樣被整倒，到那個時候，你是階下囚，而我依然是紀委大院的辦公室主任！」

想到這裡，何耀輝臉上又恢復了笑容，順從地說：「好，柳書記，那您先忙，我立刻通知大家準時到會議室開會。」

等何耀輝離開後，柳擎宇的眼神漸漸轉冷。

從何耀輝的種種作態，他感覺到有一隻無形的黑手操控著一切，否則，何耀輝這麼一個小小的紀委辦公室主任，怎麼敢給自己這個堂堂的市委常委設下這麼多的陷阱？

按理說，何耀輝這麼聰明的人不應該想不明白，一旦自己看出他的這些把戲之後，肯定會對他產生不滿，甚至會想辦法收拾他，但是何耀輝卻仍然這麼做，這說明了什麼？說明何耀輝認為他背後的那隻黑手的勢力夠強大，強大到自己無法抗衡的地步，甚至認為自己在東江市根本無法立足。

只有這種可能才能解釋為什麼何耀輝敢冒如此大的風險，來得罪自己這個頂頭上司！柳擎宇嘴角露出一絲淡淡的冷笑。

如果自己是一個循規蹈矩、唯唯諾諾，或者作風偏軟的紀委書記，那麼何耀輝的計畫絕對會得逞，因為一般情況下，官員剛剛上任是不會輕易大動干戈的。

但是，何耀輝這一次卻打錯了算盤。

半個小時後，柳擎宇看看時間，感覺時間差不多了，站起身來，邁步向會議室走去。雖然是第一天上班，但是由於早上他已經在辦公大樓裡轉了好幾圈，所以對各個辦公室的位置摸得很清楚，會議室在三樓東側頂頭的位置。

柳擎宇來到會議室門口。會議室的房門開著。

這是一個常委會議室，橢圓形的會議桌旁一共有七把座椅，在四周靠牆的位置則放著前後兩排椅子，那些是各個部門一二把手們列席會議的時候專用的。

只見會議室內，紀委常委的座位上只有三個人到了，其中一個坐在那裡低頭喝茶，另外兩人則在那裡竊竊私語。看到柳擎宇進來，這才停了下來。

在列席位置上，則是零零散散地坐了十多個人。

柳擎宇在自己的主持席座位上坐下，抬起手看了看時間，距離自己規定的會議時間九點十分還有三分鐘。

柳擎宇的臉色暗沉了下來。

# 第五章

# 借刀殺人

孫玉龍表面上是在誇獎自己，實際上是在捧殺自己。孫玉龍這番極力誇獎的言語，也等於在柳擎宇和唐紹剛之間直接栽了一根刺，暗示唐紹剛，柳擎宇能夠把李德林揪下馬，照樣也能把你給揪下馬。孫玉龍這是在借刀殺人！

時間一分一秒地過去，離九點十分還有二十秒的時間。

就在這個時候，會議室的門口閃過一個人影，一個四十幾歲、身材高大、體型略胖的男人從外面走了進來，在他身後，辦公室主任何耀輝屁顛屁顛地跟著，手中還拿著一隻玻璃杯，杯裡是滿滿的一杯茶水。

男人直接在柳擎宇的左手邊坐下，何耀輝恭敬地把水杯放在男人的面前，這才離開，找了一個列席位置坐下。

男人坐下之後，看了眼坐在主持位置上的柳擎宇，便仰面靠在椅子上閉目養神起來。

看到這人的作為，柳擎宇的臉上立即蒙上一層陰影。

這人就是紀委副書記、監察局局長嚴衛東。

「好了，現在時間到了，我們開會吧！」柳擎宇目光在眾人臉上掃視一圈後說道。

眾人都露出震驚之色。要知道，整個會議室內連一半的人都沒有到齊呢，柳擎宇宣布開會，那那些還沒有到的人怎麼辦？

這個新上任的紀委書記到底怎麼回事？難道他就不擔心引起眾人的不滿嗎？

一時間，眾人的目光都聚焦到了紀委副書記嚴衛東的臉上。

以前，嚴衛東在紀委裡面的權力不是普通的大，尤其是他還掌管著整個監察局，可謂一人之下，萬人之上，前任紀委書記在任的時候，儘管權力欲非常強，也僅僅能夠做到與嚴衛東分庭抗禮而已。

嚴衛東也沒有想到新上任的紀委書記竟然這樣強勢。以往前任紀委書記在做出重大決策的時候，都要和自己打個招呼，尤其是在開會前，都會先和自己對一下眼色。不過這個新來的書記有些二愣子啊，根本就不管那一套。

見眾人的目光向他看來，嚴衛東心中一喜：自己的威信果然比較高，出問題的時候，大家還是會以自己的意見為重。看來現在正是自己在柳擎宇站穩腳跟前，徹底在紀委系統樹立威信的最好機會。

想到這裡，嚴衛東立刻反對道：「柳同志，我認為現在人員還沒有到齊，所以還不能開會。」

柳擎宇目光落在嚴衛東的臉上，見嚴衛東一臉的嚴肅，心中暗道：「老傢伙，居然敢在我的面前裝，看我怎麼收拾你！」

「哦？現在不能開會？這位同志，你是哪位？」

嚴衛東一震，沒想到柳擎宇竟然不知道自己的名字。

他苦笑一下，柳擎宇的確不認識他，因為從柳擎宇上任到現在，兩人根本就沒有接觸過。

嚴衛東只能先自我介紹道：「柳書記，我是東江市紀委副書記、監察局局長嚴衛東。」

「哦，原來是嚴同志啊，你剛才說什麼來著？我聽得不太清楚，你能不能再說一遍？」柳擎宇揣著明白裝糊塗，戲耍起嚴衛東了。

嚴衛東不清楚柳擎宇的意圖，只能重複一遍：「柳書記，我認為人員還沒有到齊，所以現在還不能開會。」

再次說話的時候，嚴衛東不得不用上了柳書記這個稱呼，因為剛才柳擎宇帶給他的心理壓力太大了，尤其是柳擎宇說完後，便把身體往椅子上一靠，擺出一副不耐煩的樣子，看起來十分毛躁。

柳擎宇動作的背後，也隱隱露出一絲對眾人的不屑。

嚴衛東說完，眾人的目光這次都落在柳擎宇的身上，大家想看看這位新的紀委書記到底想要做什麼。

柳擎宇不慌不忙地直起身子，目光直視何耀輝：

「何同志，我想問問你，你有沒有把應該參加會議的人員全部通知到？」

何耀輝聽了一愣，小心翼翼地說：「柳書記，我已經都通知了，這一點我確認無誤。」

柳擎宇未置可否，接著問道：「那你有沒有在通知眾人的時候，告訴他們準確的時間和地點，並且告訴他們不要遲到？」

何耀輝點頭道：「柳書記，我按照您的吩咐，都告訴他們了。」

「哦，這樣啊，既然嚴衛東同志剛才說了話，我作為新上任的一把手，不能不給二把手面子，那我們就先緩一緩再開會。這樣吧，何同志，你先登記一下今天準時到場參加會議的人員，三分鐘內把名單提交到我這裡，怎麼樣，時間夠用嗎？」

何耀輝連忙說道：「夠用，夠用。」

說著，何耀輝拿出筆來，在筆記本上寫了起來。

這個時候，遲到的人陸陸續續走入會議室，會議室內頓時變得熱鬧起來，猶如趕集一般；還有人邊走邊聊著天，看到柳擎宇向他們看過來的時候，這才止住聲音，坐在自己的位置上，高傲地挺直了腰桿。

正在進行登記的何耀輝心中不禁一動，他不知道柳擎宇是出於什麼目的讓他登記出席的人，想了想，在到場名單上自行又加了三個人，這三個都是和他私交不錯的。

把名單寫完，何耀輝檢查了一遍，這才把名單遞給柳擎宇：「柳書記，我寫好了。」

柳擎宇接過名單，快速掃了一眼，便說道：「何同志，這個名單你要不要再檢查一下，還需不需要修改？」

「柳書記，我辦事，您放心，我剛才已經檢查一遍了，保證沒有問題，不需要修改了。」何耀輝作出很有把握的樣子說道。

「你確定嗎？」柳擎宇露出狐疑的表情。

「我確定。」

柳擎宇掃了一眼會議室，看看人員已經到了三分之二，七個紀委常委也到了五個，便把名單往桌上一放，沉聲道：

「好了，離開會時間已經超過五分鐘了，沒有到的人就不再等了，現在開會吧。嚴衛東同志，你認為這樣有沒有問題呢？」

嚴衛東聽到柳擎宇詢問自己的意見，感到面子得到了滿足，便點點頭道：「嗯，好吧，那就開會吧。」

在嚴衛東看來，這麼多人沒有準時到場，自己已經完成老領導交代的任務，狠狠地掃了柳擎宇的面子了，就算現在開會，也無法改變柳擎宇到任後的第一次會議徹底失敗的結果，柳擎宇今天算是徹底栽了。以後要想在紀委樹立威信，基本上不可能了。

待嚴衛東說完，柳擎宇拿起名單，宣布道：

「好，那現在我們就開會了。首先，第一個議題，我決定免去何耀輝同志辦公室主任的職務，暫時調到電教室去擔任副主任，級別不變。」

現場一片嘩然。

何耀輝這個當事人更是驚得眼珠子瞪得大大的，目光中充滿了憤怒和不解。

他不明白，自己處處小心，雖然給柳擎宇設了很多陷阱，但是他自信柳擎宇根本不可能發現。而且自己在表面上對柳擎宇極其尊重，柳擎宇為什麼要拿自己開刀呢？

然而，最為震驚的要數嚴衛東了。他的目標就是不讓柳擎宇樹立個人的威信，沒想到柳擎宇竟然一來就如此大動作，要免去何耀輝的主任職務。

嚴衛東立刻抗議道：「柳同志，我反對你的提議，我想你可能對何耀輝同志不太瞭解，何同志是一個工作能力超強，做事極其認真的好同志，我們東江市紀委辦公室在他的領導下，工作十分突出！」

柳擎宇把名單往桌上一拍，怒聲道：「工作能力超強？做事認真？這就是你對何耀輝的評價嗎？」

嚴衛東也槓上了，大聲道：「這不是我的評價，而是全體紀委幹部的評價！」

嚴衛東說完，看向柳擎宇，發現柳擎宇的嘴角露出一抹冷笑。

只見柳擎宇用手指著名單，質疑道：

「嚴同志，這是我剛才讓何耀輝同志寫的，你看看有沒有問題？如果他能力夠的話，怎麼會連一份名單都搞不好？」

眾人大感不解，不明白柳擎宇為什麼要拿這份名單做文章。

嚴衛東接過名單仔細看了看，名單沒有什麼不對啊，十七個名字很清楚，何耀輝的字更是寫得十分漂亮，並沒有因為時間急迫而顯得潦草。

「柳同志，我看不出這份名單有什麼問題？又何以嚴重到要免去何耀輝同志職務的程度？如果僅僅是因為一點小問題就將何同志調職，恐怕很難服眾啊！」

柳擎宇冷冷一笑，盯著何耀輝，問道：「何同志，我想問問你，我讓你登記名單的時候，會議室裡有多少人？而你名單上又登記了多少人？」

聽到柳擎宇這句話，何耀輝心中就是一顫，他隱隱猜到，柳擎宇是看出名單上自己多寫了人了，但是，柳擎宇連紀委副書記嚴衛東都不認識，他不可能認識其他人，就算他猜出名單有錯誤，也不知道到底是誰添加上去的。

所以他猶豫了一下，決定硬抗到底，絕對不能讓柳擎宇免去自己的職務！

想到這裡，他便回道：「柳書記，我記得名單上寫的一共有十七人，當時會議室到達的也是十七人，這一點我十分肯定。」

對何耀輝的想法，柳擎宇怎麼可能猜不到！他以為自己初來乍到，誰也不認識，就算知道是他在名單上做了手腳，有嚴衛東撐腰，自己也莫可奈何。

的確，今天上班之前，柳擎宇並不知道在座的人究竟是誰，但是何耀輝卻絕對想不到，柳擎宇身為狼牙特戰大隊史上最年輕的隊長，有著過目不忘的本事！

就在會議開始前的半個多小時的時間內，柳擎宇便飛快地把所有紀委常委和各個處室的一二把手的簡歷都過了一遍，每個人的相貌和名字早已印在腦海中。何耀輝想在名單上跟柳擎宇玩心眼，恰恰給了柳擎宇收拾他的機會。

「何同志，我再給你最後一個機會，你確定嗎？」

何耀輝咬牙說道：「我確定。」

到了這個時候，何耀輝已經沒有退路。

柳擎宇點點頭說：「好，既然你跟我玩心眼，那就別怪我當場揭穿你。不知道各位記不記得，九點十分前，準時到達的一共有十四人，分別是紀委副書記嚴衛東同志、紀委副書記鄭博方同志、紀委副書記……」

柳擎宇完全沒有看名單，便一一點起名來，點名時，還準確地用手指向叫到名字的那個人。

隨著一個一個的人頭念完，何耀輝腦門上的汗水開始滴答滴答地往下掉。

柳擎宇念完前面十四個人之後，冷冷地看著何耀輝說道：

「何同志，如果我記得不錯的話，你給我的這份名單中，有一個人是在會議時間超過三分鐘時過來的，還有兩個人是你把名單交給我之後才進來的，我不懂你給我這份名單到底有何用意？我是信任你才讓你負責登記，可是你是怎麼做的？你這樣做，讓我以後如何信任你？

「身為辦公室主任，如果連最基本最簡單的事情都做不好，我為什麼要讓你擔任這個辦公室主任呢？這還只是登記名字的小事，如果是其他重要的事，你會不會也像今天這樣徇私舞弊呢？」

嚴衛東替何耀輝緩頰道：「柳書記，我看何同志不一定是故意的，畢竟來來往往的人這麼多，記錯了也是很正常的，你不能因為這點小事就否定一個認真負責的好同志啊。」

柳擎宇正色道：「嚴同志，你先不要急著為何同志說好話，如果只是名單的事，我是不會這麼做的。今天早晨發生的事，才是讓我決心免去何同志職務的真正原因。

「七點五十分，我到書記辦公室外面，那時候辦公室門還沒有打開，這一點我可以理解，畢竟還沒有到上班時間，但是，八點左右到了上班時間，辦公室門還是沒有開，何耀輝同志身為辦公室主任，竟然還沒來，辦公室也一個人都沒有。

「同志們，明明是上班準點了，整個紀委辦公室一個人都沒有！這說明什麼？難道這也表示何耀輝這個辦公室主任能力強嗎？連他負責的處室都管理不好，他還能做什麼事?!另外，八點十五分，我再去其他樓層轉悠回來的時候，何同志正在指揮兩名工作人員打掃的我辦公室，讓我整整在辦公室外面等了二十多分鐘！

「同志們，大家換位思考一下，如果是你們，面對這樣一個辦公室主任，你們還能容忍嗎？難道何同志不知道我今天上班嗎？難道我的辦公室不該提前打掃好嗎？」

說到這裡，柳擎宇狠狠地一拍桌子：

「各位同志，我相信大家都是在宦海沉浮數十年的人了，不可能一點常識都不懂，尤其是何耀輝同志，他擔任辦公室副主任這個位置好幾年了，我不相信他連這麼一點點事情都辦不好，但是他卻沒有辦好。這說明何同志根本就是故意的啊！

「何耀輝同志還假裝好意地讓我去他的辦公室等，當我柳擎宇是白癡嗎！如果我真的照他的意思做的話，恐怕明天我就成為全紀委的笑柄了！其心可誅啊！是可忍，孰不可忍啊！」

柳擎宇憤怒地再次拍了下桌子。

這一下，所有人都傻眼了。

原來柳擎宇早就有罷免何耀輝的心思，但是一直隱忍著沒有發作，直到開會的時候才提出來，而且還布了一個局等何耀輝上鉤。**如此心機、如此算計，眾人紛紛提高了警惕，收斂起輕視之意。**

只見嚴衛東臉色難看得猶如黑鍋底一般，所有人都知道何耀輝是自己的人，即便柳擎宇有千般理由，他也不能容忍柳擎宇在第一次大會上就把何耀輝拿下。

嚴衛東沉吟了一下，反駁道：

「柳書記，我認為你剛才所說的，很多都是你自己的推論，事實並非如此，辦公室主任這個位置十分重要，我看我們還是大家討論一下吧。」

柳擎宇搖搖頭：「別的問題可以討論，辦公室主任這個位置我看就不必討論了，我心意已決，身為紀委書記，市委常委，辦公室主任這個職位該由誰坐，我還是能夠做主的。嚴同志，你的意見我可以參考，但是最終的決定權在我。如果是工作上的事，我們可以討論，不過辦公室主任的任用與否，我看就完全沒有必要了，你的反對意見無效。」

現場再次一片沉寂。

柳擎宇竟然一點面子都不給嚴衛東這個副手留，這也太強勢、太囂張了吧！剛剛上任就和嚴衛東鬧僵，難道他就不擔心以後無法在紀委系統裡面混下去嗎？

嚴衛東聽到柳擎宇的話，差一點就站起來罵娘了，怒道：

「柳擎宇同志，我鄭重申明我的觀點，我認為我們紀委幹部，不管是人事問題還是工作上，要杜絕搞一言堂！我還是堅決反對免去何耀輝辦公室主任的職務！」

說完，站起身來，絲毫不給柳擎宇留情面地轉身就走。

柳擎宇看著嚴衛東的背影，嘴角翹起一抹冷漠的弧度。

柳擎宇不是傻瓜，自然看得出嚴衛東這個作態用意深遠，不過他並不在乎。

等嚴衛東離開之後，柳擎宇口氣平淡地說：

「不管嚴衛東同志同意不同意我的意見，這件事情就這麼定了。我們繼續開會。今天會議的主題是學習我們紀委系統的相關法律法規和有關條例……」

會議整整持續了三個多小時才散會，柳擎宇幾乎把所有的紀律文件全都帶來了。

在散會前，柳擎宇臉色嚴肅地總結道：

「各位同志，今天我們已經把各種法規都學習了一遍，我希望接下來的工作中，大家都能夠按照各種條例的規定嚴格遵守！我希望大家清楚一點，我們是東江市紀律檢查委員會，紀委部門負責檢查東江市各級機關單位的紀律遵守情況，我們絕對不能一邊執法一邊犯法！

「如果我發現咱們紀委內部有哪個部門、哪個人執法犯法，我絕對不會留情，會毫不猶豫地痛下殺手，加重處罰。希望大家不要把我的話當耳邊風，否則等我真正出手的時候，後果可就嚴重了。這就算是我新官上任三把火的第一把火吧！好了，散會！」

看著柳擎宇離去的背影，眾人臉色各異。

鄭博方眼神中流露出濃濃的欣賞。

鄭博方以前在景林縣工作的時候就和柳擎宇接觸過，只不過那個時候，柳擎宇只是城管局局長，而他是副縣長。

世事無常，才兩年左右的時間，柳擎宇竟然從一個城管局局長晉升為東江市的市委常委、紀委書記，級別也已經變為了正處級，而自己雖然位置變了，級別卻沒有變，反而從柳擎宇的上級變成了下屬。

如果是一般人，恐怕心裡很難適應這種變化，不過鄭博方是一個心胸十分開闊之人，對他來講，他也希望能為老百姓做一些事，可惜在景林縣的時候，薛文龍掌控了一切，很多事他無法做主，只能做一個傀儡副縣長。

那時，柳擎宇還來向自己請教，他只是隨便指點了柳擎宇一下，柳擎宇就能夠在景林縣掀起那麼大的風浪，他便已注意到柳擎宇絕非池中之物。

三個月前，他突然接到調令，把他調到東江市擔任紀委副書記。

直到現在，鄭博方還納悶著，**到底是誰調整自己的職務，對方的目的是什麼**。他思考許久，就是想不出來。

直到前任紀委書記被雙規，柳擎宇被調到東江市，他突然意識到，自己位置的調整很可能和柳擎宇有關。

回到自己的辦公室後，鄭博方撥通了柳擎宇的電話。

「老領導，你好啊。」電話很快接通了，柳擎宇自然地招呼道。

鄭博方笑道：「擎宇啊，我看你就不要叫我老領導了，畢竟那已經是過去式了，現在你是我的領導，這樣吧，為了避免尷尬，有人的時候，我稱呼你為柳書記，你稱呼我為鄭書記；沒有人的時候，我叫你擎宇，你叫我老鄭，你看怎麼樣？」

如果還擺出一副老領導的架勢來，那樣只會顯得自己為人淺薄，鄭博方很快便調整好了心態。

柳擎宇也不是一個死板的人，聽鄭博方這樣說，便笑道：「好的，老鄭，那咱們就這樣稱呼吧，沒想到你竟然也到了東江市，真是天涯何處不相逢啊！」

鄭博方不禁一愣，聽柳擎宇話中的意思，自己似乎不是柳擎宇動用關係調動的?!但是他很肯定自己的調動絕對和柳擎宇有關，那麼到底是誰呢？

鄭博方乾脆不再去想這個問題，說道：「擎宇，咱們好久沒見了，晚上聚聚，算是我給你接風洗塵吧！」

「好啊，那咱們今天晚上七點鐘，新源大酒店三〇一包間見。」

「好的，沒問題。晚上見。」

掛斷電話後，柳擎宇也陷入了沉思。

鄭博方的出現，讓他感覺到自己在東江市並不是孤軍奮戰。

他和鄭博方的想法一樣，並不認為鄭博方的出現是偶然事件，因為他非常清楚鄭博方的個性，相信鄭博方絕對不會無緣無故地被調整到這個位置，很顯然，鄭博方的出現對自己是有利的，但是操作這件事情的人又不是自己，那麼這個人是誰呢？

省委書記曾鴻濤最有可能，因為在白雲省，他操作這件事輕而易舉，而且還不會引人注意。

如果真是他的話，那就說明一個問題，曾鴻濤對東江市非常不滿，所以才布下如此之深的局，派鄭博方來幫助自己。

但如果是曾鴻濤的話，又有一個疑問，曾鴻濤怎麼會知道自己和鄭博的關係呢？畢竟自己和鄭博方只有一面之緣，平時很少交往，曾鴻濤如何確定鄭博方能夠幫助到自己？

但是，不是曾鴻濤的話，**背後操作的人是誰**？難道是老爸？

一時之間，種種疑問縈繞在柳擎宇的心頭，久久不能散去。

既然想破了頭也猜不出，柳擎宇很快便放下了對這件事的思考，轉而把焦點放在東江市本身。他深刻體驗到東江市的局勢實在是太撲朔迷離了，自己還真不能掉以輕心！

如何在東江市站穩腳跟，這是柳擎宇眼前的頭等大事。身為官場中人，有很多事情需要去思考，去算計，這是最費腦細胞的。

柳擎宇一邊想著，一邊拿出筆來，在筆記本上寫來劃去的。

這是柳擎宇從老爸劉飛那裡學來的一種思考事情的辦法，這個方法的好處在於能夠十分清楚地把每一個思考的問題寫在紙上，一目瞭然，透過在紙上不斷地寫下各種關係圖，以便直觀地找出每一種關係之間顯性和隱性的關係，可以讓自己進行更深度思考的參考。

柳擎宇一直忙碌著。在此期間，沒有一個人到柳擎宇的辦公室彙報工作。對此，柳擎宇並不感到意外，他相信，這種現象只是暫時的。

前任紀委書記垮臺，他的手下肯定有一批人還處於觀望狀態，不知道到底應該如何抉擇，這批人在進行選擇的時候自然會特別慎重，因為之前他們已經站錯隊一次了，而站錯隊的代價是十分高昂的，這些人在紀委裡，肯定會受到其他派系的排擠。

當然了，也肯定會面臨種種拉攏和誘惑。

在這種情況之下，柳擎宇並不打算急著出手，因為他現在最需要的是了解紀委內部的情況，從而定下最正確的戰術。

鄭博方的出現，恰恰提供自己達到目標的最好機會。

晚上，七點整，柳擎宇準時出現在「新源大酒店」的三〇一包間內。

鄭博方已經到了。

鄭博方拿出一支菸遞給柳擎宇，說道：

「擎宇，今天晚上我主要是想跟你說說咱們紀委內部的一些事情，希望能夠對你掌控整個紀委系統起到一些作用。」

鄭博方是個聰明人，他清楚柳擎宇也是個聰明人，面對聰明人，他採取了最聰明的方式。

柳擎宇拿出打火機給鄭博方和自己點上菸，笑道：「真是太好了，老鄭，不瞞你說，我今天約你見面，為的就是這個。到了紀委之後，我感到兩眼一抹黑，儘快掌握紀委內部的情報，對我來說十分重要。」

「是啊，只有知己知彼才能百戰不殆。我來東江市三個多月了，發現這裡的水真的很深啊，稍一不慎就會被淹死，這五年就陣亡了兩個，你是五年來的第三任紀委書記了。」鄭博方感嘆道。

柳擎宇聽了心中不禁凜然。

鄭博方接著說道：「我之所以說東江市水深，不僅是因為紀委書記這個位置容易出事，最主要的一點，其實是東江市的派系龍蛇混雜，利益關係錯綜複雜。」

柳擎宇眉頭一皺，沉聲問道：「老鄭，你說的派系到底是怎麼回事？」

「如果是不瞭解東江市的人看，書記和市長之間關係非常不錯，但是透過這三個月的觀察，我發現其實他們並沒有外面看起來那麼和諧。」鄭博方大揭內幕。

「哦？不是那麼和諧？這怎麼解釋？」

據柳擎宇得到的情報顯示，東江市市委書記、市長等人幾乎組成了一個利益共同體，神擋殺神，佛擋殺佛，再加上在遼源市上方有人策應和支持，外部勢力很難插手東江市。尤其是這幾年東江市經濟飛速發展，更弱化了那些反對的聲音，外人很難找到其中的破綻。即便是以曾鴻濤的位置，要想動東江市，也不敢輕舉妄動，擔心引發不必要的亂局。

「我之所以這麼說，是基於我的觀察和推論，並沒有任何的證據，所以，這些分析你只能作為參考。」

「好，那你說說你的看法。」

鄭博方開始侃侃而談自己的觀點：

「首先，是因為市委書記孫玉龍和市長唐紹剛兩人利益訴求有衝突的地方，這從東江市黑煤鎮的煤礦資源爭奪上就可以明顯的看出。關於黑煤鎮的舉報資料相當多，甚至很多是相互舉報，但是由於清楚裡面的內幕，那些舉報資料，紀委的人全都束之高閣，沒有人敢認真調查，他們知道在黑煤鎮的背後，絕對站著重量級人物。」

柳擎宇不解地說：「何以小小的黑煤鎮鬥爭如此激烈？」

鄭博方沉聲道：「利益，當然還是利益！黑煤鎮近幾年新勘探出幾處優質煤田，勘探隊員在勘探出來後，卻接連發生意外而亡，勘探報告也沒有呈送到市裡或省裡，所以，這裡的煤田現在依然處於無秩序狀態，而且大部分都是中小煤窯，私挖亂採情況十分嚴重，裡面的利益都是數以百萬甚至千萬計。你想想，這麼龐大的利益糾葛，誰能不動心？誰能不眼紅？」

柳擎宇點點頭：「嗯，如果孫玉龍和唐紹剛無法達成穩妥的協議的話，激烈鬥爭在所難免。」

鄭博方點點頭，繼續說道：

「是啊，以前兩人的勢力還算均衡，各自的地盤和利益劃分很清楚，但是自從前任紀委書記到任之後，孫玉龍加大了對他的拉攏力度，使前任紀委書記倒向他的陣營，雙方的實力不再平衡，發生了傾斜，利益爭端便初現端倪。前任紀委書記被雙規，幕後操盤者就是唐紹剛！他可以說是雙方利益、權力鬥爭的犧牲者。」

柳擎宇很慶幸今天聽到如此深入的分析。鄭博方的觀察果然相當入微，這個時候，調動鄭博方位置的功能便突顯了出來，這也更加說明那位幕後操控者的深謀遠慮。

鄭博方的話，令柳擎宇陷入思考。如果鄭博方的推論是正確的，這也意味著自己有充分的操作空間。

似乎是看出柳擎宇的想法，鄭博方面色沈重地說：「我知道你現在肯定在琢磨著分化孫玉龍和唐紹剛的辦法，但是我可以明確地告訴你，很難——很難！」

柳擎宇愣道：「為什麼？」

鄭博方分析道：「你知道為什麼孫玉龍和唐紹剛在黑煤鎮鬥得那麼激烈，卻一直相安無事嗎？非常簡單，還是利益！

「他們雖然在黑煤鎮鬥爭激烈，但是在其他領域卻又達成了微妙的平衡。他們彼此都清楚，如果對方的位置上換了一個人，他們便不可能再取得那種利益。所以，要想分化他們，難度不是一般的大。

「而且，我得到一個小道消息，說兩人之間還有一層特殊的親戚關係。至於這種關係到底是什麼，我還不清楚。」

說到這裡，鄭博方臉上露出嚴峻之色，諄諄告誡道：

「擎宇啊，我相信你會調到東江市來，肯定是因為省裡高層給你安排了特殊的任務，不出我所料的話，這個任務就是要查明東江市亂局的真相，還東江市一個朗朗青天！

「但是我必須警告你，千萬不要輕舉妄動，東江市和景林縣甚至是蒼山市情況完全不同，這裡早已形成了一個**十分緊密而又牢固的利益關係網，牽一髮而動全身**，最麻煩的是，東江市的經濟發展速度非常快，想動這些人，又不能讓東江市的經濟發展受到阻礙，這才是最困難的地方。」

柳擎宇心情沉甸甸的，雖然他已經預估到了東江市之行任務的艱巨性，卻沒想到是如此難行。

從東江市這些年經濟發展速度來說，柳擎宇對這批市委領導們還是相當佩服的，畢竟他們能夠把經濟發展起來，說明他們的能力非常強。

然而，東江市的信訪（**編按：陳情、申訴**）量，在遼源各個縣市中也始終名列前茅，每年前去北京上訪的老百姓數量可以與蒼山市等地級市的數量持平。從這一點來說，他又不禁對東江市的領導們充滿了質疑。

一個能夠把經濟發展起來的領導算不算好領導？原則上來說算，但是一個讓老百姓總是感覺到不滿、不公平、權益受到侵害的領導，算不算是好領導呢？這就必須要打上一個大大的問號了。

柳擎宇思索半晌，看向鄭博方，問計道：「老鄭，你認為我接下來應該怎麼辦？徐徐圖之嗎？」

鄭博方搖搖頭道：「雖然這樣做比較穩固，但是我想，以你的性格是絕對不會這樣做的，你根本無法忍受老百姓處於水深火熱之中，而且你一向嫉惡如仇，一旦看到不平之事，很難忍得下來。

「以東江市來說，一張巨大到難以撼動的利益網已經成型，如果徐徐圖之，很有可能步上前兩任的後塵，要麼被同化，要麼被陷害，這反而不利於你解決東江市的問題。

「所以我認為，你的行動應該先採取**打草驚蛇之計**，先找尋機會，對方一旦被驚動，勢必會想辦法掩護，他們越是掩護，破綻越多，這個時候就是你的機會了。這就好像一團亂麻千頭萬緒，看起來十分凌亂，但是，你只要抓住一個線頭，抽絲剝繭，總是能夠把事情理順的。

「現在你的重點就是要找到這個線頭。我聽說你在上任前便去被洪水沖毀的那一段高速公路視察過，這說明你已經找到這個線頭了。不過，我想你絕對不知道，就在你視察後的當天晚上，剩下那段沒有被沖毀的高速公路也全都被拆毀了。」

「全都被拆毀了？」柳擎宇聽到這個消息大吃一驚。

他本來打算等自己正式上任之後，以此為契機，逐漸在東江市撬開一個口子。在柳擎宇看來，這條高速路是最好的證據。沒想到對方如此膽大包天，竟然還敢毀滅證據，這說明對方底氣非常足，甚至是有恃無恐。

「你不用震驚，我來東江市三個多月，類似的事情已經看過不止一件，你也會逐漸習慣的。我要勸你的是，你想做出成績來，千萬不要急於求成，否則絕不會成功的，因為你**越是著急，越容易出現破綻**，而這些人恰恰擅於亂中取勝，打你一個措手不及。」鄭博方嚴肅地說道。

柳擎宇自忖：看來這些人還真不是省油的燈，他還是太輕敵了，自己下午設定好的戰略目標恐怕必須重新策劃才行。

柳擎宇雖然高傲，但是善於納諫，只要別人說的意見有道理，他會立刻改正自己的疏失誤漏。

隨後，柳擎宇又和鄭博方深入地聊了很多東西，得到很多有用的資訊和建議，而通過和柳擎宇談話，鄭博方也收穫頗豐，對柳擎宇的認識越來越深。

兩人一直聊到晚上十一點多才各自散去。

第二天上午九點五十分，柳擎宇按照市委秘書長吳環宇的通知，要他到市委常委會議室，準備參加市委常委會的召開。

柳擎宇第一次參加東江市的市委常委會，他不想給眾人留下一個不懂事的印象，所以提前十分鐘來到會議室。

卻不想會議室已經到了六七個人了，柳擎宇心中奇怪，以他對這批人的了解，正常情況下，他們提前五分鐘到就非常不錯了，今天倒是有些不尋常啊。

緊接著，市委書記孫玉龍和市長唐紹剛來到會議室，兩個人幾乎是擦著九點五十五分的時候趕到的。

孫玉龍進入會議室，發現柳擎宇已經到了，眉頭微微一皺，臉上露出意外之色，這個表情雖然一閃而逝，但還是被柳擎宇敏感地抓住了。柳擎宇立刻意識到，今天很可能又差一點被算計了。

從眾人的表情來看，柳擎宇大概猜到吳環宇給自己設計好的陷阱是什麼了，吳環宇故意通知自己十點鐘到會議室開會，通知其他人卻是九點五十五分，這樣一來，一旦自己真的是十點鐘才過來，勢必會遲到，一旦遲到，便會受到孫玉龍的斥責，剛上任就被一把手訓斥，可謂顏面盡失，以後他在常委會上說話也就沒有什麼力度了。

但是假使他剛好趕在孫玉龍的後腳進來，又會有人說他是故意要顯示比孫玉龍還大牌的意思，總之，不管怎麼樣都會被批評。

想明白這些東西，柳擎宇的眼神中漸漸多了幾分冷漠之色。柳擎宇相信吳環宇絕對不敢私自做主操作這件事，肯定是有人授意的，那這個人是誰也就呼之欲出了。

柳擎宇的視線從市委書記孫玉龍的臉上掃過。正好孫玉龍的目光也看了過來，兩人對視了一眼，孫玉龍衝著柳擎宇點點頭，柳擎宇回之以一個淡淡的笑容。

在官場上混的時間長了，柳擎宇對官場上的那一套也漸漸摸熟悉了，深諳越是要對對方下手時，越是要對對方笑，只有對方對你的防備有所鬆懈的時候，才是發動關鍵一擊的時候。

孫玉龍在用表情忽悠自己，自己又何嘗不是在忽悠他呢？

這時，孫玉龍宣布道：「好了，現在人都到齊了，咱們開會吧。今天是柳擎宇同志第一次參加常委會，我們先用熱烈的掌聲再次歡迎一下我們這位新上任的同事。」

孫玉龍說完，立刻帶頭鼓起掌來，其他人也紛紛跟著鼓掌。

掌聲停下，孫玉龍接著說道：

「各位同志，柳同志的經歷我在這裡給大家介紹一下，柳同志今年剛剛廿四歲，卻已經是正處級幹部了，據我所知，柳同志不僅是我們東江市最年輕的處級幹部，更是遼源市、白雲省最年輕的處級幹部。

「而且柳同志為人真誠，做事果斷，能力很強，在蒼山市，不僅把新華區和高新區管理得非常好，還親自主導了蒼山市市長李德林、市委副書記鄒海鵬等多人腐敗案，為我們白雲省的反腐事業做出了突出貢獻。

「現在，柳同志被省委特別調到我們東江市，目的非常明確，就是希望借助柳同志嫉惡如仇的性格、超強的行動能力，對東江市的腐敗勢力進行大力地清理。我希望在座的各位都要提起十二分的精神，大力配合柳同志的工作，讓我們東江市的政治空氣就像內蒙古大草原的天空一樣，沒有一點污染。」

孫玉龍說完，下面再次響起了熱烈的掌聲，只不過伴隨掌聲的，卻是其他常委們看向柳擎宇時漸漸陰沉的目光。

孫玉龍這一招簡直陰險到了極點啊！

柳擎宇哪裡會不明白，孫玉龍**表面上是在誇獎自己，實際上，這是在捧殺自己**。他是在暗示東江市的所有市委常委們，他柳擎宇在蒼山市能夠把市委副書記和市長掀翻，照樣會把在場的所有人掀翻。

而孫玉龍這番極力誇獎的言語，也等於在柳擎宇和唐紹剛之間直接栽了一根刺，暗示唐紹剛，柳擎宇能夠把李德林揪下馬，照樣也能把你給揪下馬。

孫玉龍這是在**借刀殺人**！

唐紹剛自然也很清楚孫玉龍話中的挑撥含意，但是心中卻免不了對柳擎宇生出幾分芥蒂和忌憚，更多了幾分殺氣，只不過因為一直低著頭，臉上的表情很難被別人發現，所以這股殺氣被他很好地掩飾了。

但是當他眼角的餘光瞥向柳擎宇的時候，仍然被柳擎宇敏銳的感覺到了。

柳擎宇滿臉淡定，好像根本不知道孫玉龍的用意一般。

孫玉龍笑著看向柳擎宇，道：「柳同志，作為新來的紀委書記，你來講兩句吧？我記得你在就職演講的時候講的就非常好啊。」

孫玉龍最後這句話，再次把柳擎宇推到了眾人的對立面。

因為柳擎宇的就職演講讓很多人心中橫了一根刺，孫玉龍今天火力全開地幫柳擎宇栽刺，成功地讓柳擎宇成為整個東江市市委常委班了的公敵。

柳擎宇若無其事地說：「好啊，既然孫書記讓我說幾句，那我就不客氣了。我今天要說的是我們紀委系統和東江市紀律風氣的問題。第一個要談的就是公務車被私人濫用的情形。

「現在中央三令五申，不允許公務車拿來私人使用，但是偏偏有人無視上面的規定，這種不正之風必須糾正！我們紀委部門身為紀律的執行者，打鐵還需自身硬，我們也必須展開大規模的自我審查工作，更要展開自我批評。

「首先我要向各位同事表示歉意，因為現階段，我們紀委內部也存在著嚴重的不正之風，其中表現最明顯的，便是第一副書記嚴衛東同志。

「雖然我身為紀委的一把手，應該對我們的工作人員進行維護，但是，這種維護絕對不包含嚴重的違紀行為。根據我掌握的資料，嚴同志身為紀委第一副書記，身為東江市監察局的局長，每天都開著單位的汽車上下班，嚴重違反用車標準。」

「大家想想，我這個堂堂的紀委書記開的車不過是一輛普通的長城汽車，價值不到十萬，而嚴衛東同志卻開著一輛價值三十多萬的別克的林蔭大道，恐怕就連一般的副省長都未必這麼囂張吧！

「重點是，這輛車當初採購的理由是用於各種公務接待，只有在上級領導下來視察，或者有其他重要公務需求的時候才能使用，嚴同志卻把這輛車據為己有，公然違紀，真的是非常過分！

「所以，我先要在這裡向大家表示抱歉，我沒能夠管理好紀委內部的工作人員，沒有約束好手下，不過，請大家放心，我接下來會用三天左右的時間對紀委內部進行大力整頓，展開嚴厲、深層的自我糾查工作，嚴查歪風，讓政壇風氣煥然一新。

「三天後，我們將會對東江市各個部門單位展開一場大規模的正風行動，凡是公器私用、公款浮報等行為，都將受到嚴厲查處，我們一定會追到底，查到底！希望孫書記和在座的各位同事們能夠支持我們的工作。」

這番話說完，會議室陷入了一片冷場。

原本孫玉龍設計了柳擎宇，幾乎把柳擎宇推到絕境，不想柳擎宇竟然利用孫玉龍提供的機會，巧妙地提出一個孫玉龍絕對無法反對的正風行動，而且孫玉龍不僅不能反對，還得大力支持，因為這不僅僅是紀委部門的工作，更是孫玉龍職責範圍內的事情。

讓眾人更感到震驚的是，柳擎宇竟然直接從紀委內部開刀，被開刀的嚴衛東，恰恰是孫玉龍的人。

轉眼間，柳擎宇就狠狠地打了孫玉龍一個大嘴巴，**這個嘴巴又狠又急，被打碎的牙齒，孫玉龍還得咽在肚子裡！**

**狠，真夠狠！**孫玉龍被柳擎宇這一巴掌打得怒火攻心，差點沒吐血。

這是柳擎宇和孫玉龍第一次在常委會上交手，但是明眼人都看得出柳擎宇不是個省油的燈啊！

# 第六章

# 另闢蹊徑

柳擎宇曉得他在紀委內部很難打開缺口，但是要想收買門口的保安，相對就簡單多了。大家以為柳擎宇會想辦法徐徐圖之，打擊拉攏分化，萬萬沒有想到，柳擎宇竟然另闢蹊徑，從一個小保安那裡打開了口子。

孫玉龍也知道柳擎宇很難纏，卻沒有想到柳擎宇竟然以這樣一種直接硬撼的方式，和自己針尖對麥芒地進行叫板。

這絕對是叫板！

怎麼辦？如果自己真的讓柳擎宇得逞，那麼今天自己就要栽了。但是，如果自己真的否定了柳擎宇的這個提議，又會被柳擎宇抓住把柄，萬一被柳擎宇捅到省裡去，自己在名聲上肯定會受到損害，對自己以後的仕途不利……

不過很快，孫玉龍眼珠一轉，計上心頭。

「嗯，柳同志的確是一個非常認真負責的好同志，糾正歪風的確刻不容緩，必須用力地搞，而且要大張旗鼓地搞，要讓全市幹部都嚴格自律，絕不能搞歪風。我這個市委書記對此更不能袖手旁觀，我看這樣吧，乾脆成立一個聯合正風小組，由市委市政府牽頭，市紀委配合，針對全市的歪風進行徹查。

「至於這個調查小組的組長，由我親自擔任，副組長由唐市長、耿立生、柳擎宇同志擔任，柳同志剛上任，對很多方面還不太熟悉，所以常務副組長我看由市委秘書長吳環宇同志來擔任，柳同志，你看這樣配置怎麼樣？

「當然了，等你以後對紀委內部和東江市的局勢都瞭解了，我立刻讓吳同志把這個常務副組長的位置讓給你，由你來全權負責。目前，你還是以配合吳同志的工作為主，你看怎麼樣？」

孫玉龍說完，滿臉含笑地看著柳擎宇。

**他這一手叫反客為主**，對自己這一招，孫玉龍心中很是滿意。

本來，正風工作的主要實施單位為市紀委，但是，通過這麼一個聯合調查小組的形式，他直接先把市紀委的權力給架空了，然後又安排了四個副組長，其中還有一個市長、一個市委副書記，這兩個人的市委排名都比柳擎宇靠前，而且唐紹剛的級別還比柳擎宇高，如此一來，柳擎宇在調查小組內的發言權就變得更小了。

最後，他又安排了自己的親信吳環宇擔任常務副組長，負責統籌全面的工作，如此一來，正風工作什麼時候展開，如何展開的決策權，全都在吳環宇的手中，失去了主導權，柳擎宇連一點小事都做不了，看他還怎麼耍威風！

這樣，柳擎宇只有徹底鬱悶的份了。

然而，讓孫玉龍意外的是，柳擎宇聽完孫玉龍的話之後，卻點頭道：

「好啊，沒問題，孫書記說得不錯，我的確需要好好熟悉一下東江市的局勢，有吳同志來主導這件事，我相信肯定能做好的，而且一旦出了問題，責任也是吳同志的，跟我沒有太大的關係，這是我占了便宜啊！我真得好好謝謝孫書記對我的照顧啊。

「為了配合孫書記的提議，我回去之後，立刻加緊處理嚴衛東公器私用這件事，先從我們內部好好地整頓一番！我想，孫書記應該不會有多少意見吧？總不會也派人幫我處理吧？」

硬撼！依然是硬撼！

即便是柳擎宇的提議被孫玉龍用巧計徹底破壞了，柳擎宇依然沒有任何退卻的意思，在嚴衛東這件事情上，仍是堅持他的態度。

會議室內，所有的常委們都把目光看向了孫玉龍。

大家都知道，孫玉龍在東江市一直都很強勢，就算是唐紹剛這位在市政府十分強勢的人，在常委會上，面對孫玉龍的時候，如果不是涉及很嚴重的利益衝突，也不願意和孫玉龍叫板。

因為大家都知道，孫玉龍的心胸並不是特別寬闊，他曾經有一句經典的話，讓東江市每一個瞭解他的人都不敢輕易觸犯他——**誰要是讓我一時不舒服，我就讓他一輩子不舒服！誰給我惹麻煩或者找我麻煩，我讓他一輩子都麻煩！**

此刻，**面對柳擎宇如此強勢的叫板和硬撼，孫玉龍會怎麼應對呢？**

在眾人的注視下，孫玉龍臉色漸漸陰沉，身上隱隱露出殺氣，眼皮一抬，冷冷地說道：「柳擎宇同志，對於任何觸犯黨紀、政紀、國法的幹部，我們市委都不會姑息，但是，這並不意味我們會縱容任何打著冠冕堂皇的旗號排斥異己的行為，並不意味我們可以容忍打擊報復，柳擎宇同志，你說嚴衛東公器私用，有證據嗎？」

在孫玉龍看來，柳擎宇剛到市紀委上任，根本不可能握有任何證據，基本上，市紀委的人都知道嚴衛東是自己的人，誰敢站出來接觸柳擎宇，為柳擎宇提供資料？那根本是找死！所以，他很有自信。

柳擎宇老神在在地說道：「孫書記，如果沒有證據的話，我又怎麼會提議對嚴衛東同志採取措施呢？」

柳擎宇從手提包中拿出一疊檔案，遞給孫玉龍：

「孫書記，這是我所得到的舉報資料，上面清楚地記錄了所有證據，你看這些證據有問題嗎？」

孫玉龍接過檔案，打開看了看，臉色立時暗沉下來。

不過他很快又神色如常地說：「嗯，這照片看起來像沒有問題，不過，柳同志，現在照片後製技術十分發達，我看是不是再找省裡的權威專家鑑定一下，等鑑定結果出來後再對嚴衛東同志進行處理！你雖然是紀委書記，要求很嚴格，但是也不能對自己人搞冤假錯案嘛，我們做事還是實事求是的好！」

孫玉龍輕輕一番話，將柳擎宇的攻勢再次化為烏有，同時還在最後說了句要實事求是，就是在暗示柳擎宇是在栽贓陷害，打擊報復。

這話不可謂不毒！

柳擎宇臉色平靜，似乎沒有聽懂孫玉龍話裡的意思，又拿出一個隨身碟，說道：

「孫書記，如果你認為那些資料還不能算作證據的話，那你可以看一看裡面的視頻，上面清楚地記錄了最近兩年以來，嚴同志每天濫用公務車的畫面，我相信，等你看完之後，應該可以有一個公平的結論了吧？」

柳擎宇不卑不亢，有理有據有節，同樣在輕描淡寫之間，狠狠地打出一記悶棍！

身為悶棍王韓如超的侄子，柳擎宇深得叔叔悶棍技術的精髓，他不僅擅長在戰場上打悶棍，放黑槍，更擅長在政治上打對手悶棍，絕對青出於藍而勝於藍。想當年，不管是薛文龍也好，李德林等人也好，都被柳擎宇的超級悶棍打得鬱悶無比，淒慘收場。

孫玉龍聽了柳擎宇的話，心中的火氣徹底被激發起來，直接讓人把隨身碟的內容在電腦上播放出來。他要確認一下，看看這裡面的證據到底是不是真的。

等播放完，所有常委們對柳擎宇都帶了幾分忌憚。這才上任一天，就弄出這麼多資料，**這個水準、這個能力，還有這股狠勁，還真不是好對付的主**。

孫玉龍突然發現，自己雖然提高了對柳擎宇的重視程度，但還是小看了他，這小子很有手段啊！

孫玉龍從視頻中看出來，柳擎宇拿到的視頻絕對是從市紀委的監控中心得到的，而監控中心就設在大門值班室的保安室中。

柳擎宇很聰明，曉得他在紀委內部很難打開缺口，但是要想收買門口的保安，相對就簡單許多了。

自己和其他人都以為柳擎宇會想辦法先在市紀委站穩腳跟，徐徐圖之，打擊拉攏分化，萬萬沒有想到，柳擎宇竟然**另闢蹊徑**，從一個小保安那裡打開了口子。

這時，柳擎宇目光直視著孫玉龍，沉聲道：

「孫書記，您對這些證據還有異議嗎？憑這些證據，給嚴同志一個大過處分、全市通報批評，應該沒有問題吧？」

整個會議室內再次冷場，氣氛也凝固起來。

這個柳擎宇實在太狠了，竟然要徹底斷送嚴衛東的仕途前程，這是孫玉龍絕對不能容忍的，因為按照他的規劃，等到把柳擎宇整走以後，他會想辦法提拔嚴衛東到紀委書記、市委常委的位置上，那樣一來，他對東江市的掌控力會變得空前強大，唐紹剛將再也無法對他產生掣肘。

其實，前任紀委書記倒臺後他就打算把嚴衛東推上去，只不過柳擎宇的空降打亂了他的部署。

孫玉龍沉吟了一下，說道：

「嗯，這些證據的確沒有問題，嚴同志的確違反了一些紀律，不過呢，考慮到嚴同志每天都奔波在紀律監察的第一線，為了提高工作效率才不得不這樣做，而他為了工作冒著被處分的風險，說明他心中只有老百姓。

「我們身為市委領導，必須本著治病救人的原則，給下屬一個寬容的工作環境，所以，我看對嚴同志口頭警告一下就可以了，沒有必要這樣大張旗鼓地去處罰。」

柳擎宇沒說什麼，又拿出了一份資料，說道：

「孫書記，對你的處理意見，我是沒有什麼問題，誰讓你是一把手呢，不過呢，我在接到舉報資料的時候，還接到了一位記者發給我的公函，說是準備在報紙和網路媒體上報導嚴同志的事，我已經和這位記者溝通了，讓他先不要報導這件事，一定要等我們市紀委的處理意見出來之後，他再考慮下一步的動作。

「如果我們市紀委按照孫書記的處理意見處理嚴衛東的話，我擔心這位充滿正義感的記者會說我們東江市官官相護，尸位素餐，毫無作為！尤其是這位記者要是得知是孫書記提出的處理意見，萬一在報導中提及此事，我擔心您的名聲會受到影響啊！」

**威脅！絕對的威脅！**

孫玉龍徹底傻眼，柳擎宇竟然還有這麼一個後手！

這下子，他還真的有些為難了。

雖然他極力想要維護自己這個得力屬下，但是也有一個基本的前提，那就是一定要確保自己的安全、自己的利益不受到損害。要是他堅持己見，以柳擎宇的個性，就算沒有那個記者，也很有可能把這件事捅出去，畢竟柳擎宇在蒼山市的時候就曾經幹過這樣的事！再做一次也不會讓人意外。

**對這種不顧忌官場潛規則，不考慮自己前途的人，還真是令人感到十分頭疼。**

怎麼辦？到底該怎麼辦？如果保不住嚴衛東的話，柳擎宇在東江市市委常委上的第一炮就算打響了，自己也算是小小地栽了面子。

怎麼辦呢？一時之間，孫玉龍陷入了兩難。

孫玉龍沉思許久，心中有了決斷，開口道：

「柳同志，看來你真是一個鐵面包公啊，做事只認道理，不認其他，雖然我反對你的提議，但是為了東江市的大局，我保留意見，其他人也說說自己的看法吧。」

孫玉龍這是把主動權交到了唐紹剛手中。

他相信，唐紹剛雖然和自己存在著權力鬥爭，但是他也無法容忍柳擎宇在東江市肆意妄為下去，畢竟柳擎宇現在收拾的雖然是他的人，但是誰能保證柳擎宇下一步不會收拾唐紹剛那邊的人？

他和唐紹剛對彼此的瞭解和對利益的執著，使兩個人配合得十分默契。

孫玉龍這一次賭對了。

在整個過程中，唐紹剛一直在冷眼旁觀，甚至縱容柳擎宇和孫玉龍互鬥，當他看到孫玉龍被柳擎宇步步緊逼的時候，也深深感覺到柳擎宇的難纏。

尤其是看到柳擎宇充分利用紀委書記這個位置賦予他的權力，並且意圖擺脫被架空的局面時，他知道，雖然自己很想利用柳擎宇狠狠打擊一下孫玉龍，但是他和孫玉龍其實是一根繩上的螞蚱，跑不了你，也跑不了我。

正如孫玉龍所猜測的那樣，唐紹剛的確擔心柳擎宇收拾完孫玉龍的人之後，便會接著收拾自己的人，不過，唐紹剛並不想完全為孫玉龍擋住柳擎宇的進攻，那樣的話，自己就會徹底得罪柳擎宇，這是完全沒有必要的，何況孫玉龍之所以選擇保留意見，目的就是想把自己牽進來，這一招也極其陰險。

因此，在這種情況下，唐紹剛略微思索了一下後，臉色嚴峻地說道：

「我談談我的意見吧，我認為柳擎宇同志的處理意見雖然有些嚴厲，但是基本上充分表達了我們對待腐敗分子和腐敗問題的態度，那就是零容忍，堅決杜絕腐敗！

「但是呢，孫書記的意見也很重要，我們在處理幹部的時候，也要考慮到實際的情況，不能一概而論，必須個別看待，像嚴同志所犯的這個問題，並不屬於讓老百姓深惡痛絕的行為，而是喜歡貪圖小便宜，屬於個人人品問題，對於他這種行為，我看就直接給一個黨內警告處分，黨內通報批評就可以了，不需要弄到全市通報批評和行政記大過處分的程度。」

唐紹剛說完，孫玉龍充滿深意地看了唐紹剛一眼。

唐紹剛的意見有些出乎他的意料。他本以為唐紹剛會替自己抵擋柳擎宇的進攻，沒想到唐紹剛竟然選擇了這種不得罪柳擎宇的處理方式，如果真照這種處置方式，自己和柳擎宇的這次交鋒，威信仍然會受到削弱。

從唐紹剛的表現中，孫玉龍看到了唐紹剛的險惡用心，心中也只能暗嘆對方可惡，硬是吞下這口悶氣。

唐紹剛這邊的人在唐紹剛說完後，也紛紛發表意見，對唐紹剛的提議進行附和，孫玉龍的人則是保持沉默，等待看孫玉龍的臉色行事。

就見孫玉龍的目光和副市長管汝平對視了一眼，不著痕跡地輕輕點點頭。管汝平立刻會意，說道：「我贊同唐市長的提議。」

有管汝平帶頭，其他人自然也表示贊同，唐紹剛的提議獲得全數通過。

唐紹剛看向柳擎宇，說道：「柳同志，你看這個處理結果怎麼樣？」

柳擎宇點點頭：「挺好的，我也贊同唐市長的提議。」

接下來，在孫玉龍的主持下，眾人開始討論有關東江市的一些日常性事務。

柳擎宇倒是一直保持沉默，只要不是涉及紀委的事，不管是經濟領域，還是人事方面，柳擎宇都決不插手。

柳擎宇的做法是極其聰明的，這樣讓其他常委對他的戒心小了很多，畢竟誰也不願意和一個喜歡到處插手的人共事。

孫玉龍和唐紹剛都感覺到這個紀委書記雖然看著年輕，但是城府卻挺深的。

兩人在會議中拿出自己主管領域的人事和經濟事務故意誘惑柳擎宇，想要試探一下柳擎宇是不是一個喜歡插手各方利益的人，柳擎宇的表現出乎了兩人的意料。

但是，兩人並沒有掉以輕心，畢竟柳擎宇剛剛上任，**誰能保證他以後不會涉足東江市的利益糾葛呢？**

**兩人身在名利場，對這些事早已看得非常通透。**

散會後，柳擎宇的心情和上面兩個人一樣，也很不平靜。

從今天常委會上與孫玉龍的交手，以及唐紹剛的表現來看，他敏銳地發現，鄭博方跟自己分析的事都成真了。

從孫玉龍讓唐紹剛發言的行為，看得出來孫玉龍是想利用唐紹剛來對付自己，而唐紹剛的處理結果說明唐紹剛並不甘心自己被利用，狠狠地擺了孫玉龍一道，這也側面反映了兩人間利益糾葛很深。

但是，會議後半段，柳擎宇驚醒到兩人雖然在鬥爭，但其實又在互相配合，觀察自己，誘惑自己出手，充分表明了兩人在面對外來勢力時的默契。

柳擎宇知道，自己要想在兩人之間施展分化拉攏之計，基本上沒戲。因為這兩個人能在這麼激烈的鬥爭中依然保持平衡，說明兩個人的城府都不是一般的深。沒有足夠大的利益，很難拉攏或者分化兩人。

這也映證兩人在東江市所涉及的利益非同一般，甚至構成了一個複雜的利益關係網，如果有人想要觸及某一個人的利益，很有可能就會觸及整個利益集團的利益。

中午隨便吃了點東西，填飽肚子後，柳擎宇回到辦公室，又陷入思考之中。

直到下午三點左右，柳擎宇才結束這次長時間的思考，他撥通了紀委辦公室副主任溫友山的電話：「溫同志，你通知其他兩個副主任，到我辦公室來一趟。」

溫友山接到柳擎宇的電話，感到十分意外。因為他在紀委辦公室三個副主任裡面，排名是最後的，也是最被邊緣化的人物。

之所以會這樣，主要是因為他今年已經五十歲了，在所有副主任中年紀最大，晉升管道早已經被堵死了，而另兩個副主任都比自己年輕，年紀大的那個也才四十出頭而已，一旦辦公室主任這個位置空出來，肯定是另外兩個人先被提拔，自己能夠在退休前混一個副處級的待遇就已經謝天謝地了。

所以，柳擎宇這個電話打來，他心中立刻波瀾起伏。

他猜想柳擎宇喊他們三個到他的辦公室集合，很可能是要確定辦公室主任的人選。想到這裡，他開始心潮澎湃起來。雖然他早已斷了晉升的念頭，但畢竟是身在官場，身在官場的人，誰沒有上進心呢？誰不想仕途晉升呢？

這時，一個念頭進入溫友山的腦海：

「柳擎宇為什麼要先給自己打電話？如果柳擎宇要拉攏自己，自己要不要投靠到柳擎宇的陣營中呢？」

溫友山大腦飛快轉動著，過了好一會兒，他咬咬牙，暗暗下定決心，投靠！

柳擎宇既然給自己打電話，讓自己通知其他人開會，說明柳擎宇對自己的第一印象還是不錯的，這對自己來說是一個機會，所以他必須堅決地投靠到柳擎宇的陣營中。

以前，由於自己年紀大，再加上為人謹小慎微，又不善於溜鬚拍馬，一直熬到五十歲才熬到辦公室副主任的位置，如果能夠因為投靠柳擎宇多一些晉升的機會，又何樂而不為呢？

那種無聊、呆板的生活，他已經過膩味了，他希望自己能夠在仕途的最後幾年再力拚一下，不管成功失敗，至少不枉走這一趟官場之路。

決心已定，溫友山立刻拿起桌上的電話通知另兩位辦公室副主任劉亞洲、王海鵬，讓他們一起去柳擎宇的辦公室開會。

劉亞洲和王海鵬接到溫友山的通知亦是一愣，他們心裡也在盤算著，辦公室主任這個位置空缺出來後，柳擎宇勢必會提拔一個新的辦公室主任，他們都想競爭這個位置，卻不知道該走何種門路。

他們很清楚柳擎宇這個新上任的紀委書記非常強勢，如果走紀委副書記的路子，未必能夠拿下這個位置，別人也未必能夠插得了手，所以兩人暫時按兵不動，想要觀察一下局勢再謀後動。

結果等來的是溫友山的通知，這讓兩人心中產生了一種不妙的感覺。

三人在溫友山的辦公室集合之後，一起前往柳擎宇的辦公室。

敲響房門，進入辦公室後，柳擎宇招呼道：「你們先坐一會兒，我把手中的這兩份文件先處理一下，一會兒和你們聊一聊。」

說完，便低下頭去處理文件了。

三人各自坐了下來，由於心態迥異，坐姿也大不相同。溫友山小半個屁股沾在沙發上，腰桿挺得筆直，臉上露出嚴肅之色。王海鵬和溫友山動作幾乎一模一樣，劉亞洲則是身體靠在沙發上，臉上有些不耐之色。

柳擎宇處理這兩份文件花費了將近十五分鐘左右，三個人就坐在那裡默默地等待著。房間內靜悄悄的，溫友山和王海鵬坐得腰都有些累了，尤其是溫友山，由於歲數比起王海鵬和劉亞洲來大了十多歲，身體有些吃不住勁。不過，他稍微換了個姿勢休息一下之後，又挺直了腰桿。

劉亞洲雖然年輕，也感到有些累，不由自主地從雙腿併攏換成蹺起了二郎腿，因為這樣會舒服許多。

柳擎宇似乎自始至終都沒有抬起頭來，但是溫友山和王海鵬一直沒敢放鬆，因為他們清楚，這很可能是柳擎宇正在考驗自己。

這時候，柳擎宇抬起頭來看了三人一眼，放下手中的資料，站起身，走到三人對面的沙發坐下，笑著說道：「你們不用這麼拘謹，放輕鬆，都靠在沙發上，像我這樣，這樣坐輕鬆一些。」

聽柳擎宇這樣說，劉亞洲稍微挪動了一下姿勢，把二郎腿放了下來，溫友山和王海鵬則把身體稍微往後靠了靠，但是依然保持著腰桿筆直的姿勢。

柳擎宇接著說道：「今天我把你們三位副主任叫來，主要是宣布一件事，由於前辦公室主任已經被免職了，為了保證辦公室工作的延續性，我打算這個位置從你們三個人之中選拔，但是我對你們三人的能力、性格和人品不瞭解，我決定從今天開始，對你們展開為期兩個月的考察，兩個月後，我認為誰最適合這個位置，就會升他為辦公室主任。

「在這段期間，你們三人採取輪換制為我服務，輪換期為一個星期。第一個星期由劉亞洲同志負責，第二個星期由溫友山同志負責，第三個星期則由王海鵬同志負責，以此類推，一直到兩個月結束後，我會做出最終的選擇。希望你們三位能夠齊心協力，把我們紀委辦公室的工作抓起來，不知道你們有沒有信心？」

三人同時挺起胸膛來，異口同聲地說道：「有信心。」

尤其是被排在第一個服務的劉亞洲，聲音最為響亮，臉上散發著紅光。

「好，既然你們都有信心，那這件事就這樣定了，劉同志留一下，其他兩位同志可以先回去了。」柳擎宇吩咐道。

兩人立刻很知趣地站起身來，告辭離去。

溫友山離開柳擎宇的辦公室後，心中涼涼的，在接到柳擎宇電話的時候，他還以為柳擎宇中意自己呢，心中豪情萬丈，沒想到眨眼間，柳擎宇把劉亞洲排在第一個，這讓他不禁思緒萬千，產生了許多的想法。

其中想的最多的，就是柳擎宇是不是比較中意劉亞洲，否則為什麼要第一個讓他負責呢？而柳擎宇的排序也很有意思，把自己排在第二個，這裡面是不是有什麼深意呢？柳擎宇並不在乎溫友山和王海鵬兩個人的想法如何，因為此刻他正在對劉亞洲交代工作。

「亞洲同志，我這裡有一份文件，一會兒你拿去複印一下，然後親自張貼在辦公室樓下門口處，左右各一張，同時派人給每個處室送去，確保我們紀委工作人員人手一份，讓大家好好學習一下這次市委常委會的會議精神。」

說著，柳擎宇從辦公桌上拿起了一份文件，交給劉亞洲。

劉亞洲心情十分激動，因為他從柳擎宇的目光中似乎看到他對自己的看重和期待。

然而，等拿到文件後，掃了一眼標題，劉亞洲的臉色便蒼白起來，因為這是嚴衛東的處罰通知。上面明確地寫著對嚴衛東的處罰決定——嚴重警告處分，黨內通報批評。

劉亞洲為難起來，發這份通知絕對是一個得罪人的活啊，尤其得罪的還是紀委內部實力最強的第一副書記，這絕對是在打嚴衛東的臉啊！而他以前一直都是以拍馬嚴衛東為主的，畢竟靠著大樹好乘涼。

劉亞洲這麼一思考，就顯得反應慢了一下。

柳擎宇笑著說道：「怎麼？亞洲同志，你在發什麼愣？是不是覺得這件事很有難度？要不我讓王海鵬和溫友山去做？」

雖然柳擎宇笑容可掬，但是話中的深意卻嚇了劉亞洲一跳。

劉亞洲非常清楚，如果柳擎宇真把這件事交給另外兩個人的話，也就意味著自己徹底失去了競爭辦公室主任這個位置的資格。

這種結果是他不願意看到的，因為自己經常溜鬚（編按：討好奉承）嚴衛東的緣故，他平時把王海鵬和溫友山打壓得很厲害，甚至有時候還會插手兩人主管的事務，如果真的讓他們爬到自己的頭上，那麼將來自己的日子就難過了。

想到這裡，劉亞洲連忙說道：「沒事沒事，柳書記，我可以辦好這件事的，這件事情對我來說沒有任何難度。」

柳擎宇語調柔和地說：「嗯，很好，劉同志，好好幹，你的能力其實是非常強的。」

柳擎宇並沒有把話說全，只說了一半，便又回到辦公桌後面，繼續忙碌起來。

劉亞洲向柳擎宇告辭，走了出去。

一出柳擎宇辦公室，劉亞洲便開始思考起來：

「柳擎宇剛才那句話到底是什麼意思？說我的工作能力其實很強，後半句沒說完的話又是什麼呢？」

就在劉亞洲離開後，柳擎宇靠在椅子上，蹺著二郎腿，嘴角露出一絲得意的微笑。

柳擎宇在東江市的布局已經開始展開！

**分化拉攏未必只能在高層，越是在基層，這種效果越明顯，有些時候，小卒子也許會**

產生最大的作用。

這一點，柳擎宇在門口那個保安的身上已經得到了充分的驗證。

柳擎宇第一次進紀委大門的時候，被門口的保安劉子光刁難，柳擎宇當時心思一動，沒有為難他，還給了他一張私人名片。

當時他只是有意無意地隨意布了那麼一顆棋子，對於這顆棋子，他並沒有期望有多大的收穫，只希望以後在自己需要的時候，尤其是在某些事情上，這個保安能夠給自己提供一些消息。

沒想到，當天晚上，劉子光便給柳擎宇打了電話，忐忑地說有資料要交給柳擎宇。

雖然劉子光知道自己只是個小小的保安，對他這樣一個人生幾乎已經定型的人來說，似乎沒有任何翻身的可能，所以他不想放棄這個難得的機會，跟命運一搏。

劉子光便把監控中心錄到嚴衛東上下班的畫面複製下來，交給了柳擎宇。

柳擎宇接到這個視頻，震驚不已，劉子光竟然交給自己這麼一顆重磅炸彈，這太有用了！

正是因為手上有了這個利器，他在市委常委會上才能狠狠地反擊了一下孫玉龍，並且順手給了嚴衛東一個大耳光。

凡事起頭難，有了好的開始，他決定針對紀委辦公室展開接下來的部署。

他反思著該如何下手，現在自己對紀委各個處室的一二把手基本上沒有任何掌控力，率先掌控辦公室對他來說十分重要。

他相信嚴衛東等其他紀委常委們肯定也會在辦公室內有所布局，所以他今天拿出辦公室主任這個誘餌來調動溫友山、劉亞洲、王海鵬三個人，讓他們相互競爭。

通過閱讀老爸劉飛的為官筆記，柳擎宇清楚地理解到一件事，那就是，**要想增強對下屬的掌控，絕對不能讓下屬彼此間的關係太過融洽。**

因為一旦下屬關係太過融洽，就存在自己被架空的風險，所以**要讓下屬形成既合作又競爭的關係**，而自己要做的，就是**平衡他們的利益關係**，好一起向既定的目標前進。

劉亞洲回到辦公室，不禁頭疼起來。

柳擎宇交給他的這個任務讓他感到十分棘手。從柳擎宇交給自己的任務來看，他可以感受到柳擎宇其實是有逼自己站隊的意思，**他到底該站在誰的隊伍好呢？**

突然，劉亞洲眼珠一轉，計上心頭。

他拿起桌上的電話撥通了紀委副書記嚴衛東的電話。

電話很快接通了，嚴衛東那獨具特色的口音在電話裡響了起來：

「哪位？」

「嚴書記，我是辦公室的劉亞洲啊，您現在方便嗎？我想向您彙報一件事。」劉亞洲聲音中充滿了諂媚。

「哦，是亞洲啊，有事嗎？」嚴衛東的聲音平緩了一些。

劉亞洲心中一喜，試探著說道：「嚴書記，我們辦公室接到了一份有關您的文件，柳書記讓我把它張貼到紀委大樓的門口兩側，並且要發給每個工作人員。」

嚴衛東臉色一寒。不久前，他才接到市委領導孫玉龍的電話，告訴他柳擎宇已經搜集了有關他公器私用的證據，讓他小心一些，柳擎宇接下來很可能會搞一些小動作。

嚴衛東接到這個警示電話後，立刻行動起來。

從孫玉龍的電話裡，很快想到那些證據一定來自值班室的門衛，因為只有那裡能夠調取監控錄影。他立刻找人瞭解了一下，得知最近幾天值班的都是劉子光，他想把劉子光找過來談談話，卻不想劉子光在上午就辦好辭職手續離開了，至於去了哪裡，沒有人知道。

得知這個結果，嚴衛東氣得狠狠地把玻璃水杯摔了個粉碎。

這時，他已經可以確定搜集那些證據交給柳擎宇的人，就是這個叫劉子光的保安。

他想收拾劉子光的打算，也只能作罷。

只是他想不明白的是，劉子光把這些資料交給柳擎宇，他能夠得到什麼好處？這樣做，卻賠上了門衛保安的工作，值得嗎？

嚴衛東不知道的是，劉子光認為這麼做非常值得！

因為他把資料交給柳擎宇後，柳擎宇便當著他的面給「新源大酒店」的總經理打了個電話，讓他幫忙安排劉子光到酒店工作，對方立時拍板讓劉子光到酒店擔任保安部的副部長，工資比起在紀委值班室要高出整整一倍，而且包括五險一金（編按：「五險」指五種社會保險，包括養老保險、醫療保險、失業保險、工傷保險、生育保險；「一金」指住房公積金）。

劉子光感動得熱淚盈眶，知道自己這一次是賭對了，柳擎宇果然是一個重情重義之人！他心中對柳擎宇感激萬分，暗暗下定決心，以後如果還有機會，自己一定要報達他的恩惠。

命運是十分神奇的東西，不管是劉子光還是柳擎宇，他們誰都沒有想到，之後他們竟然多次發生交集，**兩個人的命運也因為這種交集而有所改變**。

這是後話，暫且不提。

此刻，嚴衛東接到亞洲的電話後，便知道柳擎宇的行動真的被市委書記孫玉龍料準了，柳擎宇果然搞起小動作了，而且一上來就是讓自己十分難看的小動作。

他想要阻止，卻無能無力，畢竟這件事已經在市委常委會上以決議的方式通過了，他唯一感覺到比較舒服的是，這個劉亞洲在做這件事情之前給自己報了個信，讓自己心理有所準備。

所以，嚴衛東雖然心中十分不爽，卻還是淡淡地說道：「嗯，劉同志，這件事我知道了，事情該怎麼做，你就怎麼做吧。」

聽到嚴衛東的話，劉亞洲懸著的一顆心總算徹底放下，他知道自己不用擔心做這件事會影響到嚴衛東對自己的看法了。

劉亞洲雖然為人狡猾勢利，做事能力還是很強的，很快就將柳擎宇交代的事給辦好了。他回到辦公室，便接到市委那邊轉過來的一份文件。這是一份有關市委正風專案小組人員設置的文件。

拿到文件，劉亞洲不禁一愣。

因為他發現正風小組中，柳擎宇雖然擔任正風小組副組長的職務，排名卻很靠後，而常務副組長是由市委秘書長吳環宇來擔任，在吳環宇的提議下，成立了一個正風辦公室，辦公室主任由市委秘書長吳環宇來擔任，而常務副主任是由嚴衛東擔任。

這是一個十分詭異的安排，等於做正風工作的真正操盤手是嚴衛東。

劉亞洲可是聽說了，對全市展開正風工作的提議是柳擎宇提出的，他的本意是想要親自操作這件事情，沒有想到竟然被市委書記孫玉龍搶先了。

劉亞洲心中暗道：看來柳擎宇這個紀委書記在市委常委內混得也不怎麼樣啊，鬥來鬥去，結果還是不如人家嚴衛東混得好！看來，我以後還是得向嚴衛東靠攏。

想到此處，劉亞洲便把這份文件的內容向嚴衛東彙報了之後，這才拿著文件走進了柳擎宇的辦公室，把文件交給柳擎宇。

柳擎宇接過後，眼神中頓時多了幾分冷意。他知道，孫玉龍對自己今天在常委會上收拾嚴衛東的反擊開始了。

對孫玉龍此舉，柳擎宇並不驚訝，因為孫玉龍要是一直都按常理出牌才是咄咄怪事呢，否則，東江市又怎麼會成為腐敗極其嚴重的地區，連省委書記曾鴻濤都對此地特別關注呢？

就在這個時候，辦公室的房門被敲響了。

紀委第一副書記嚴衛東邁步走了進來，一臉嚴肅地說道：

「柳書記，我今天來，是來向您承認錯誤的，在公器私用的問題上，雖然我有一些個人原因不得不這樣做，但是畢竟我的行為對公眾形象造成了不好的影響，在此，我向您進行自我檢討。不管什麼原因，我都錯了。」

柳擎宇擺擺手道：「對我檢討就不必了，這件事情有空再說吧。嚴同志，我想你今天來，應該不僅僅是向我檢討這一件事吧？」

柳擎宇相信，以嚴衛東的為人，絕對不可能為了認錯一件事來找自己的。

嚴衛東聽柳擎宇這樣問，立刻臉色一正，沉聲道：

「柳書記，是這樣的，我剛剛接到市委的通知，讓我擔任新的正風領導小組的常務副主任，負責協調紀委內部各個部門行動，所以我想，是不是再召開一次各部門領導及紀委常委會議，在會議上對這項工作統一部署一下？」

嚴衛東滿臉得意地看著柳擎宇。

他其實是來向柳擎宇示威的。要知道，他前腳剛被市委常委會批評了一下，後腳市委秘書長吳環宇便任命他為正風領導小組辦公室常務副主任，這等於狠狠地打了柳擎宇一個嘴巴。

柳擎宇費盡心機想要收拾自己，最終卻竹籃子打水一場空，反而為自己作嫁衣，讓自己可以進一步加強對紀委內部各個部門的掌控，而且理由十分充分。

他要讓柳擎宇知道，雖然自己不是市委常委，但是他的背景和能量不是柳擎宇這個外來市委常委能夠比擬的。**他要在紀委內部重新樹立自己的威信**。

柳擎宇聽了，故意露出一副震驚和不滿的表情，眼神中還帶著幾分憤怒。和臉上表情相反的是，柳擎宇的內心卻在冷笑。

他自然看得出來嚴衛東是來示威的。只不過這個嚴衛東膽子也太大了一點，太囂張了，他雖然有背景和靠山，卻忽略了最重要的一件事，那就是在市紀委，**他只是一個二把手，自己才是名副其實的一把手**，他想要向自己示威，簡直就是把臉送過來讓自己抽。

自己一直在思考怎樣才能狠狠打擊嚴衛東一頓，沒想到他自己送上門來，那自己也不必客氣了。

想到此處，柳擎宇沉聲道：「嗯，嚴同志的意見很好，對於正風工作，我自然是大力支持的，既然你提議召開幹部大會，那這件事就由你去統籌安排吧，到時候把時間通知我一聲就成了。」

嚴衛東聽到柳擎宇答應了，心中一喜，暗道：柳擎宇啊柳擎宇，看來你還是嫩了點，看我這次怎麼把你架空了，如何讓你顏面掃地！

嚴衛東心中這樣想，臉上卻是表情嚴肅地說：「柳書記，這件事市委很關注，我看咱們半個小時之後就開會吧，這樣能夠表現出我們對此事的重視。」

柳擎宇點點頭道：「好，那就半小時後開會，你去籌備吧，一定要把會議內容向眾人傳達清楚。」

嚴衛東毫不猶豫地說：「好，柳書記，您放心，我保證把事情辦好。」心裡則是想道：柳擎宇，這種能夠狠狠抽你嘴巴的事，我怎麼可能辦不好呢！

有了目標和動力，嚴衛東的行動效率非常高，不到十分鐘，消息便在紀委內部傳開了，所有人都知道，雖然嚴衛東被柳擎宇在市委常委會上狠狠地收拾了一番，但是隨即市委立刻任命嚴衛東為正風領導小組辦公室的常務副主任，協調各個部門。

這意味著嚴衛東在市委領導的眼中比柳擎宇這個市委常委重要多了，這讓一些原本想要投靠柳擎宇的人，再次陷入了猶豫之中。

畢竟在機關單位，站錯隊的代價是十分昂貴的，輕則被調離原崗位，重則被領導穿小鞋後就地免職，弄不好，要是被雙規，那就更冤了。

**城門失火，殃及池魚，在官場上屢見不鮮。**

很多原本就考慮向嚴衛東或其他紀委常委靠攏的人，則更加堅定了投靠的態度，紛紛開始行動起來，他們認為柳擎宇會和前幾任紀委書記一樣，很難擺脫陣亡的悲劇。

就連溫友山和王海鵬也多了幾分疑慮。只不過溫友山在思考良久之後，仍然決定向柳擎宇靠攏，因為他早已認清自己的處境，如果投靠其他紀委常委，在他們眼中肯定沒有多大的利用價值，但是投靠柳擎宇，反而多了很多機會。

王海鵬則一直處於猶豫狀態。

至於準備競爭辦公室主任的劉亞洲，聽到這個消息後，便知道自己給嚴衛東透露消息的舉動賭對了，就算嚴衛東不會高看自己一眼，至少不會認為自己和柳擎宇是一條線上的，自己只要做些假動作獲得柳擎宇的信任，暗中再和嚴衛東合作，自己的仕途一定會得到更多機會，畢竟嚴衛東的背後還站著孫玉龍這位東江市的絕對巨頭。

他決定自己一定要立場堅定地和嚴衛東站在一起。

此刻，第二次全體大會還沒有開始，柳擎宇在紀委內部的威望便已經搖搖欲墜，很多人都認為柳擎宇的威望將會在會議結束後轟然崩塌。

這時候，就在支持柳擎宇為數不多的人當中的溫友山敲開了柳擎宇辦公室的房門。

他恭敬地問道：「柳書記，我是過來看看您這邊還有什麼事情需要安排，如果有的話，我會盡全力辦好的。」

柳擎宇滿意地說：「嗯，溫同志，你來得正好，我還真有點事需要你去辦呢，這是一份我們紀委各個部門的人員名單，你幫我看一看這些人中，哪些人為人正派，工作能力強，能夠勝任很重要的工作。」

對這樣一件重責大任，溫友山感到有些惶恐，連忙擺手道：「柳書記，我只是辦公室副主任，人微言輕，我可不敢以自己主觀的想法影響到您的決策啊。萬一我看錯人，就耽誤您的大事了。」

柳擎宇和顏道：「不妨事，我讓你說你就說，我只是想要聽一聽你的看法，最後怎麼決定，我會自行斟酌的。」

聽柳擎宇這樣說，溫友山知道自己的機會來了，畢竟有關人事的安排，通常只有交代最親信的人去做。而柳擎宇把這件事交給自己，說明柳擎宇對自己很是信任。

想通之後，溫友山也就不再推拒，認真地說：「柳書記，我回去後立刻擬定一個名單，給您送過來。」

柳擎宇笑道：「不用那麼麻煩，你就坐在這裡給我說說吧，言簡意賅就成。」

說著，柳擎宇把手中的名單遞給溫友山，另外又拿出一份名單及筆，看向溫友山，眼中充滿了鼓勵。

溫友山心中一驚。從柳擎宇這一連串動作中，他忽然十分震驚地發現，柳擎宇好像早就料到了自己會選擇在這個關鍵時間點過來向他彙報工作一樣，否則，柳擎宇怎麼會連名單都準備了兩份呢？

而且他還發現柳擎宇手中的那份名單是特別加工的，在每個人名字的後面都留了一個空格，似乎是用來寫評語的，這說明柳擎宇對自己的意見十分重視，也說明柳擎宇的城府極深。

這時他才深深體會到這個紀委書記不是個簡單的人，他現在雖然勢單力薄，但是將來未必會輸給嚴衛東，至少僅僅從眼前這個細節來看，柳擎宇就很有心機啊。

於是，溫友山再沒有任何猶豫，把自己瞭解到的，包括每一個人的性格和為人向柳擎宇做了一針見血的說明，就見柳擎宇拿著筆在手中的那份名單上寫寫畫畫。

溫友山心中有些疑惑，柳擎宇要這份名單做什麼呢？要知道，再有不到二十分鐘的時間，會議就要開始了啊。

等溫友山說完，離會議開始還有不到五分鐘的時間。

柳擎宇看了看自己的記錄後，滿意地說：「溫同志，你提供的這些資訊對我很有用處，多謝了。」

溫友山連忙說道：「柳書記，您太客氣了，向您提供您所需要的資訊是我這個辦公室副主任應盡的義務，以後您有什麼指示儘管吩咐，我一定會不折不扣地執行您的每一項指示。」

說到這裡，溫友山從口袋中摸出一個十分精緻的茶葉盒，放在柳擎宇的桌上，說道：「柳書記，這是我在福建老家的朋友新試驗的一種新茶，我感覺口味挺獨特的，特意拿了一點過來給您嘗嘗，您要是喜歡的話，告訴我，我讓我同學再寄來一些。」

柳擎宇看那茶葉盒只是一個十分普通的小鐵盒，也就沒有推辭，拉開抽屜，從裡面取出兩張明德酒莊的酒票，遞給溫友山，說道：

「溫同志，來而不往非禮也，這兩張酒票送給你，你先忙去吧。我這邊準備準備就去開會了。一會兒你們三個副主任也一起出席這次會議，負責會議的記錄和服務工作。」

溫友山知道柳擎宇這邊時間緊迫，也就沒有再說什麼，而且，柳擎宇既然收下了他的茶葉，就說明他已經明白了自己的心思，並且有對自己肯定之意。

溫友山離開後，柳擎宇仰面靠在椅子上，長長地出了一口氣，溫友山在這個時機的投靠，讓他確定自己所採取的競爭分化策略初步獲得成功。

溫友山提供的資訊對他來說十分重要，本來他一直發愁在今天常委會上應該如何化解嚴衛東的進攻，溫友山提供的訊息為他制定的諸多戰略提供了豐富的選項，讓他在會議開始前，有了充分的信心。

柳擎宇精神百倍地站起身來，向會議室走去。

# 第七章

# 跟紅頂白

雖然不是每個人都有嚴衛東那麼敏銳的洞察力，但是他們也有他們的生存智慧，那就是跟紅頂白。在官場上，一些沒有多深背景、多大能力的官員要想生存下去，甚至還想步步高升，跟紅頂白便是一個最常用的生存智慧之一。

會議準時開始。

由柳擎宇主持會議。會議室坐位已經坐滿。

經過前任辦公室主任何耀輝被柳擎宇拿下的事件後，再也沒有人敢在柳擎宇面前擺譜了。不過，雖然人到齊了，很多人依然是抱著看笑話的心態來的。

柳擎宇沒有任何廢話，直接看向嚴衛東說道：

「我相信，今天會議的主題，嚴同志已經跟大家交代清楚了，現在我就暫時把會議的主導權交給嚴衛東同志，等嚴衛東說完，我們再討論另外兩個議題。好，現在請嚴衛東同志發言吧。」

此刻，下面很多部門領導都對柳擎宇充滿了輕蔑，認為柳擎宇的表現實在是太軟弱了，身為堂堂的紀委一把手，竟然連會議的主導權都不知道掌控，這不是等於給嚴衛東一個充分發揮自己的機會嘛。

柳擎宇的能力和大局觀簡直弱爆了。

不過，也有不少人在思考柳擎宇剛才那番話的真正含義。

因為剛才柳擎宇說嚴衛東發言後還有兩個議題，**那這兩個議題是什麼？**到現在為止，還沒有人知道。**難道柳擎宇是在故弄玄虛不成？**

在各種懷疑、不解的目光中，嚴衛東開口說道：

「各位同志，我不久前接到市委通知，我已經被正式任命為新成立的正風領導小組的常務副主任，負責統籌紀委各個部門，下面，我宣布一下從各個部門抽調的副主任名單，希望大家今後能夠積極地配合我，配合市委做好正風工作。名單如下：董晨曦、張一品、胡海義……」

隨著名單的公布，被嚴衛東宣布進入名單的人，臉上都露出興奮之色，他們太清楚這個正風小組權力有多大，幾乎相當於在本身職能的基礎上，又多了市委常委會這個尚方寶劍，有很多可以操作的空間。

這對紀委系統的幹部來說，是一個可以擴大自己在東江市官場影響力的機會，對於某些人來說，這也絕對是一個可以趁機大肆斂財的絕佳機會，只要進入嚴衛東的這個名單，基本上和好運掛鉤了。

此時，一些人看向柳擎宇的那種不屑和輕蔑的眼神更濃了。

柳擎宇自然能夠感受到會議室內瀰漫著的氛圍和對他異樣的眼神，只不過他一直低著頭，輕輕喝著茶，似乎沒有聽到嚴衛東所宣讀的名單一般。

實際上，柳擎宇的大腦卻並沒有閒著，他在心中把嚴衛東所宣布的名單與自己手上由溫友山所提供的人員名單進行對比，發現溫友山所提供的情報很準確。

那些能力強，但混得不太如意的人，幾乎都沒有出現在嚴衛東所宣布的名單中，這些人在各個部門的位置大都處於很尷尬的位置，或者是非實權的位置。

當然了，在嚴衛東宣布的名單中，也有一些人溫友山給予了很高的評價，雖然是嚴衛東那邊的人，但是他們的能力是毋庸置疑的。

嚴衛東說完，志得意滿地看著柳擎宇，說道：「柳書記，對我的安排，您肯定是大力支持的吧？」

柳擎宇點點頭道：「嗯，必須的啊，畢竟這次正風行動是由我來宣導的嘛。嚴同志，你還有其他想要說的嗎？沒有的話，咱們就直接進入第二個議題。」

嚴衛東雖然有些納悶接下來柳擎宇要討論的議題，不過，在他看來，兵來將擋，水來土掩，不管柳擎宇提出第二個還是第三個議題，只要自己妥善應對，絕對能夠把柳擎宇搞定，於是爽快地說：

「我沒有其他要說的了，咱們就進入第二個議題吧。不知道這第二個議題是什麼？」

柳擎宇突然臉色異常嚴峻地說：「嚴同志，第二個議題也和你有些關係，我希望你能夠認真聽一聽。」

柳擎宇聲音充滿了威嚴，說道：「各位同志，我相信大家都已經收到了劉亞洲同志發給各位的市委常委會的決議文件了吧？」

聽到柳擎宇提到這個，嚴衛東不由得眉頭一皺，自己都已經去找柳擎宇承認錯誤了，沒想到柳擎宇竟然在會議上再次提到這個，這明顯是要打自己的臉啊。

不過，嚴衛東卻不在乎，他認為就算柳擎宇想要借題發揮，有自己就任正風領導小組常務副主任的底子，柳擎宇想藉這件事搞臭自己，基本上是不可能的。

然而，嚴衛東千算萬算，卻沒有算到一點，那就是柳擎宇不是一般人，他做事從來不按常理出牌，柳擎宇接下來的一連串動作讓他看得眼花繚亂，後悔不已。事後，他狠狠地抽了自己幾個大嘴巴！

而柳擎宇的第三個議題更是讓所有人跌碎了眼鏡。

柳擎宇說完，眾人紛紛點頭，表示收到了，但是沒有人出聲。此刻，嚴衛東運氣正旺，沒有人願意在這個時候觸嚴衛東的楣頭，以免嚴衛東算後帳。

眾人的反應全都在柳擎宇的意料之內。他笑著說道：「好，只要大家收到就好，這說明劉同志的工作做得非常不錯。」

柳擎宇向坐在後排的劉亞洲笑了笑，讚許道：「劉同志的工作能力非常強，並且能夠舉一反三，我看以後可以把宣傳方面的工作交給劉同志試一試。」

嚴衛東聽了一愣。因為他聽出柳擎宇這番話中的深意。

從柳擎宇的意思來看，他只把有關的文件交給劉亞洲，其他的都是劉亞洲自己發揮的。但是，劉亞洲在和自己通電話的時候，卻說是柳擎宇指使他這樣做的，那麼，**柳擎宇和劉亞洲肯定有一個人撒謊了。**

**撒謊的到底是誰呢？是柳擎宇還是劉亞洲？**

從利益關係來看，這兩個人撒謊，各有各的理由。

如果是柳擎宇撒謊的話，他的目的肯定是離間自己和劉亞洲的關係，從而坐收漁利；如果是劉亞洲撒謊，也很好理解，劉亞洲這樣做可以兩面逢源，兩頭吃好處。

以劉亞洲的處境，他的最終目標不外乎競爭辦公室主任這個位置，他編出謊話，一來可以欺騙自己，二來，又通過實際的操作獲得了柳擎宇的認同，一方面可以防止自己給他競爭辦公室主任製造障礙，另一方面，又在柳擎宇那邊提高了他的人氣。

想到此處，嚴衛東心中多少有了些猶豫，一時間，他也很難判斷到底柳擎宇和劉亞洲誰在撒謊，只能繼續觀察觀察劉亞洲了。

此刻劉亞洲也有些慌了。

柳擎宇故意模糊兩人間的關係，其目的他非常明白，但是以他在會議上的地位，他連一點發言權都沒有，只能等散會後再向嚴衛東解釋。

尤其是他發現柳擎宇眼角的餘光不斷地向自己飄過來，自己要是與嚴衛東接觸，一旦被柳擎宇發現，自己所做的一切就都沒有意義了。

柳擎宇誇獎了一下劉亞洲後，臉色再次變得嚴肅起來，道：

「各位同志，我們第二個議題的主旨，就是通過市委常委會上討論決定的嚴衛東同志公器私用違紀案例的決定和指示精神，展開自我批評工作，進行自我反省，希望在座的各位都能以嚴衛東同志的案例為警惕，杜絕各種違法違紀行為，否則，連我們主抓紀律的人員都無法以身作則，如何能夠去管理和監督整個東江市的紀律呢？」

說到這裡，柳擎宇看向嚴衛東道：

「嚴同志，我看接下來就由你這個當事人來做一下專題演講，談一下你現在的感受和今後的打算，算是為我們紀委做個表率。我相信，作為紀委的第一副書記，你應該有這種自我批評的勇氣和魄力吧？畢竟，你現在已經擔任了正風領導小組辦公室的常務副主任啊！」

柳擎宇的話，讓在場眾人都為之一愣。

嚴衛東的臉色在這一刻猶如開了染坊一樣，瞬間變幻了好幾個顏色。他心中的怒氣幾乎衝到了腦門上，凝而不散。

他真是太憤怒了，因為柳擎宇的這個提議實在陰險至極。

自己剛被市委提拔為常務副主任，柳擎宇這邊立刻就把自己被處理的文件拿出來在會議上進行宣告，並要求自己在這麼多人面前進行檢討，**這明顯是在打擊自己的威望啊**。

此刻，嚴衛東恨不得立刻拂袖而去。但是他不能。

此刻，眾人看向柳擎宇的目光中又多了幾分畏懼之色。

如果說柳擎宇在第一個議題上所表現出來的是妥協和軟弱，那麼**在第二個議題上，柳擎宇所表現出來的就是權謀與掌控**。

在座的各位紀委常委們從柳擎宇的表現，都看出了柳擎宇對整個會議的掌控能力。輕描淡寫間，一切盡在掌控之中，讓眾人不禁反思，如果換成是自己在嚴衛東那個位置上，自己能夠比他做得更好嗎？自己應付得了柳擎宇如此變化多端的戰術嗎？

在眾人的目光中，嚴衛東只好開始自我反省：

「各位同志，在公器私用這個問題上，我的確有小小的瑕疵……」嚴衛東用了差不多五分鐘的時間，替自己的行為做出辯護，說自己之所以會犯下如此的錯誤，是因為自己希望把工作做得更好，為了能夠更有效率地展開工作。

他把能夠狡辯的詞語和思路都用上了，使出渾身解數來為自己開脫，盡可能美化自己的行為，企圖淡化自己違紀的不良印象。

嚴衛東說完，柳擎宇拿過話筒，批評道：

「嗯，我不得不說，嚴同志對於自己的作為依然沒有深刻認識到他的錯誤之處，嚴同志，你這樣可不行啊，你這哪裡是在自我反省，這明顯是在對自己進行表揚嘛，在我們東江市的官場上，尤其是在紀委內部，這種行為應該堅決杜絕。

「既然你在口頭上的自我反省不夠深刻，我看這樣吧，等散會後，你親自手寫一份檢討報告提交到我這裡，等我認為你的反思夠深刻了，我會把你這份反省報告作為紀委內部的範本來使用。

「同時，為了表現出我們紀委人員對自己行為的真正反省，我認為我們每個人都應該深刻的地反思一下自己存在的種種問題，然後逐部門進行分組討論，我會隨機選擇三個小組，參與分組討論，並且給出點評，對於那些表現很好的部門領導和個人，我會在年終考核中給予加分。」

柳擎宇又看向嚴衛東，「嚴同志，對我的說法，你有沒有異議？如果有異議，你可以向市委進行申訴，當然，也可以拿著我們的會議記錄前往市委，和孫玉龍同志進行討論。」

嚴衛東徹底鬱悶了。這個柳擎宇也太不懂得官場潛規則了吧？他難道不知道這樣做會得罪很多人嗎？

自己按照官場上官員們的邏輯進行了自我批評，這種方式很少有通不過的，卻偏偏在柳擎宇這裡通不過。

嚴衛東真的很鬱悶，又拿柳擎宇沒辦法。畢竟柳擎宇是市委常委、紀委書記。如果真把這件事情鬧到孫玉龍那邊，自己也未必能夠討得好處。

無奈之下，他只能咬著牙點點頭道：「柳書記，我沒有異議。」

柳擎宇這才滿意地點頭道：「好，嚴同志的態度很值得肯定，希望在場的同志們一定要記住，不管是誰，做檢討的時候都不要像嚴同志這樣，不要搞什麼花架子，更不要玩那些小把戲，該檢討的時候就要深刻檢討，要認真反省自己的錯誤，不要總是推脫各種理由，不管你有什麼原因，錯了就是錯了，結果不會因為過程和理由而改變的。」

說完，柳擎宇環視眾人道：「第二個議題我們就談到這裡，下面進行第三個議題，討論成立東江市紀委巡視小組的事！」

全場皆驚。**紀委巡視小組？這是什麼組織？柳擎宇的真正目的是什麼？**眾人的腦袋中不禁升起一連串問號。

嚴衛東的臉色變得十分難看，感覺到形勢有些不太妙，沉著臉說道：「柳書記，不知道你所說的巡視小組到底是一個什麼性質的小組？這個巡視小組的作用是什麼？」

柳擎宇若有深意地看了嚴衛東一眼，說道：

「嚴同志，先不要著急，在我詳細地介紹這個巡視小組之前，我得先嚴肅地提出目前紀委內部存在的一些問題，對在座人員的工作提出嚴厲的批評。

「最近，我一直在研究紀委內部的檔案，我發現最近三年，紀委部門的工作效率極其低下，我們東江市紀委辦理的夠規格、有影響的案件不超過三件，而且其中有一些案件的程序及結果還存在著諸多問題！我暫時不想去追究那些案件，但是我認為我們今後絕對不能這樣下去，否則，紀委的威信將會蕩然無存。

「因此，我提議在我們東江市紀委內部實施新的績效考評機制，凡是在工作崗位上沒有業績者，一概調離崗位；在工作期間產生冤假錯案者，一律調離崗位，並且追究責任；有瀆職行為者，一律調離原本崗位，凡是……」

接下來，柳擎宇宣布了一連串的禁令，針對紀委的工作立下了規矩。

宣布完後，柳擎宇大聲說道：

「好了，針對紀委內部進行整頓的基本原則我都談到了，大家說一下自己的意見吧，希望大家可以補充其他的原則，讓紀委的整頓更加有效，確保每個人都能夠做好自己的本職工作。」

有人露出深思之色，柳擎宇的提議絕對是用意深遠，可以看出柳擎宇恐怕是要有大動作了。

嚴衛東心中那種不安的感覺更加嚴重了。

嚴衛東立刻臉色陰沉著說道：

「柳書記，我對你剛才的批評感到相當不滿，我認為你這是在否定我們紀委各個部門的工作能力和態度啊！這三年裡，我們多次獲得市委市政府頒發的工作獎勵，還獲得了遼源市紀委頒發的獎牌，難道你是在質疑東江市市委市政府、遼源市市委市政府各位領導們的眼光嗎？」

**挑釁！絕對的挑釁。嚴衛東把矛頭直指柳擎宇。**

這個機會他已經等了很久了，如果柳擎宇不能給眾人一個滿意的答案，那麼柳擎宇剛才那一連串提議都將作廢。

這就是嚴衛東的**如意算盤**。

大家都把目光聚焦在柳擎宇的身上，他們對柳擎宇剛才的言辭也十分不滿。嚴衛東剛才挑釁的言辭，眾人哪能不明白呢？很多人都等著看柳擎宇的笑話了。

柳擎宇目光從嚴衛東的臉上掃過，沉聲道：「嚴同志，照你這樣說，你是在質疑我剛才對紀委各個部門的批評了？」

嚴衛東毫不猶豫地點點頭：「是的，就是質疑。」

「好，那我現在就回答你的質疑。」柳擎宇從提包中拿出一疊文件，摔在桌子上說道：「嚴同志，你自己先好好看看這些文件。劉同志，麻煩你把這些文件給在場眾人看一下。讓我們東江市紀委的各位領導好好看一看，我們東江市紀委的戰鬥力到底如何。」

柳擎宇說完，劉亞洲立刻站起身來，把文件發了下去。

劉亞洲一邊發著文件，一邊偷偷瞥了眼文件上的內容，瞬間便感覺到後背一陣發涼。眾人收到文件，仔細一看，也都倒吸了一口涼氣。

尤其是嚴衛東，他萬萬沒有想到，柳擎宇早就為此次會議做了充足的準備。

發下去的文件分為兩部分，一部分是柳擎宇對東江市紀委內部近年來所辦理的一部分案件卷宗的點評，這些被柳擎宇點評的案件，幾乎都存在著各種各樣的問題。

雖然表面上看，這些案件一點問題都沒有，但是柳擎宇卻在閱讀時發現了其中的疑點，詳細指出辦案程序有問題，更有的明顯存在著嚴重的冤假錯案，幾乎一看便知。

第二部分則是東江市各個部門所辦理案件，與蒼山市新華區紀委、路北區紀委，以及白雲省其他地市隨即抽取的三個縣級市所辦理案件的資料對比。

從這些資料對比的情況來看，東江市紀委的資料最為蒼白，最為無力，雖然東江市紀委已經努力把數字進行了誇大，甚至還虛構了一些案件，但是不管是在數量上還是品質上，都比對比的縣區差很多。

過了四五分鐘後，等眾人看得差不多了，柳擎宇這才抬起頭來，冷冷地掃了一眼在場的眾人，最終目光落在嚴衛東的臉上：

「嚴同志，我相信這些文件你已經看完了吧？拋開文件的第一部分不談，先談第二部分，也就是資料對比部分，你是不是懷疑這些資料的來源啊，這一點你也不用問了，我現在就可以告訴你，這些是白雲省紀委的統計資料，如果你不相信，可以向白雲省紀委查詢。

「各位同志，大家自己看一看，與東江市進行橫向對比的是來自不同地市的區級、縣級市以及縣級紀委部門的辦案情況，哪怕是辦案資料最差的一些區縣，也比我們東江市的辦案總量多。**難道我們東江市的官場如此清廉嗎？難道我們東江市的腐敗情況不嚴重嗎**？答案是否定的！

「我相信在座的各位應該心知肚明，我之所以會從蒼山市空降到東江市來，就是因為東江市的腐敗問題十分嚴重！東江市的經濟總量位於整個遼源市的前幾名，但是稅收卻位於後幾名，為什麼？**腐敗！絕對是因為腐敗！**

「為什麼東江市接連兩任紀委書記都出現了問題？**還是因為腐敗！**

「我可以毫不諱言地講，我們東江市的腐敗情況已經到了糜爛的地步，再不整頓，恐怕將會發生大的問題，甚至會影響東江市的社會穩定與和諧。」

在場各個部門的主要負責人臉色都十分難堪，有的還露出慚愧之色。其實在座眾人都非常明白，東江市紀委之所以出現這種問題的根源到底在哪裡，只不過**有些時候，官**

場上的人是不能說實話的，因為如果真的說了實話，恐怕自己的烏紗帽就丟了。

所以，此時現場一片沉默。

這時，柳擎宇說話了：

「嚴衛東同志，對於這份文件中的第二部分你有何感想？」

在事實面前，一切狡辯都是無用的。不過，嚴衛東依然狡辯道：

「柳書記，我還是不贊同你的說法，腐敗，在任何地方都是不可避免的，但是不能一概而論，黨的原則一向是實事求是，沒有證據，我希望柳同志你不要隨意亂說。」

柳擎宇淡淡一笑：「好，嚴同志說得很對，任何事都要以證據為主。那咱們就說說這份文件的第一部分，大家對我所點評的這些卷宗有什麼想法？嚴衛東同志，要不你先說說？」

柳擎宇說完，目光直視嚴衛東。

嚴衛東聽到柳擎宇點名讓自己發言，臉色再次變得難看起來。

柳擎宇點評的那些卷宗他大致流覽了一遍，看完，他的後脊背便生出一層冷汗。身為紀委第一副書記，他自然對整個東江市紀委內部的情況瞭若指掌，他非常清楚這些案件到底存在著怎樣的問題，更明白其中的內幕。

本來嚴衛東心想，柳擎宇一直在政府系統部門工作，接觸紀委的工作是第一次，根本不可能對這裡面的門道有多明白，卻沒有想到柳擎宇竟然默默讀了那麼多東江市紀委的卷宗，還提出了深刻的點評。

如果真的照柳擎宇的點評深入調查下去，絕對會挖出許多的問題。這才是他最擔心和害怕的。

當柳擎宇的目光看過來，嚴衛東突然不知道自己該如何回答柳擎宇的問題。因為嚴衛東意識到柳擎宇早給自己挖好了陷阱。

陰險，這個柳擎宇實在是太陰險了，**他這是要把自己塑造成整個紀委內部眾人的公敵啊。**

他絕對不上當！

嚴衛東厚著臉皮說：「柳書記，這個問題，我暫時還沒有想好，還是先請別的同志談談吧，我過一會再發表我的看法。」

柳擎宇充滿玩味地看了嚴衛東一眼，暗道：這個嚴衛東還真是一隻老狐狸，我把真實目的藏得如此之深，這隻老狐狸竟然都能發現，看來還真是不能輕敵。

柳擎宇也不點破，順著說：「好啊，既然嚴同志需要思考，那麼其他同志們談談自己的看法吧？誰先來？」

所有人都低頭不語，生怕柳擎宇直接點名，讓自己發言。

雖然不是每個人都有嚴衛東那麼敏銳的洞察力，但是他們也有**他們的生存智慧，那就是跟紅頂白。**

在官場上，一些沒有多深背景、多大能力的官員要想生存下去，甚至還想步步高升，跟紅頂白便是一個最常用的生存智慧之一。

所謂**跟紅，即討好得勢者；頂白，即攻擊失勢者**。

跟紅頂白原是一句廣東俚語，表達的是一種趨炎附勢的處世態度，也是一種因勢利導、趨吉避凶的生存智慧。

官場上還有一句被奉為圭臬的順口溜：「**多做事不如不做事，多說話不如拍馬屁！**」有些人認為，你做的事情越多，出錯的機率也就越大，也就越容易被競爭對手抓住把柄搞掉你；至於說話，在官場上多說一些拍馬屁的話也許會讓領導厭煩你，但是至少不會影響到你的官位，如果你多說了不該說的話，那麼肯定有人會收拾你。

氣氛顯得異常詭異。

柳擎宇環視四周，靠在椅子上，露出不屑的表情，說道：

「怎麼？各位東江市紀委的同志們，難道大家連發言的勇氣都沒有嗎？難道嚴衛東同志不發表意見，大家就一句話都不敢說嗎？如果真是這樣的話，我看咱們紀委內部的人事真的應該大幅度地調整一番了，如果每個人都像眼前這樣，只知道附和別人的觀點和態度，連獨立思考、獨立發言的勇氣都沒有，我怎麼能放心地把接下來的一連串大案要案交給你們辦理呢？

「尤其是接下來要成立的紀委巡視小組，我該如何確定巡視小組的組長人選呢？難道大家真的要逼我從其他城市的紀委系統內借調人員過來擔任巡視小組的組長嗎?」

**激將法**!柳擎宇毫不猶豫地實施了激將法!

柳擎宇意識到,如果東江市紀委內部一直都是這樣死水一灘,自己很難掌控紀委大局,尤其是眼前的情況來看,這個嚴衛東在紀委內部似乎很有威望,而且一直和自己作對,如果不能儘快激發出真正的有識之士及有擔當的人,以後就算自己想要完成曾鴻濤交給自己的任務,也**無兵可用,無將可用,這才是他最擔心的事**。

所以,柳擎宇用了激將法,他相信,不管在任何地方的官場上,都會有熱血男兒,都會有充滿理想和信念、抱負的官員存在,因為每一個進入官場的人,在進入官場前,都曾經有過這樣或那樣的夢想,可惜進了官場後就開始變質了,不僅僅是因為環境的問題,更有心態的問題。

可是柳擎宇相信,即便是已經變質的官員,如果不是變到骨髓裡,特別嚴重的話,也依然有改變的可能。因為他們曾經有著為老百姓做事的理想。

柳擎宇對人性的瞭解的確非常深刻。

他說完不到一分鐘,紀委常委姚劍鋒突然一拍桌子,忿忿地說道:

「柳擎宇同志,雖然你是紀委書記、市委常委,但是我認為你說話太魯莽了,你剛才那番話是對我們東江市紀委系統所有工作人員的蔑視!是,我承認我們紀委內部的確存在不少的蛀蟲,但是,並不是每個人都是蛀蟲,既然你讓人發言,那我就說一說我對於你點評的那些卷宗的觀點。」

「柳書記，我承認，你的眼光十分犀利，所點評的每一句話都抓到了重點。」姚劍鋒長嘆一聲道：「柳書記，各位同志，身為一個再有兩年就要退休的老人，我必須要說，我們東江市紀委這幾年的風氣真的非常不好啊，就拿柳書記點評的這些案例來說吧，哪個不是的的確確存在著一些問題？大家捫心自問，你們在工作的時候有沒有真正用心做事？有沒有憑著自己的良心做事？我想很多人的答案是否定的。

「**領導的態度成為案件的關鍵**，領導想要什麼樣的結果，大家就把案件辦成什麼樣的結果，至於案件本身所存在的問題，便被大家故意無視了，這樣辦事怎麼能辦好？

「嚴衛東同志，說到這裡，我就不得不批評你幾句了，身為紀委第一副書記，很多重要的部門都是由你主管的，尤其是負責辦案的那幾個處室，幾乎都在你的掌控之下，你捫心自問，這些年來，你主管的這些處室真正下功夫辦過幾個案件？雖然柳書記剛才的那番話十分刺耳，但是卻不能否認，東江市紀委這些年來的辦事效率和辦案結果都是十分糟糕的。

「我甚至可以十分沈痛地講，東江市日益嚴重的腐敗問題，我們紀委負有不可推卸的責任！因為我們根本沒能夠把獨立辦案的精神貫徹下去，因為我們不敢放開手腳去真正處理那些腐敗分子，以至於我們缺乏對腐敗分子的震懾力！以至於老百姓都把我們說成是小媳婦部門！」

姚劍鋒突然再次狠狠一拍桌子：

「各位同志啊，我姚劍鋒已經啞口無言很多年了，今天，我不想再沉默下去！我們紀委已經到了不破不立的時候了！」

姚劍鋒說完，現場再次靜默下來。

靜，異常的安靜！所有人全都被姚劍鋒這位即將退休的老人這番話震住了。

**身在官場，誰不是抱著事不關己，高高掛起的想法？誰不想有功搶功，有過推諉？**

姚劍鋒以前不管是在紀委常委會上，還是在平時的工作中，的確都像他剛才所說的那樣，很少發聲。

但是今天，這位老爺子竟然來了一個突然爆發，讓所有人都震驚不已。這是為什麼？難道他被柳擎宇拉攏過去了？

此刻，嚴衛東心中也有這個疑問。

一片靜默時，柳擎宇無視眾人的疑惑，使勁地鼓掌道：

「好，姚書記說得太好了，身為紀委的工作人員，尤其是主要領導，我們必須時刻記住身上的職責，和腐敗分子、腐敗勢力鬥爭到底！任何形式的沉默都是放縱，任何形式的不作為都是瀆職，任何形式的包庇都是犯罪！

「好，非常好，姚同志雖然廉頗老矣，但是壯志雄心，堪當我們東江市紀委的楷模！姚書記，我向您表示崇高的敬意，希望您在今後的日子裡，能夠秉承這種大無畏的為官原則，和腐敗分子和腐敗勢力抗爭到底，我會站在你這邊的！」

姚劍鋒聽到柳擎宇這番話，心中波瀾起伏。

他在官場混了三十多年，怎麼可能不知道柳擎宇是在用激將法呢？怎麼可能不知道柳擎宇很有可能會利用自己的話來做文章呢？但是他仍然毫不猶豫地做了，說了，因為他身為紀委系統的老人，對東江市紀委系統這些年來存在的各種問題已經深惡痛絕，但是卻又因為各種原因不敢輕舉妄動，只能沉默以對。

只是**在他沉默的同時，內心也在滴血，在哭泣，在吶喊，在等待。**

柳擎宇的到來，一舉一動讓他多了幾分希望。所以，雖然他明知自己的行動肯定會招致嚴衛東以及他背後勢力的不滿甚至打壓，但是他依然義無反顧地做了，因為**這是他身為一名公僕的覺悟，是他身為一名紀委的職責。**

況且他再有兩年就要退休了，就算是嚴衛東和他背後的勢力打壓自己，頂多也就是提前退休而已，如果自己站出來能夠給東江市紀委的工作風氣帶來一些改變，也算對得起當初的自我期許了。

柳擎宇話音剛落下不久，讓所有人跌破眼鏡的一幕出現了。

一直都是謹慎小心，從來沒有任何動作的紀委副書記、監察局副局長鄭博方突然說話了，而且矛頭直接指向柳擎宇：

「柳書記，我認為你剛才說的那些話並不完全正確，其中存在很多值得商榷的地方。」

一句話！僅僅是一句話，鄭博方便引起在場所有人的注意！

尤其是嚴衛東。一直以來，嚴衛東都像是防賊一般戒備著鄭博方，所有重大案件都不讓他參與，所有重要的事，能不讓他知道就不讓他知道，因為他總感覺這個鄭博方似乎是某些勢力故意安插在東江市紀委，作為攪局棋子用的。

不過一直以來，鄭博方低調、謹慎的表現，讓他對鄭博方的警惕開始有所降低，但是他仍然沒有放下戒心。此刻，鄭博方突然當著所有人的面向柳擎宇叫板，看來他是站在柳擎宇敵對的一方，這讓嚴衛東十分滿意，也更加期待鄭博方後面的話。

「鄭博方同志，我哪句話值得商榷？」柳擎宇皺著眉道。

鄭博方反駁道：「柳書記，你說我們紀委的工作人員缺乏獨立思考、獨立辦案的能力，暗指我們唯上級領導指示是從，這一點是百分之百的錯誤。和你所說的情況恰恰相反，我認為我們東江市紀委是一個十分團結的隊伍，也是戰鬥力非常強的隊伍。

「舉個例子來說，嚴衛東同志就是一個極具獨立思考、獨立辦案能力的精英級人物，我到任的這幾個月，嚴同志親自督辦的案件有六起，指揮並部署的案子有四起，親自審理的案件則有兩起，他所負責的每一起案件都有始有終，條分縷析，沒有任何問題，你的點評卷宗中提到有問題的案件，也沒有任何一件是嚴同志負責的，這說明嚴同志辦理案件是相當到位的。

「這幾個月來，我雖然沉默寡言，但是一直在默默觀察紀委內部的種種情況，我認為我們東江市紀委內部人才濟濟，當然，嚴同志就不提了，他絕對是我們紀委內部最頂尖的人才，其他的紀委常委們就更不用說了，畢竟大家能夠混到這個位置，說明大家的能力和品德都是得到上級領導認可的。

「下面我就隨便舉幾個例子來說明一下我們紀委內部的人才之多吧。拿辦公室副主任劉亞洲同志來說，市委發下對嚴同志違紀的處理意見，劉同志頂著巨大的壓力親自部署，在極短的時間內把這份公文發到我們每一個人的手中。

「雖然大家都知道劉同志的背後因為有您在支持，所以他才敢這樣做，但是嚴同志在我們紀委的威望也是相當高的，劉同志依然毫不猶豫地把這件事做好了，這不恰恰說明劉同志極具責任感，工作能力突出嗎？

「事實證明，雖然劉同志的行為肯定會讓嚴同志十分不舒服，但是，嚴同志卻沒有對劉同志有任何的不滿和責備，這不也恰恰說明嚴同志胸襟廣闊，知錯就改，一切以紀委的大局為重嗎？所以，柳書記，你是不是應該為你的那些言論向我們道歉呢？」

嚴衛東心中再次波瀾起伏起來，從鄭博方的話中，他聽出鄭博方對自己極度推崇，極大地為自己挽回了面子，這充分表明鄭博方在立場上是站在自己這一邊的，而鄭博方是紀委常委，又是監察局副局長，絕對是一個值得拉攏的對象，看來以前自己對鄭博方的戰略失誤了，以後要加強對鄭博方的拉攏才是，只要自己能夠拉攏大多數紀委常委和下面各個處室的主要領導，那麼自己在紀委內部的發言權就不會被削弱！

就算柳擎宇是市委常委又怎麼樣？等時機成熟，柳擎宇還不得像前兩任紀委書記一樣黯然退出東江市的舞臺?!

柳擎宇被當面指責，臉立時陰沉下來，不悅地說：

「鄭同志，你說的雖然有一定道理，但卻只能算以偏概全，我不否認嚴同志工作能力強這一點，而且嚴同志所負責的那些案件，我也的確挑不出任何毛病，但是這並不代表我們東江市紀委每一個人都有嚴同志這樣的能力。

「至於劉同志的工作能力，我的確非常認同，他的表現我十分滿意，因為他很認真地執行我所交代的每一項任務，甚至能夠超出我的預期完成！但是我還是那句話，劉同志也只能代表他個人，而不能代表整個東江市紀委。

「就拿你鄭同志來說吧，我想反問你一句，你到了東江市後，辦過幾件有影響力的案子？你有過什麼突出的表現？沒有吧！」

聽到柳擎宇質疑的話，鄭博方怒聲道：「柳書記，你這話說得好沒有道理，我到東江市才不過幾個月的時間，還在熟悉東江市的情況，我現在沒有辦案，不代表我以後不會辦案，我相信我的能力不會比任何人差，我一定能夠做出業績的。」

柳擎宇不屑一笑：「都這麼久了，你都辦不了案子，就算給你再多的時間又如何？何況嚴同志能力那麼強，他還需要你幫忙辦案？奇怪的是，我聽到小道消息，說你和嚴同志關係不睦啊！」

柳擎宇冷笑著看了鄭博方和嚴衛東一眼。

很顯然，柳擎宇認為鄭博方根本不可能獲得嚴衛東的支持。而且他最後的一句話，明眼人都看得出來，**這是在挑撥離間啊**。

嚴衛東一直在細細觀察著柳擎宇的眼神和臉色，發現柳擎宇竟然對他和鄭博方實施挑撥離間計，便意識到柳擎宇這是想要讓自己和鄭博方的關係越來越疏遠啊！

如果鄭博方真的被柳擎宇拉過去的話，加上已經明顯有支持柳擎宇意思的姚劍鋒，那麼柳擎宇在紀委常委中可就獲得三票了。

紀委常委一共才七名，如果以後柳擎宇再想辦法調整一個，那麼自己在紀委可就要處於劣勢了。不行！絕對不能讓柳擎宇把鄭博方離間走。

人就是這樣，某樣東西放在你的眼前，你根本就不懂得珍惜，如果有人想要把這件東西拿走，你反而會捨不得，尤其是當你發現眼前的這件東西其實對你相當重要以後，就會想盡辦法把這件東西留下來。

嚴衛東正是如此！

為了留住鄭博方，他趕忙撇清道：「柳書記，你的小道消息完全是錯誤的，根本是空穴來風，我和鄭同志沒有任何矛盾，而且我相信，鄭同志有很強的辦案能力，我也相信，以後他會做得非常出色！」

柳擎宇搖搖頭，不以為然地說道：「口說無憑啊，誰都可以空口說白話，在官場，一切都要以事實說話，這是你之前說過的吧？我現在所看到的是，鄭博方到了東江市這段時間以來幾乎沒有辦過什麼案子，這就是事實，不要跟我說什麼主觀或者客觀原因，那些都是虛幻的。」

說到這裡，柳擎宇臉色突然變得嚴峻起來，冷冷說道：

「好了，鄭同志能力強與弱等問題，我們暫時先放在一邊，言歸正傳。我們下面接著談一談今天會議的第三個議題。

「我之前說過，第三個議題是成立巡視小組，我相信，經過剛才大家的競相發言和辯論，有一點大家都應該可以感受到，那就是東江市紀委內部在執行各種考核的事情上存在著嚴重的問題。

「剛才我之所以提到東江市紀委內部種種問題，並不是看不起其他同志，也不是對大家全盤否定，我只是用這些實實在在存在的問題向大家說明一件事，那就是，我們東江市紀委內部需要新的變革，尤其是在對主要領導幹部的考核上，絕對不能再像以前那樣渾渾噩噩下去了。否則的話，我們東江市紀委系統將會在整個白雲省的紀委系統裡徹底落後。」

「有鑑於此，我提議加強對紀委內部考核機制的完善，而完善紀委考核機制的最終目的，依然要落實到紀委辦案的數量和品質上。」

說到這裡，柳擎宇目光在整個會議室內掃了一圈，隨即沉聲道：

「下面我宣布，東江市紀委將會組建三個巡視小組，每個小組設組長一名，副組長一名，副組長由組長來指定。

「第一個巡視小組的組長，由姚劍鋒同志來擔任，在巡視小組工作正式啟動以後，第二紀檢監察室直接由姚劍鋒同志來領導，負責東江市各市直屬單位及其工作人員違法違紀案件和其他重要、複雜案件的調查工作，監督、檢查各市直屬機關及其領導幹部遵守黨紀和法律法規和黨風廉政等情形。

「第二個巡視小組組長，由鄭博方同志來負責，巡視小組正式啟動後，第一紀檢監察室由鄭博方同志領導，負責東江市下面各開發區、各鎮及其工作人員違法違紀案件和複雜案件的調查等事由。」

說到這裡，柳擎宇冷冷地看向嚴衛東：

「嚴同志，你不是說鄭博方同志的工作能力很強嗎？那麼我就給鄭博方一個機會，是騾子是馬，咱牽出來遛遛，如果鄭同志表現的確出色，我會為之前的話向你們道歉，但是，如果表現不好的話，我會考慮調整鄭同志的工作職務。」

隨即，柳擎宇又看向鄭博方說道：「鄭同志，機會我給你了，就看你自己的表現，如果你的表現還是和前幾個月一樣的話，我會毫不猶豫地把你一腳踢開，我們東江市紀委不養閒人。」

鄭博方憤憤不平地回敬道：「柳書記，我鄭博方從來就不是懼怕挑戰之人，我一直很崇尚阿基米德的那句話，給我一個支點，我可以撬動整個地球，既然你給我這個機會，我會證明我自己的。」

柳擎宇點點頭道：「好，很好，那我倒要看看你和嚴同志到底會給我什麼樣的驚喜！」

說完，柳擎宇目光又落在嚴衛東的身上，沉聲道：

「本來嚴衛東同志應該負責第一個或者第二個巡視小組的，但是考慮到嚴同志目前還在正風領導小組辦公室那邊任職，並且還擔任常務副組長的職務，所以嚴同志就暫時不在巡視小組的負責人行列了，你的主要工作在正風領導小組那邊。」

接著，柳擎宇轉而看向紀委常委、紀委副書記葉建群的身上。

葉建群是前任紀委書記陸文哲的人，本來陸文哲倒臺後，嚴衛東想要找機會把他搞掉的，但是柳擎宇空降得太過突然，還沒有等他有動作呢，柳擎宇便到了，所以他只能暫緩行動。

這一點，鄭博方早就向柳擎宇提到過，在溫友山所提供的訊息中，也曾提過葉建群的事。

這個葉建群是一個沒有背景的公務員，是憑藉自己的能力一步一步地熬到第二紀檢監察室主任這個職位，陸文哲上臺後，經過一番考察，認為此人可用，便動用關係把他提拔到了紀委副書記、紀委常委的位置上，成了他在紀委常委會上最鐵桿的一個盟友。

不過葉建群此人因為本身就是搞紀檢工作的，所以平時很潔身自好，雖然陸文哲被雙規了，葉建群卻沒有出事。

只不過陸文哲垮臺之後，葉建群便請病假，一直在醫院待著，這也算是一種自保的手段。如果不是昨天晚上柳擎宇親自給他打電話，告訴他今天有一個重要的會議，需要他親自參加，葉建群可能還在醫院泡著呢。

「東江市紀委第三巡視小組的組長，由葉建群同志來擔任，在巡視小組工作正式啟動後，黨風廉政建設室和宣傳教育室由葉建群同志直接領導，負責督促檢查，綜合分析，巡視全市黨風廉政建設情形，及時提出加強廉政建設的工作意見；督促檢查領導幹部廉潔自律的規定、制度的貫徹執行情形。」

# 第八章

# 笑傲一世

孫玉龍狠狠地一拍桌子，咬著牙說道：「為了老子的長遠政績著想，就算這次被柳擎宇笑話了又如何？只要老子將來能夠拿到政績！柳擎宇，縱然你能夠笑傲一時，老子卻可以笑傲一世，跌面子就跌面子吧，老子忍啦。」

宣布完這三項人事任命後，柳擎宇十分嚴肅地說道：

「各位同志，尤其是三大巡視小組下屬的各個科室的主要負責人，我希望大家記住一點，從我宣布巡視小組負責人以後，我們東江市紀委新的考核機制也將全新啟動，在今後的工作中，我和市紀委常委會不會給三大小組安排任何任務性的工作，巡視小組自己主動巡視，獨立辦案，如果哪個巡視小組辦案不力，或者在其主管的領域發生了嚴重的腐敗案件，那麼主管領導將要負直接責任，紀委常委會會根據發生案件的性質、程度以及該負責人在任期內的績效等狀況，在綜合評定後給出處理意見，輕則嚴重警告，重則直接調離崗位，並追究其法律責任。

「與此同時，三大巡視小組組長統領的科室負責人也要注意，如果你們不聽從小組組長的指示，有陽奉陰違或者出工不出力、洩露機密情報等情況發生，小組組長一旦反映到我這裡，只要證據確鑿，我不管你背後有什麼背景，一定會直接把你調離部門主任或者副主任的位置，哪裡清閒就讓你去哪裡，希望你們要注意自己的言行！

「另外，我在此重申一點，自三大巡視小組正式組建之時起，整個巡視小組具有僅次於我的調動所主管部門力量的許可權，如果有其他單位需要我們負責協助，其優先順序處於第三級，沒有三大巡視小組負責人的簽字，沒有我的最終簽字確認，任何部門不能單獨行動擅自去幫助外面的單位，否則，其負責人直接調離原崗位。」

柳擎宇眉宇之間殺氣騰騰，讓所有的紀委幹部不禁覺得渾身顫慄。因為他們感覺到柳擎宇並不是在嚇唬他們。先前何耀輝被強行拿下的那一幕至今猶在眼前，柳擎宇雖然人年輕，手段卻十分狠辣，而且沒有任何顧忌，誰也不敢把柳擎宇的話當成耳邊風。

這時，鄭博方發問道：

「柳書記，你剛才提到考核機制，我想問一問，這個考核機制到底是什麼樣的機制？」

柳擎宇淡淡一笑，道：「鄭同志，你太著急了，你所問的這個問題，恰恰是我馬上要說到的，我相信在場各位也有和鄭博方同志類似的疑問。我可以透露一下，我已經提前擬好了一份新的考核機制，這份考核機制我已經給省紀委書記韓儒超同志看過，韓書記對我的這份資料很認可，還說會考慮把這份考核機制作為白雲省紀委系統的試驗，如果在我們東江市紀委實行良好的話，將會在全省推廣。

「由於這是我在紀委上任之前搞出來的，所以暫時還不能公布，一會兒各位紀委常委們到我的辦公室來一趟，大家一起討論一下這份資料的細節問題，等細節敲定後，稍後就會公布的。

「不過，在這裡我可以先給大家透露一點，考核機制的大致框架為各個紀委常委、處室的負責人實施積分機制。每三個月公布積分排名的情況，每六個月小結，如果連續九個月的積分排名都處於前三或者年終積分排名前三名者，年終獎金雙倍發放，並優先提拔到重要崗位，如果連續九個月積分排名靠後，尤其是年終積分排名後三名，年終獎縮減發放，並視情況給予調整工作、調離崗位等處理。好了，散會吧。」

說完，柳擎宇便邁步向外走了出去。

會議室很多人立時議論紛紛。

剛才柳擎宇提到了幾個重點，一個就是省紀委書記韓儒超，一個是韓儒超認可，一個是把東江市當做試驗點，有這三個重點，就意味著實施新的考核機制已經是無法逆轉的了，就算在座的各位紀委常委再牛，再有市委領導支持，難道市委領導還敢跟省紀委書記韓儒超叫板不成？

韓儒超是什麼人啊？白雲省的鐵面判官，倒在他手中的廳官都數以十計，大家不過才小小的科處級，誰敢和他叫板？更何況，一旦這件事上升到試行點推廣，省紀委更會高度重視，就算是市委領導也未必敢阻攔啊。

不過，大家同樣想到了一個問題，那就是這個新的考核機制柳擎宇有沒有向其他市委領導提到過？如果沒有的話，那就說明柳擎宇這是在玩先斬後奏的把戲啊，這膽子可是夠肥的。

此刻，柳擎宇的背影逐漸消失在會議室大門口，嚴衛東的眉頭也緊緊地皺了起來。

雖然柳擎宇是向自己解釋，因為自己在正風領導小組擔任辦公室常務副主任，才沒有把自己列入巡視小組組長之列，但是他選擇姚劍鋒和葉建群擔任巡視小組組長，大大出乎他的意料。

尤其是隨後柳擎宇所宣布的對各個科室的主管優先順序，更是讓他感覺到事情有些不太對勁。因為第一監察室和第二監察室一直都是處於自己的絕對主管之下，這兩個監察室就像是紀委的兩把尖刀，威力無窮，柳擎宇通過成立三大巡視小組，把自己這個主管領導的權力幾乎剝奪了，這絕對有問題啊。

再說到新的考核機制和試行點問題，這個就更嚴重了，這麼重要的事，柳擎宇竟然事先一點消息都沒有透露，這柳擎宇到底是想要幹什麼啊？

優先順序確定之後，也就意味著自己雖然是正風領導小組辦公室的常務副主任，但是想要調動自己主管的兩個監察室的力量，卻必須先徵求巡視小組組長和柳擎宇的同意，這樣一來，自己不就被徹底架空了嘛。至於市委主導的糾紛領導小組，更是成了擺設，沒有市紀委的介入，這個領導小組還能做什麼？

此刻，**嚴衛東深刻地意識到自己被柳擎宇耍了，而且是狠狠地耍了！**甚至市委書記孫玉龍等人也都被柳擎宇耍了！

柳擎宇藉由三大巡視小組徹底瓦解了孫玉龍想要主導正風領導小組的意圖，因為巡視小組雖然表面上說是負責巡視，其實依然可以做正風小組可以做的事情，而且在規定了調動力量優先順序之後，市委主持的正風小組只能在三大巡視小組不調用力量的前提下才有機會動用紀委的力量。至於自己這個負責協調紀委內部的常務副主任，更是成了光桿司令，根本無法再調動紀委的力量了。

真正讓嚴衛東鬱悶的是，柳擎宇更是通過此舉，將紀委第一監察室和第二監察室徹底從自己手中抽離出去，雖然柳擎宇現在還無法徹底掌控這兩個監察室，畢竟兩大監察室大部分領導全都是自己的人，但是隨著時間的推移，自己還能確定那些領導能夠一直跟隨自己嗎？官場上一向流行跟紅頂白啊。

而且嚴衛東心中也多了一絲疑慮，那就是鄭博方這個人可靠嗎？

如果鄭博方是真的有意投靠自己的話，對自己絕對是一大助力，如果鄭博方倒向柳擎宇的話，那麼自己在紀委內部的地位可就真的危險了。因為從眼前的形勢來看，姚劍鋒很有可能投靠柳擎宇啊！

一時間，嚴衛東的臉色嚴峻許多。

本來嚴衛東想要立刻回到自己辦公室給孫玉龍打電話的，但是這時候，就聽走在前面的柳擎宇對身邊的辦公室副主任劉亞洲大聲說道：

「劉同志，一會兒你觀察一下，如果五分鐘內，其他的紀委常委沒有到我的辦公室來開會，就通知他們不要來了，有關考核機制的細節討論也不需要參加了，如果連最基本的守時都做不到，這樣的幹部不是我們紀委需要的！」

劉亞洲的應和聲很快就在旁邊響起。

柳擎宇這麼一搞，嚴衛東不敢怠慢，只能拿著筆記本和水杯直接朝柳擎宇的辦公室走去，不敢耽擱！

其他的常委們也是一樣。因為大家都看出來，柳擎宇雖然年輕，但十分強勢，根本不管你什麼官場潛規則。

很快，眾位紀委常委們在柳擎宇辦公室內，把柳擎宇發給眾人的考核機制仔細地看完，紛紛發表了自己的看法。

對於大家的意見，柳擎宇聽得十分認真，如果對方說得對，柳擎宇會毫不猶豫地表示贊同和支持，並且當即做出修改；如果對方說得不對，柳擎宇便和對方辯論，把對方駁倒，堅持原案。

在這種熱烈的氣氛中，不到一個小時，考核機制便討論完畢，並且當場拿出修改後的第一版本，再次把修改好的文件發給眾人，等大家再次看完，感覺沒有問題後，紛紛在文件上簽字確認，一份全新的紀委考核機制正式生效，只需要下一步報請市委批准，即可正式執行。

結束會議後，嚴衛東火急火燎地回到自己辦公室，立刻拿出手機撥通了孫玉龍的電話：「孫書記，我是嚴衛東啊，有一件重要的事得向您彙報一下。」

孫玉龍沉聲道：「什麼事啊？」

嚴衛東便把今天常委會上的事向孫玉龍彙報了一遍，在彙報的時候，他並沒有加入任何自己的主觀意見，說完，便靜待孫玉龍的指示。

嚴衛東這樣做是極其聰明的，因為孫玉龍是一個極其強勢的人，做任何事喜歡獨立思考，不喜歡被別人的意見左右，除非他主動諮詢別人的意見。

同樣，孫玉龍也是一個極其聰明的人，從嚴衛東的話中聽出了很多弦外之音，尤其是柳擎宇的一連串動作，他意識到，**這些動作根本就是衝著自己來的**。這小子完全是要徹底粉碎自己通過掌控正風領導小組掌控整個紀委的圖謀啊。

「柳擎宇啊柳擎宇，你竟然想出這樣巧妙的辦法來應對，哼！我孫玉龍也不是個軟麵團，任人揉捏的，那咱們就等著瞧吧。」

想到此處，孫玉龍對嚴衛東說道：「好了，老嚴，這件事我知道了，我一會兒會親自和柳擎宇談一談的。」

嚴衛東聽到孫玉龍的話後徹底放下心，他知道孫玉龍明白自己的擔憂了。

孫玉龍掛斷電話後，便撥通了柳擎宇的電話：

「柳同志，你到我的辦公室來一趟。」

柳擎宇沒有多問，說道：「好的。」心裡冷笑道：肯定是有人把今天常委會上的事向孫玉龍告密了。孫玉龍坐不住，才會找我來了。

來到孫玉龍的辦公室，正在批閱公文的孫玉龍臉色便沉了下來，嚴肅地看向柳擎宇道：「柳同志，聽說你們紀委那邊剛剛開會，搞了一個紀委巡視小組？」

柳擎宇點點頭道：「是的，的確有這麼一回事。」

孫玉龍不滿地道：「柳同志，我認為你們這個巡視小組根本就是重複設置嘛，我們已經成立了一個正風小組，你們紀委立刻又成立一個巡視小組，這完全沒有必要！我看你們這個巡視小組還是立刻撤了吧，重複設置是完全沒有必要的！」

柳擎宇臉也沉了下來，堅定地說道：

「孫書記，我不認同你的意見，我們紀委內部成立巡視小組和正風小組並不矛盾，正風小組的主要目的是在市委的領導下，集合各個部門的力量對全市的歪風進行糾查，我們紀委只是處於配合和從屬地位，在適當的時機配合正風領導小組的行動。

「而且正風領導小組的行動也不是持續性的，而是階段性的，但是我們紀委的巡視小組則是持續性的，主要工作是和平時的工作考核聯繫在一起的，而且我們巡視小組的工作也可以算作是正風小組的一部分行動，為正風小組提供必要的支援。所以，我認為巡視小組沒有裁撤的必要，和正風小組也沒有任何衝突！」

強硬！十分強硬！

孫玉龍被柳擎宇的強硬噎得差點拍桌子瞪眼！

這個柳擎宇根本就沒有把自己市委書記的威嚴放在眼中啊！竟然直接拒絕了自己的提議！

豈有此理，真是豈有此理！

孫玉龍心中的怒火熊熊地燃燒起來。不過他臉上卻是一片平靜，目光在柳擎宇的臉上掃了一圈，淡淡說道：

「柳同志，你確定你們紀委的巡視小組不需要撤銷嗎？」

雖然看似無風無浪，但是柳擎宇卻從孫玉龍平淡的語氣中，感受到了滔天的殺氣。

沒錯，就是**殺氣**，甚至還**隱藏著一股危機**。

然而，身為曾經的狼牙大隊大隊長，柳擎宇什麼樣的情況沒有見過，哪怕是槍林彈雨，柳擎宇依然可以面不改色，紛飛的炮火之中，依然可以放聲大笑。

面對孫玉龍所表現出來的強勢和威脅，他只是淡淡一笑，同樣以平淡的語氣回應道：「孫書記，我們的巡視小組沒有任何問題，當然不需要撤銷。」

孫玉龍眼神剎那間變得鋒利起來，聲音也多了幾分寒意：

「好，既然你不願意撤銷巡視小組，那我也不勉強你，畢竟你是紀委書記，安排紀委內部的工作是你的本職，我不能插手；不過，柳同志，我聽有些人向我反映，說是你弄了一個紀委內部考核機制，甚至還準備把我市當作白雲省的試行點來操作，這件事我怎麼不知道啊？」

說到這裡，孫玉龍猛的一拍桌子，怒聲道：

「柳同志，你知不知道你在這件事情上的表現是一種什麼行為？你是先斬後奏嗎？你有沒有想過，你這種魯莽的行為會給我們東江市市委市政府帶來怎樣的麻煩？又會帶來怎樣的影響？柳同志，你必須在市委常委會上向全體常委解釋這件事情！」

說到激動處，孫玉龍站起身來，雙手撐著桌子，身體前傾，以一種十足的強勢姿態怒視著柳擎宇。

柳擎宇絲毫沒有露出懼色，平靜如常地說道：「孫書記，你太激動了，不要著急，你先坐下，聽我好好跟你說。」

孫玉龍今天的激動表現當然不是真正的激動，到了他這個級別，早已能夠做到喜怒不形於色，他之所以有這樣的表現，目的也只是給柳擎宇施加壓力而已。

**他是在演戲**。

聽到柳擎宇這樣說，他這才緩緩地坐了回來，冷哼一聲，道：「好，那我就先聽聽你怎麼說。」

等孫玉龍坐下之後，柳擎宇才沉聲道：

「孫書記，首先我要聲明，在白雲省紀委試行點這件事情上，我並沒有任何錯誤之處，所以我無須向任何人解釋，今天我之所以向您解釋，也只是為了還自己一個清白，以後如果有類似的事，我不會再有任何的解釋。誰要是再做出污蔑我之事，我會毫不猶豫地向省委反映，相關責任人必須給我柳擎宇一個交代！」

說完，柳擎宇冷冷地看了孫玉龍一眼，道：

「孫同志，請你聽清楚，首先，在我上任前，我的確和省紀委書記韓儒超同志提到過在東江市紀委實施新的考核機制的想法，並且向韓書記談到了我的一些想法，韓書記對我的想法很肯定，讓我以此為基礎，擬定出完善的考核機制，將東江市作為試行點進行操作。

「第二，新的考核機制，已經在我們東江市紀委內部常委會上討論通過了，身為紀委書記，我有權對目前的考核機制提出修正，而且考核機制的公文我也帶來了，請市委批示。」

說著，柳擎宇從公事包中拿出了一份文件，放在孫玉龍的桌上。

「孫書記，這份公文的電子檔，我也發到你的郵箱裡了。當然了，省紀委韓書記因為早就給我打過招呼，所以我也把電子檔發給他一份了。

「其實，對我來說，是否把東江市作為試行點，我是無所謂的，因為既然是試行點，就肯定存在著風險，如果失敗，我還要承擔責任，我又何必給自己戴上枷鎖呢？

「而且據我猜測，這份文件送到省裡後，省紀委很有可能會高度重視，甚至會對試行點地區給予部分政策傾斜，到時候爭著想要當試行點的地方會多如牛毛，就算我們東江市想要當試行點，都未必能夠進入省紀委的眼簾。」

說到這裡，柳擎宇又補了句道：「好了，孫書記，我的解釋到此為止，如果您沒有別的事，我就先走了。另外，試行點那件事，想要爭取的話，千萬不要找我，因為我對這件事情並不感興趣。」

孫玉龍眉頭一皺，冷冷說道：「好，那你就先回去吧。」

孫玉龍從柳擎宇的這番話中，感受到了一絲異樣的味道。一時間他說不清楚到底是什麼，但是他總覺得柳擎宇似乎話裡有話。

孫玉龍心中明白，今天自己想借題發揮，狠狠打擊柳擎宇的行動算是徹底失敗了。

第二天，孫玉龍便明白柳擎宇昨天為什麼臨走前要說那樣的話了。

因為就在昨天晚上，孫玉龍便得到消息，省紀委弄出一份針對紀委系統的全新考核機制，準備在全省選擇兩個縣區作為試行點，對於這兩個試行點縣區，省紀委會給予一定程度的政策支援，同時，孫玉龍還得到了一些小道消息，據說省紀委試行點的考核機制很有可能是省委對於幹部考核機制的一個全新探索，如果運作成功的話，將會在全省進行推廣。

這個消息傳出來後，整個白雲省各個縣區，尤其是縣級市的領導們全都紅眼了。要知道，一旦被選成為考核機制的試行點地區獲得成功，必將會向全省推廣，而試行點縣區的主要領導，尤其是一把手，也會因為試行點的成功而獲得省委的高度重視。

簡言之，敢於吃螃蟹而且成功的人，獲得的好處將是巨大的。就算是失敗了，也不需要承擔多少責任，因為是試行點嘛！可以說，爭當試行點有百利而無一害啊！

這下子，連孫玉龍也紅眼了。只不過一想起昨天柳擎宇離開時所說的那番話，便徹底鬱悶，後悔不已了。

孫玉龍清晰地記得，當時柳擎宇離開前十分囂張地說道：「試行點那件事情，以後要是想要爭取的話，千萬不要找我，因為我對於這件事並不感興趣。」

柳擎宇說那句話的時候，態度那叫一個囂張，那叫一個堅決，似乎當時柳擎宇就料到了會出現今天這種結果。

如果真是這樣的話，這個柳擎宇的背景可就太高深莫測了，他之所以能夠得到省委要搞試行點的消息，也是因為多次在省委那邊走動了關係，再加上自己的靠山——遼源市市委書記、省委常委李萬軍向自己透露了一點，自己兩相結合後才分析出這個消息，可是柳擎宇老早就知道試行點這件事……

怎麼辦？我到底該怎麼辦呢？孫玉龍陷入了深深的沉思之中。

因為就在昨天他得到這些消息後，曾經認為拿下省紀委的試行點應該很容易，而且他還託了李萬軍的關係打探，但是找任何人都沒有給出肯定的答覆。而省紀委那邊的口風就更緊了，說是試行點的實施需要進行綜合對比，從全省數百個縣區中選擇兩家，最終的決定權主要在省紀委書記韓儒超那裡。

孫玉龍得到這樣的消息，便知道**東江市要想拿下這個試行點，就非得柳擎宇出面**！

不管怎麼說，柳擎宇是始作俑者，尤其是從柳擎宇昨天說的那番話，看得出來，試行點的事，百分之九十以上是在柳擎宇把考核機制的檔案發給韓書記以後才爆發出來的，這說明韓書記對柳擎宇的意見很是看重。

有這一層關係，自己不去動用，那才是傻瓜呢！

為了前途，孫玉龍狠狠地一拍桌子，咬著牙說道：

「為了老子的長遠政績著想，就算這次被柳擎宇笑話了又如何？只要老子將來能夠拿到政績，拿到這個試行點，等過段時間，再找機會把柳擎宇廢掉，換一個聽話的紀委書記，老子照樣能橫行天下！柳擎宇，縱然你能夠笑傲一時，老子卻可以笑傲一世，跌面子就跌面子吧，老子忍啦。」

想到這裡，孫玉龍毫不猶豫地拿起桌上的電話，再次撥通了柳擎宇的手機：「柳同志，你到我辦公室來一趟，有件事我需要跟你好好商量一下。」

此刻，柳擎宇正在辦公室悠閒地喝著茶，閱讀檔案呢，接到孫玉龍的電話，沒有絲毫的意外，淡淡地說：「好的，我馬上過去。」

掛斷電話後，柳擎宇從容地來到孫玉龍的辦公室。

看到柳擎宇來，孫玉龍十分熱情地拉著柳擎宇的手來到沙發旁，親自拿起早就放上的茶壺，給柳擎宇倒了杯茶，滿臉含笑地說道：

「柳同志啊，我今天找你來，主要是想要和你商量一下爭取考核機制試行點這件事，根據我的瞭解，這和你們紀委提交上去的考核機制檔案有很大關係，我和其他市委領導商量了一下，決定支持你們紀委，把試行地點落實到我們東江市，我們市委會給予你們最大力的後援。」

聽到孫玉龍這樣說，柳擎宇連忙擺手道：

「孫書記，您真是太高看我了，我昨天只是那麼一說，省紀委之所以要搞出試行點，應該是早就有這樣的想法，我不過是適逢其會，提出了一些符合韓書記想法的意見而已。據我所知，要想爭奪這個試行點的地方非常多啊，全省有數百個縣區，真正的試行點就兩個，我們東江市紀委很難把這個試行點爭取下來啊。

「我看我們就做自己的事情就好，就不給市委添麻煩了，昨天您可是親口說過，這件事我們就是在給市委添麻煩啊。我昨天回去也好好地思考了一晚上，我為我昨天的魯莽行為向您道歉，我未經提前請示就搞出這個考核機制來，是我的錯，以後我不會再搞類似的事了，還請孫書記原諒啊。」

孫玉龍這邊越是往前衝，柳擎宇就越拚命地往後退。

孫玉龍心中那叫一個氣啊，柳擎宇現在完全是抓住了自己急於拿下這個試行點的心理，給自己玩這麼一招**以退為進**啊，竟然拿昨天自己拍桌子瞪眼的事來調戲自己了。

這小子，真不是個東西！他這麼一說，自己還真不好再說什麼了。

不過，孫玉龍這個人的確很有心計，厚著臉皮說道：

「柳同志，你就不要向我道歉了，昨天那件事你做得並沒有錯，尤其是你搞出這個新的考核機制，更沒有錯，現代的社會是一個日新月異的社會，是一個與時俱進的社會，我們必須要有創新精神，放手大膽去做事。

「我昨天向你發火的行為是有些不當，我向你道歉，希望你不要放在心上。也希望你把這件事真正執行下去，不要因為我的一點誤解就喪失進取之心，你要是感到委屈的話，我一會兒可以跟著你去紀委一趟，當著你們紀委常委的面向你道歉。

「總之，我希望你能放下咱們之間一切不愉快的事，以東江市的大局為重，盡力爭取拿下試行點。」

孫玉龍眼神充滿期待地看著柳擎宇。

如果是一般人，聽到孫玉龍都如此有誠意的分上，肯定會被孫玉龍的真誠態度所感染，毫不猶豫地答應孫玉龍的要求。

然而，柳擎宇縱橫沙場那麼多年，什麼樣的陰謀詭計沒有見過？什麼樣的演員沒有見過？雖然孫玉龍的眼神看似真摯，但是昨天他那副義憤填膺的樣子卻深深地烙印在柳擎宇的腦海中，對孫玉龍的真實目的，柳擎宇更是心知肚明。

所以，等孫玉龍說完，柳擎宇便假意配合，露出感動的樣子說道：「孫書記，您這樣說真是折煞我也，您都對我道歉了，我怎麼可能還對您有所不滿呢，您放心，既然您肯大力支持我們，那我一定會盡力去爭取這件事的。」

聽柳擎宇這麼說，孫玉龍心中便是一陣狂喜，以為自己的表演感動了柳擎宇，心裡也對柳擎宇多了幾絲不屑，暗道：「柳擎宇啊柳擎宇，你還是嫩了點啊！想跟我鬥！鬥兒都沒有！」

然而，孫玉龍的得意持續不到幾秒鐘，便聽柳擎宇話鋒一轉，說道：「孫書記，我的確有點事需要您的支持。」

孫玉龍臉色不變，笑道：「哦？什麼事需要我的支持啊？」

柳擎宇訴苦道：「是這樣的，我接到不少舉報天宏建工所承建的那段高速公路有問題的資料，而且聽說那段高速公路，市裡正準備要重新招標，本來我想這兩天集中精力搞這件事呢，但是如果要爭取試行點這件事，就得趕去省裡做公關，這樣一來，高速公路的事就要耽誤了。

「您看這樣行不行，那段高速公路重新招標的事可不可以暫時延緩一個星期，等我把試行點的事搞定後再說。這樣一來，既不耽誤紀委那邊調查這件事，又不影響爭取試行點的事。」

孫玉龍聽了，立時一愣。

他沒有想到柳擎宇竟然獅子大開口，提出這樣一個條件。更沒有想到的是，柳擎宇打算插手高速公路的事，**難道柳擎宇不知道這件事根本不是他這個級別的人能夠碰的嗎？難道他就不怕因為調查這件事粉身碎骨嗎？**

孫玉龍目光在柳擎宇的臉上來回掃著，發現柳擎宇的表情沒有任何異樣，似乎調查高速公路的事是理所當然的。

柳擎宇這種表情讓孫玉龍心中十分不舒服。

孫玉龍盯著柳擎宇看了幾秒鐘之後，冷冷說道：

「柳擎宇同志，我再問你一次，你確定你們紀委要插手這件事？」

孫玉龍雖然沒有明說不希望柳擎宇介入此事，但是話語間，一種淡淡的威壓感已經釋放了出來，甚至還帶著一絲威脅之意。

柳擎宇無視孫玉龍的質問，道：「孫書記，根據我所得到的舉報資料，由天宏建工所承建的這段高速公路存在著嚴重的品質問題，而且我上任前實地去探勘過，那裡的確問題重重。」

說到這裡，柳擎宇的聲音中多了幾分寒意：

「雖然那段高速公路被拆毀了，可以證明那段高速公路存在嚴重問題的證據也消失了，但是這恰恰說明某些勢力對這段公路十分心虛。在這種情況下，我們紀委非常有必要介入調查此事。

「我相信孫書記應該清楚，發生那樣嚴重的品質問題，絕不僅僅是天宏建工這家承建單位的問題，負責監工的監理方為什麼沒有看出問題？每一次的驗收時，負責驗收的那些官員們為什麼沒有發現問題？到底是誰下令拆毀了那段高速公路？

「如果私自拆毀那段高速公路是天宏建工這家公司的獨立行為，那麼天宏建工是不是應該受到嚴重懲罰？但是為什麼天宏建工到現在依然沒有受到懲罰？相關的責任部門是否存在瀆職行為？還是說那些人已經和天宏建工沆瀣一氣？

「還有，東江市有關部門為什麼至今沒有給出一個讓老百姓信服的說法？為什麼東江市市委市政府沒有就此事作出應有的說明？這背後到底藏著什麼樣的內幕？更離譜的是，天宏建工竟然又再獲得參與競標的資格，這到底是誰批准的？難道招標部門就沒有考慮過整件事的影響嗎？為什麼這段公路的事竟然沒有任何媒體報導？」

柳擎宇一口氣問出了好幾個為什麼，這些問題就彷彿是一把把重錘，狠狠地敲在孫玉龍的心臟上。

柳擎宇每說一個為什麼，孫玉龍的臉色便難看幾分，因為他從柳擎宇所丟出來的這一連串的問題中，聽出柳擎宇要徹底調查的決心。如果真的給柳擎宇充足的空間去操作此事，恐怕東江市的官場真的要像前段時間一樣，來個超級大地震。

這恰恰不是孫玉龍所能接受的。因為他之所以能夠在東江市保有超級強勢的地位，就是源於這幾年東江市政局的穩定，東江市各個重要部門都安插有他信得過的人手。柳擎宇想要揭開這個弊案的蓋子，自己的勢力便會遭到沉重的打擊，甚至自己的實力都會被動搖，傷及根本，所以他絕對不能讓柳擎宇得逞。

孫玉龍想了想，說：「既然你有這麼多疑問，那等你把試行點爭取下來再去處理那件事吧，我可以答應你，會努力協調讓開標日期延緩幾天，但是前提條件是，你必須把試行點給我爭取下來，否則，我不能向你保證什麼。」

柳擎宇姿態擺得很高地說：

「孫書記，我必須鄭重申明兩點，第一，要我去爭取這個專案沒有問題，但是我要求高速公路招標至少要延後一個星期，這是我的底線，如果你不答應這個條件，我就沒有必要去白雲省那邊搞公關了。

「第二，我不是神，不能保證百分之百拿下這個專案，但是我會盡力而為，如果你想要我一定把這個試行點專案拿下來，我看還是算了吧，我們有數百個競爭對手，哪個競爭對手沒有點關係？我比別人稍微占點優勢的，是我提出的考核機制被省紀委參考了，但僅此而已。孫書記，如何選擇，您看著辦吧。」

說完，柳擎宇昂起頭，仰望著天花板，一副坐等孫玉龍抉擇的姿態。

柳擎宇的這種態度讓孫玉龍相當不爽，卻又充滿了無奈，因為對他來說，試行點專案要是能夠搞定，將來自己獲得更大政績的事更具誘惑力；何況，就算柳擎宇真的介入高速公路調查案，也不可能把這件事調查清楚，也許到時候根本不需要自己出手，柳擎宇弄不好就會黯然離開東江市。

想到此，孫玉龍心中的憂慮便放了下來，爽快地說道：

「好，既然你這樣說，那我就答應你的條件，盡量協調招標辦方面延遲開標一個星期，至於天宏建工的事情，我不太瞭解，也沒有發言權，你們紀委願意調查，我會大力支持的，也希望柳同志你能夠盡自己最大的努力把試行點專案爭取下來。」

從孫玉龍辦公室走出來，柳擎宇臉上寫滿了輕鬆。

孫玉龍心中在想什麼，柳擎宇明白得很；至於孫玉龍會爽快答應自己的條件，其內心的一些小劇場，柳擎宇也能揣摩得八九不離十。

孫玉龍絕對猜不到，柳擎宇再次完成了一個針對他的連環布局。

當天下午，柳擎宇便乘車前往白雲省省會遼源市。

到達遼源市的時候已經是晚上七點鐘了，天色黑了下來，到處霓虹閃耀，整座城市到處車水馬龍，燈光交織。

柳擎宇拿出手機撥通了省紀委書記韓儒超的電話：

「韓叔叔，我是擎宇啊，您現在在家嗎？」

韓儒超此刻剛剛到家，正坐在沙發上看新聞呢。

接到柳擎宇的電話，韓儒超笑著說道：「你小子還知道給我打電話啊，你都到白雲省多久了，也不知道到你韓叔叔家裡來坐坐。」

柳擎宇嘿嘿笑道：「韓叔叔，您是知道的，老爸早就給我定下規矩了，說是讓我在白雲省一切都要靠自己，如果沒有什麼特別重大的事，不能打擾您的。」

「怎麼？那你現在給我打電話是什麼意思啊？」韓儒超開玩笑道。

「還不是因為考核機制試行點那件事嘛，我們市委書記孫玉龍同志不知道聽到了什麼小道消息，對這件事十分上心，特地把我叫到他辦公室去交代了一番，要我務必盡一切可能把東江市運作成考核機制的試行點。」柳擎宇苦著臉道。

「擎宇啊，你小子真是越來越狡猾了，為了實現你的意圖，竟然把省委曾書記的秘書都給利用上了，這事你玩得可是有點大啊。」韓儒超有些哭笑不得地說。

「哎呀，這是周瑜打黃蓋，一個願打，一個願挨嘛，有些人願意相信小道消息，是他的自由，我也不能阻止人家是不?!反正那些消息也不是我散播出去的。我的任務就是到省裡來進行公關，爭取讓試行點在我們東江市落戶。」柳擎宇毫不心軟地說。

韓儒超突然醒悟道：「你到省裡了吧？」

柳擎宇點點頭道：「是啊，剛到，正往省委大院走呢。我琢磨著去叔叔家蹭頓飯吃，我可是記得田嬸做的雞蛋炒番茄是一絕啊！那味道，自從吃了一次以後，至今依然回味無窮啊！」

「你這個臭小子，要過來吃飯也不早點說，不過倒也不算太晚，你嬸子正在做飯呢，我讓她給你炒一個雞蛋炒番茄，快點過來吧，陪我喝兩盅！」韓儒超高興地說道。

掛斷電話，柳擎宇便讓司機把自己送到省委大院門口，登記後進入省委大院，來到韓儒超的六號院門口。

這是一個兩層別墅，院裡正對門口的是一排長滿青藤的葡萄架，左右兩邊則是菜園，分別種著小黃瓜和番茄。

柳擎宇剛想敲門，門便開了，白雲省紀委書記韓儒超打開門，笑看站在眼前的柳擎宇，說道：「擎宇啊，進來吧，正好你田嬸剛把飯做好，咱們一起喝兩盅。」

柳擎宇把手中提著的水果放在旁邊，換上拖鞋後，跟在韓儒超的後面走進了餐廳。

這時，一名五十多歲的女人端著一盤熱騰騰的番茄炒雞蛋走了出來，看到柳擎宇，立刻熱情地招呼道：「擎宇啊，好久不見，你怎麼好像瘦啦，這可不行，今天你得多吃一點。」

「田嬸，我最喜歡您做的飯菜了，您放心，我向您保證，今天這滿滿一桌子菜，都我包了。」

柳擎宇說完，三人都笑了起來。

對柳擎宇來說，韓儒超一家人他非常熟悉，就像是自己的親人一般。

韓儒超以前曾經是老爸劉飛手下十分得力的下屬，他的工作能力深為劉飛所看重，他也經常和劉家相互走動。

只不過柳擎宇到了白雲省之後，考慮到老爸曾經耳提面命，讓他不要沒事找韓儒超，他也不想自己的身分曝光，所以只有在逢年過節時給韓儒超打個電話問候一聲。

他今天過來，算是奉了孫玉龍的指示來的，也算有公務在身，所以不用擔心別人說三道四。

由於彼此間非常熟悉，所以柳擎宇沒有任何拘束感，吃完飯，兩人便進了韓儒超的書房。

關上房門後，兩人在沙發上面對面坐下，柳擎宇給韓儒超點上菸，也給自己點上後，韓儒超使勁地吸了一口，這才說道：

「擎宇啊，你到東江市才這麼短的時間，竟然搞起了新的考核機制，難道你不怕各方勢力給你製造阻力嗎？」

柳擎宇笑道：「阻力肯定是有的，但是東江市紀委長期缺乏上級部門有效的監督、監管，內部問題叢生，我從調閱的諸多卷宗中，發現不乏冤假錯案，甚至一些紀委官員利用手中的權力，為領導打開方便之門，幫助領導打擊異己。

「雖然我知道現在就進行這件事的確操之過急，甚至會阻力重重，卻不得不立刻展開，否則，要是等穩紮穩打再逐步推進的話，我擔心事情還沒有推進到一半，恐怕我就在東江市隕落了呢。

「韓叔叔，不瞞您說，這段時間，透過我的觀察和瞭解，我發現東江市的問題不是普通的嚴重，還存在一股甚至數股強大的利益集團。尤其是天宏建工負責承建的高速公路，裡面的問題之多讓我都感覺到恐怖。不知道這件事您知道不知道？」

韓儒超點點頭道：「當然知道，雖然東江市，包括遼源市都把這件事捂得死死的，沒有讓任何訊息公諸報端，但是我們紀委可不是吃素的，這裡面存在的腐敗問題之嚴重，想想就讓人頭疼。」

說到這裡，韓儒超突然臉色變得嚴肅許多，勸阻道：「擎宇，說到這個，我不得不鄭重地提醒你，在這個案子上，你千萬不要操之過急，否則一旦打草驚蛇，我們省紀委的一番心血和努力也將會白費。」

柳擎宇一愣：「韓叔叔，難道這件事你們省紀委也在盯著？」

韓儒超瞪了柳擎宇一眼，道：「你以為東江市存在那麼嚴重的腐敗問題，我們省紀委就聽之任之嗎？你以為就你一個幹事的人啊？你以為光靠曾書記一個人，你就能夠被空降到東江市擔任紀委書記嗎？」

柳擎宇一愣：「這是怎麼回事？」

韓儒超沉聲道：「這裡面的事說來很複雜，原因你也不需要去深究和考慮，你只要記住一點，你之所以被派去東江市擔任紀委書記一職，是由曾書記牽頭，在其他多位省委常委的配合和認可之下，你才被派往那裡的。大家之所以認可你，就是因為你之前在蒼山市所做出的成績，證明你是一個心繫老百姓的人，也是一個作風、品德經得起考驗的黨員幹部。

「至於我們省紀委為什麼明知道東江市存在腐敗勢力卻一直按兵不動，自然是有我們的考慮。這就好像赤壁之戰，雙方陳兵百萬，各自奇招迭出，大戰開始前暗戰不斷，但是實際上，**真正交鋒的時間**，尤其是**決出勝負的時間，也許往往是那幾天的時間，甚至是很短的一瞬間**。

「我們紀委辦案，必須考慮到很多深層次的東西，做什麼事，都必須乾淨俐落，將腐敗分子一網打盡，不能有漏網之魚，任何打草驚蛇、魯莽的行為都會導致功虧一簣。你現在在東江市的主要任務便是攪局，先將東江市的這潭水攪渾，將各方勢力的注意力吸引到你的身上，至於你能將這潭水攪到何種程度，我們只能等待。

「但是有一點我必須提醒你，東江市的形勢十分嚴峻，其中不乏手黑之人，你前兩任空降去的紀委書記全都出事，足以說明很多問題，你千萬要引以為戒，不要掉以輕心。而且這裡面所存在的利益關係網也不是很短時間內就能理順的。

「所以，在高速公路這個弊案上，你千萬不要輕舉妄動，最好是分階段、一步一步地逐步推進，溫水煮青蛙，我的意思你明白嗎？」

柳擎宇聽韓儒超這麼說，心頭不禁一震，似乎領悟到了什麼。

「韓叔叔，我明白了，好在在我準備插手這件事情之前，採取了一招緩兵之計。」柳擎宇便把自己和孫玉龍以拿下試行點換取高速公路開標延遲一個星期的事講述了一遍。

韓儒超聽了大笑起來，指著柳擎宇的腦門說道：

「你小子真是個滑頭啊，孫玉龍縱然聰明絕頂，也萬萬不會想到，整個試行點專案根本就是你小子擺出來的一個陷阱，一個布局！尤其是你這個交易做得好啊，本來我還琢磨著給你打個電話，讓你想辦法把公路招標時間想辦法拖延一段時間，沒有想到你誤打誤撞，竟然暗合了我的期望，很好很好。

「擎宇啊，你記住，那段高速公路的主要任務並不是立刻展開深入調查，而是要想辦法拖延新的開標時間，給省紀委，包括你自己提供更多的時間去深入瞭解這件事的內幕。」

柳擎宇沉思了一會，便明白韓儒超的真實意圖了，很有可能省紀委目前也在就此事進行調查，如果這段公路真的重新招標，甚至開工，那麼其中的很多問題很可能會被掩蓋，保持現狀則可以讓省紀委和自己有充足的時間去深入瞭解。

想明白這些關鍵，柳擎宇鄭重地說：

「韓叔叔，您放心吧，在開標時間上，我已經跟孫書記爭取了一個星期的時間，之後我會想盡一切辦法來拖延開標時間的。」

韓儒超滿意地點點頭。身為白雲省紀委書記，身為劉飛曾經的嫡系手下，他眼光是相當高的，看人的水準也十分犀利，除去柳擎宇的身分不談，柳擎宇目前在官場上的表現讓他十分滿意，他不僅敢於做事，勇於承擔，思維更是極其敏捷，做事手法也很靈活。

高速公路的事就談到這裡，韓儒超隨即從茶几上拿出一疊資料遞給柳擎宇，說道：

「擎宇，這是你們東江市最近這兩年來鬧得沸沸揚揚的一件上訪案子，這件事還曾經驚動了媒體，而且北京市方面還曾經派出過專案調查小組來調查此事，但是到現在為止，這件案子的當事人依然在不斷上訪。

「前段時間，有朋友把這件案子輾轉送到了我的手中，本來我琢磨著介入瞭解一下這件事，只是我事情太多，一直沒有時間，既然你來了，這件事就交給你辦。

「雖然這只是一個普通老百姓的案子，但是我希望你能夠把這件案子辦好，給老百姓一個交代，也給媒體一個交代！」

柳擎宇接過卷宗大致掃了兩眼，立時就是一愣。

因為這起案件嚴格來說，應該不算是紀委主抓案件，頂多算是由紀委負責督辦的案件。因為案件中上訪的主角是一個普通的農村老太太姚翠花，案件的當事人分別為姚翠花一家，以及對門的村支書一家人。

卷宗上十分清楚地描述了雙方矛盾衝突的經過。

起先是三水村村支書林堂彪的老婆趙金鳳從家裡出來，正趕上對門的姚翠花端了一盆水往路邊潑，結果姚翠花潑水時，一不小心濺了趙金鳳一些泥點，雙方因此產生了爭執。在爭執過程中，姚翠花和家人聚眾打傷了趙金鳳，致其左耳膜穿孔、多處組織挫傷、左臂骨折、腦震盪。

因此，趙金鳳一家以故意傷害等罪名將姚翠花和她的家人告上了法庭，法官依據醫院開出的驗傷報告，將姚翠花的老公、大兒子和二兒子判處故意傷害罪，必須入獄服刑。姚翠花不服，上訴到遼源市，遼源市的判決結果是維持原判。

因為整件事證據確鑿，雖然姚翠花極力主張他們並沒有毆打趙金鳳一家，但是人家有醫院的鑑定結果，最終結果沒有改變。如今，姚翠花的老公、兩個兒子都被逮捕並入獄服刑，姚翠花不服，多次上訪到遼源市、白雲省，甚至是北京。

因為姚翠花多次在遼源市市政府、白雲省省政府甚至公安部門口哭訴，她的事情終於引起了媒體的關注，在媒體的關注下，遼源市、白雲省都曾經派出過調查小組進行調查，但是結果依然沒有改變，因為趙金鳳一家鐵證如山，姚翠花雖然讓調查小組的人同情，卻無法改變審判結果，因為法律講求的是證據和事實，不能以主觀觀念去影響審判。

如今，五年多的時間過去了，姚翠花依然在不屈不撓地上訪著。

看完卷宗，柳擎宇的眉頭當即皺了起來。

韓儒超沉聲道：「擎宇，這個案子，我總感覺有些不太對勁。據我所知，這五年多來，姚翠花一直在到處上訪，她為了上訪，把房子和土地都變賣了，為的就是給老公和兒子討還公道。但是趙金鳳家證據齊全，供述清楚，根本找不出一絲毛病。

「這個案子，我一直在想一個問題，那就是，拋開案件本身的結果和過程不看，只看姚翠花本人，**到底是什麼動力可以支持她持續五年不間斷地到處上訪**，而且再有一年，她的老公和兩個兒子就要刑滿釋放了，但是她依然在上訪，這到底是為什麼？到底趙家和姚家誰對誰錯？」

柳擎宇聽了韓儒超的話後，也陷入了思考之中。

韓儒超的話讓他十分重視，要知道，一個五十多歲的農村婦女寧可散盡家財也要尋求一個公道，**做出這樣的事情需要多大的勇氣？需要多大的魄力？需要多大的動力？**

## 第九章

# 誰在撒謊

根據姚翠花的供述，王海平的妻子趙金鳳並不是當天去醫院驗傷，而是第二天才去做鑑定的。柳擎宇再次看了一下鑑定報告，鑑定報告上的時間寫的都是衝突當天的日期！那麼問題便出來了，到底是誰在撒謊呢？

這時，韓儒超又接著說道：

「這個案子，我們省紀委也曾經轉給你們東江市公安局、紀委等部門，他們調查的結果都是維持原判。所以，如果你介入這個案子的話，也需要承擔不小的壓力，你要有心理準備，我猜想很有可能會有人找你的麻煩。」

柳擎宇把卷宗放入自己的公事包，道：

「韓叔叔，這個案子我接了。首先，這個案子是發生在我們東江市，我身為市委常委，有權力過問這個案子；其次，這個案子雙方中有一方是村支書，或許存在黨員幹部違法違紀的可能，我們紀委也是可以介入調查的。我不管其他人、其他部門的結果是什麼，我會親自調查後才給出最後的結論，而不是人云亦云。」

韓儒超點點頭，讚許道：「嗯，很好，你能這樣想，我很欣慰。擎宇啊，你記住，我們身為黨員幹部，尤其是紀檢幹部，必須時刻牢記一點，案件不分大小，我們都必須認真督辦。紀檢部門主要的工作就是揪出腐敗分子，腐敗分子是不分大小的，**不管是老虎和蒼蠅，該打都得打！**老虎的腐敗固然嚴重，危害大，但是蒼蠅的腐敗也不容小覷，因為蒼蠅們所從事的工作大部分都是和老百姓息息相關的，牠們的一個最微小決定都有可能影響一家老百姓，甚至是很多老百姓的切身利益！」

「嗯，韓叔叔，我明白您的意思了，現在中央也一直在強調老虎蒼蠅一起打，我身為基層紀檢工作人員，一定會貫徹中央的指示，做好我的工作，絕不能因為某些幹部的違法亂紀之舉，影響到我們黨員幹部在人民心中的地位。」柳擎宇很有自信地說。

韓儒超欣慰地說：「說得好！這樣吧，我看你今天就不要走了，在我們家住一夜，明天早晨你直接去省紀委門口把姚翠花接走吧，她已經在省紀委門口整整熬了十多天，看得我都於心不忍了，那老太太真是太可憐了。」

柳擎宇點點頭：「好的，那今天晚上就麻煩韓叔叔和田嬸了。」

當夜，柳擎宇在韓儒超家借宿了一夜。

第二天上午，天色灰濛濛的，空中飄著濛濛細雨，柳擎宇乘車來到省紀委大院外面，剛把車停好，便看到在省紀委大院外面跪著的那位老太太。

老太太看起來有七十多歲了，滿臉的褶皺，瘦骨嶙峋，滿頭的白髮凌亂地披散在頭上。她早已駝背了，跪在地上看起來就像是一隻瘦弱沒肉的蝦米。

濛濛細雨中，老太太穿著單薄的衣衫，就那樣跪在冰冷的水泥地上，手中捧著一個有些發黑的窩窩頭，十分費力地啃著。

細雨淋濕了她的身體，她在細雨中瑟瑟發抖。她的兩個眼眶，只有一個眼眶裡有眼球，另外一個眼眶則是空洞洞的，沒有眼球了。

然而，即便是這樣，老太太依然堅定地跪在那裡，那僅存的眼中淌著一顆顆水珠。

不知道是眼淚還是雨水，老太太那隻眼中的目光也顯得有些渾濁，但是又顯得十分堅毅和執著。在老太太的身邊放著一瓶沒有開蓋的礦泉水，可能是哪個好心人上班路過的時候放的。

在門衛值班室，兩個門衛正在討論老太太的事。

高個的門衛充滿憐憫地看了一眼，說道：「這個老太太真是太可憐了，每天就吃那麼一個窩窩頭，一跪就是一天啊！就算是我們也頂不住啊！」

矮個的門衛也是嘆息一聲，說道：「這個老太太的事我也看過新聞報導，從新聞報導來看，老太太根本就占不了什麼理字啊，她也拿不出任何證據。她雖然總說她的眼睛是被村支書家的人給打瞎的，但是拿不出傷殘鑑定來，誰也不能證明是村支書一家人打的，我看老太太想要告狀怕是不可能成功的了。」

高個的門衛苦笑道：「是啊，這個老太太已經告了那麼多年都沒有成功，她這樣做也只是盡人事聽天命而已，不過，我聽說這件事，韓書記已經接手了，希望韓書記這位難得的青天大老爺能夠給這個老太太討還一個公道吧！」

此時此刻，此情此景，柳擎宇感覺到自己的心都碎了。

一股濃濃的慚愧感湧上心頭。雖然柳擎宇知道老太太的事不是自己造成的，但是這件事發生在東江市，自己身為東江市紀委書記，卻沒有第一時間就瞭解到，他覺得這是自己的失職。

柳擎宇快步向老太太走了過去。他下定決心，不管這件事有多困難，他都要將這件事情調查清楚，給老太太一個交代！

然而，就在他剛要走過去的時候，一輛麵包車突然一個緊急剎車停在路邊，車輪距離柳擎宇只有不到十釐米，接著，車門拉開，四名穿著花格子T恤的年輕人從車上衝了下來。

同時，副駕駛座上一名四十歲左右，昂首挺胸的中年男人也邁著四方步走了下來，用手一指地上跪著的姚翠花說道：

「喏，就是她，把她帶到車上去。」

隨著這個看起來很有氣勢的男人一聲令下，四名年輕人立刻氣勢洶洶地衝到跪在地上的老太太面前，其中一個年輕人一把打掉老太太手中的窩窩頭，隨即一把拉住她的一隻胳膊，就要把老太太拽起來，其他三個紛紛上前幫忙，想要把老太太強行帶走。

老太太拼命地掙扎著，一邊大聲地哭叫著：「你們這些殺千刀的……快……放開我……我要告狀……我要為……他們討還公道……」

老太太的聲音嘶啞，撕扯間，淚水混雜著雨水，順著老太太唯一的一隻眼睛滑落下來。

中年人看到這個情形，立刻怒聲斥責道：

「我說姚翠花，你能不能讓我們黑煤鎮的領導省點心啊，你說你天天上訪，我們天天接訪，老子我都快成你的跟屁蟲了，我被你煩死了。」

其中一個年輕人聽了，猛的伸出手來，狠狠地給了老太太一個大嘴巴，罵道：「老不死的，你給我老實點，趕快起來，跟我們上車回去，否則老子抽不死你！」

說著，他又揮起手臂，想要再次一巴掌打下去。

然而，他的手剛剛揮起來，便僵硬在空中，動彈不了了，與此同時，一聲充滿憤怒的怒吼聲響起：「都給我助手！」

頓時，所有人為之一愣。

隨著話音落下，柳擎宇高大的身軀走到眾人面前，他的一隻手還抓著那個年輕人的手臂。

中年人看到柳擎宇突然出現，不由得一皺眉頭，怪聲道：「你誰啊？我們正在執行公務，請你不要干擾我們工作，否則別怪我們不客氣。」

那個被柳擎宇抓著手臂的年輕人見柳擎宇竟然不放開自己，頓時怒了，鬆開抓住老太太的手，猛的一巴掌朝著柳擎宇的臉抽過去。

卻沒想到，柳擎宇一腳踹在他的小腹上，直接把他踹飛出去三四米遠，才噗通一聲落在地上。

這時，另外三個年輕人見同伴吃虧了，立刻放開老太太，向柳擎宇移了過來，想把柳擎宇放倒，狠狠地教訓他一番。

而那個中年人則是不屑地站在旁邊，看著三個人收拾柳擎宇。

這三個人豈是柳擎宇的對手，不到二十秒便被柳擎宇全部放倒在地。

柳擎宇目光落在中年男人的臉上，質問道：「你是什麼人？為什麼要帶人過來找老太太的麻煩？」

「我是什麼人和你有什麼關係？你簡直是狗拿耗子多管閒事！」中年人用手指著柳擎宇的鼻子，不滿地說道：「我告訴你，立刻向我道歉，否則，別怪我對你不客氣。」

柳擎宇冷哼道：「我是東江市紀委的人，我當然有資格知道此事，如果我猜得不錯的話，你應該也是東江市的人吧？」

一邊說著，柳擎宇一邊拿出工作證在中年人的眼前晃了一下。

聽到柳擎宇這樣說，再看到柳擎宇的工作證，中年人嚇了一跳，臉色立馬慘白，說話的時候，聲音也有些結巴了：

「領導……領導……您好，我是東江市黑煤鎮鎮政府辦公室的副主任蘇力強，我……我是過來接訪的，我接到通知，說我們鎮三水村村民姚翠花又到省裡來上訪了，所以我就連夜帶人過來了。」

「接訪？就你們幾個？」柳擎宇懷疑地說。

蘇力強連忙說道：「還有我們常務副鎮長趙金龍，他跟我們一起來的。」

「趙金龍呢？他怎麼沒有在現場？」柳擎宇問道。

蘇力強看到柳擎宇氣勢逼人，也不知道柳擎宇到底是市紀委什麼級別的幹部，不過他知道，不管柳擎宇是何許人物，都不是他這種層次的人惹得起的，所以也不敢隱瞞，連忙說道：「我們趙鎮長正在賓館睡覺，我們先過來了……」

柳擎宇一聽，臉色更顯暗沉，寒光四射看著蘇力強，問道：

「蘇力強，我問你，難道你們就是這樣野蠻接訪的嗎？你看看你們這個樣子，哪像什麼國家幹部？你難道沒看到這位老太太這麼大歲數了嗎？你沒有看到老太太身體那麼虛弱嗎？你就沒有一點憐憫之心嗎？」

蘇力強為了推脫責任，辯解道：「領導，對不起，因為我和趙鎮長來得匆忙，沒有從鎮裡帶人，這幾個是我們臨時雇來的閒散人員，他們不懂得什麼規矩，做事魯莽了些，這一點是我們錯了。我立刻解雇他們。」

柳擎宇擺擺手道：「解雇我看就不必了，這樣吧，你先去把這些人的身分證登記一下，包括你的身分證、工作證，以及你們今天所做的事，就在現場給我寫一份報告。」

聽到柳擎宇要他寫下資料，蘇力強這下可害怕了。**官場上的人最害怕的是什麼？做壞事被抓現形，尤其是現場寫報告，那就更麻煩了，這簡直就是鐵證如山啊**，以後想要翻案都不可能了！

所以，此刻他也不得不挺直了腰桿，硬著頭皮說道：「這位紀委同志，我想請問，你到底是什麼人？你有什麼資格命令我做這些事啊？我是東江市黑煤鎮鎮政府辦公室的副主任，可不是誰都可以輕易指揮的。」

柳擎宇冷笑一聲，把自己的工作證遞到他的手中，強勢地說：「這是我的工作證，上面有我的身分和職務，你看我有沒有資格指示你這樣做。」

在蘇力強想來，柳擎宇就算是紀委工作人員，看他臉孔那麼年輕，頂多也就是剛進紀委工作，恐怕連個副科級都混不上，所以真要鬧僵了，他並不懼怕柳擎宇。

然而，當他接過工作證打開一看，立時傻眼了，工作證上清楚地寫著幾個大字：「東江市市委常委、東江市紀委書記柳擎宇。」

這下慘了，蘇力強雙腿不受控制地哆嗦起來，**沒想到自己這次竟然踢到鐵板，遇到了新上任的紀委書記柳擎宇！**

柳擎宇雖然到東江市的時間不長，但是上任後立刻以鐵腕手段把辦公室主任何耀拿下，甚至成立三大巡視小組，早已威名在外，雖然很多人認為他不可能掀起多大的風浪，但是誰也不願意去招惹柳擎宇。

也算蘇力強倒楣，犯到了柳擎宇手中。

柳擎宇拿回自己的工作證，板著臉說：

「怎麼樣？現在我有沒有資格指示你做這些事？」

「有，有，我馬上照您說的做！」

蘇力強知道，這時候自己要是還和柳擎宇對抗，那絕對是十死無生！於是乖乖地把那四個雇來的閒散人員的身分證影本拿出來，又把他受副鎮長趙金龍的指示雇人進行接訪的過程詳細地寫了出來，然後讓那四個人在上面簽字並且按了手印。

等他做完這一切，柳擎宇冷冷地道：「好了，蘇同志，這位老太太的事就不用你管了，後面的事情由我負責，你可以走了。」

蘇力強聽柳擎宇願意放他走，連忙狼狽不堪地上車離開了。

柳擎宇趕緊走到姚翠花面前，滿臉歉意地對老太太說道：

「老人家，您好，我是東江市新上任的紀委書記柳擎宇，您跟我一起回東江市吧，您的案子我已經接手了，我會徹查此案，一定給您一個滿意的交代。我現在帶您去吃飯好不好？」

老太太抬起頭來，用殘留的眼球看了柳擎宇一眼，搖搖頭，倔強地說道：

「不，我不回去，你們東江市已經把我坑苦騙慘了，多少次了，他們都說著跟你一樣的話，表現得同樣真誠，但是最後我的事依然沒有給我解決，我今天就要到省紀委來告狀，我聽說省紀委書記是一個鐵面包公，也只有他能夠為我做主了。」

柳擎宇從公事包中拿出資料，放在老太太面前說道：

「您看，這就是您的那份卷宗，這是省紀委書記韓儒超同志親自交給我的，他讓我接手調查這件事。您看，上面還有韓書記的批示。」

說著，柳擎宇把文件翻到寫有韓儒超親筆批示的那一頁，給老太太看。

老太太費力地把眼睛湊近文件，費了好長時間，才一個字一個字地把批示看完。

然而，即便如此，她的臉上依然帶著幾分戒備之意，道：

「小夥子，你真的能給我做主嗎？他們那些人可有關係了，官大的不得了。哎，算了，要不我還是找韓書記吧。」

老太太看來是被別人坑怕了，仍是不放心地說。

總有一小撮官員，只想著保住自己的烏紗帽，只想著如何避開各種麻煩，對待老百姓所反映的問題，能推就推，能哄就哄，能騙就騙；如果還不行，那就恐嚇甚至驅離。

柳擎宇信誓旦旦地道：「老太太，您放心吧，您別看我年輕，我的官卻不小，我保證能給您做主，要不為什麼韓書記把這個案子交給我呢！我保證，五天內，一定把您這個案子給查清楚，兩天之內，我會讓趙金龍和那個帶人抓您的副主任全部被免職。」

老太太聽了柳擎宇的話嚇了一跳，充滿了疑惑地道：

「你說你能夠把趙金龍免職？不可能吧？他可是我們黑煤鎮的副鎮長啊，官可大了，我聽說就連東江市的市領導都不敢動他的。」

「老太太，這一點您可以放心，我一定說到做到！您看這樣行不行，您也不用回黑煤鎮了，因為那樣的話，我無法照顧您，您跟我回東江市市委招待所，就住在我隔壁房間，我照顧您，您看看我剛才對您的承諾能否兌現，如果不能兌現，您可以直接到隔壁來打我罵我都成。」柳擎宇勸道。

聽到終於有人要幫她申冤，老太太那渾濁乾澀的眼中一串老淚緩緩滑落，聲音哽咽著說道：「年輕人，真是……真是太……太感謝你了。我替我們一家人給你磕頭了。」

雖然老太太一隻眼睛瞎了，但是**她的心卻沒有瞎**，她雖然老，也有自己的生存智慧。

從柳擎宇攔住那些人毆打自己，甚至怒斥蘇力強的時候，她便感覺到這個年輕人對自己沒有惡意，看起來是想要為自己出頭。她徹底被感動了。

說著，老太太就要跪地磕頭。

柳擎宇連忙伸手攔住老太太，把老太太扶了起來。

「老太太，這樣，我先帶您去吃早飯，順便給您配套假牙，您要身體好了，才能看到案件的最終調查結果啊！您說是不是?!」

老太太連忙擺手道：「不用了，不用了，年輕人，你能夠接手這個案子我就已經非常感謝了，不能再麻煩你了。」

「沒事，老人家，您別和我客氣了，我也算是東江市的市領導，對您關心和照顧是我應該做的，更何況您的歲數也不小了，不管從哪個角度來看，照顧您都是應該的。」

柳擎宇便帶著老太太在路邊找了間早餐店，讓老太太飽食一頓，暖了暖身子，再帶老太太到服裝店換了身乾淨的衣服，買了雨衣，又帶她到牙科配了副假牙，這才拉著老太太直奔東江市而去。

剛剛行駛在回東江市的路上，柳擎宇的手機便響了。

電話是市委書記孫玉龍打來的：

「柳同志，聽說你在省紀委門前把黑煤鎮負責接訪的同志們狠狠地批評了一頓，我看你做得很對，對他們這種不按照規矩去接訪的工作人員，就得狠狠地批評，懲前毖後，以儆效尤。我剛才也狠狠地批評了他們一番，他們已經認錯了。」

孫玉龍話中要表達的意思其實是：蘇力強和趙金龍暴力接訪的事，到此為止就劃上句號了，希望柳擎宇不要再擴大範圍了。

然而，柳擎宇早有打算，怎麼可能讓孫玉龍的算盤得逞，當即沉聲道：

「孫書記，我正打算等回到東江市之後，建議您召開緊急常委會來討論一下這件事呢，黑煤鎮暴力接訪這件事看來不起眼，但是所反映出來的問題卻十分嚴重，我們東江市市委領導必須高度重視，對那些不把老百姓的切身利益放在眼中的官員，一定要給予嚴肅處理。

「我打算在常委會上提出以下建議：第一，建議對於直接參與接訪的黑煤鎮常務副鎮長給予行政撤職處分；對直接參與接訪的黑煤鎮鎮政府辦公室副主任蘇力強給予行政撤職處分；對負有領導責任的鎮長周東華給予黨內嚴重警告處分，他雖未直接參與接訪，但對接訪善後工作處理不及時，指示不到位，以至於這次接訪事件對我們東江市造成了十分不好的影響。

「另外，我建議東江市公安局立刻介入，對動手毆打老太太的肇事者進一步調查核實。我希望咱們東江市市委常委會上，我們市委領導就上訪、接訪事情能夠舉一反三，認真反思，吸取教訓，做好群眾工作，切實履行我們的職責，確保人民群眾的正當權益不受到損害。」

聽到柳擎宇的意見，孫玉龍臉色就是一沉。

他之所以在第一時間給柳擎宇打電話，為的就是**要堵住柳擎宇的嘴**，以免柳擎宇借這件事把手伸到黑煤鎮。因為黑煤鎮那邊利益關係錯綜複雜，他不願意讓柳擎宇沾染和介入。卻沒有想到，柳擎宇根本就不理會自己的好意，硬是愛管閒事。

孫玉龍心情不爽起來，冷冷說道：

「柳同志，你的提議我看可以暫時先放一放，我記得你去省會的主要目的是要拿下試行點專案吧，這事你進行得怎麼樣了？

「柳同志啊，不是我說你，你真是太年輕了，做事還是欠缺經驗啊，身為市委領導，你必須分清工作的輕重緩急，試行點這件事是多麼重要，你怎麼能夠顧此失彼呢？接訪這點小事，根本就不需要你這個紀委書記親自出面，隨便交給下面的人就可以了嘛！而且，你可不要忘記當初咱們談好的條件啊！」

孫玉龍在向柳擎宇施加壓力了，他是在暗示柳擎宇，如果你不能把試行點這件事搞定的話，可就別怪我孫玉龍不遵守當初的條件了。在孫玉龍看來，才過了一夜，柳擎宇根本不可能搞定這件事的。

柳擎宇卻說：「孫書記，我非常清楚什麼是輕重緩急，在我心中，**凡是和老百姓有關，涉及老百姓切身利益的事，都是大事急事，必須優先辦理**，其他的事都得往後推。」

孫玉龍聽柳擎宇的意思似乎是想要先管黑煤鎮的事，立刻垮下臉來說道：

「柳同志，這麼說，試行點的事你還沒有搞定，就想插手去管別的事了？」

柳擎宇老神在在地說道：「不是的，孫書記，您誤會了，試行點的事我已經搞定了，省紀委韓書記已經親自答應我，讓我們東江市成為考核機制的第一個試行點，現在只等省紀委下來正式公文就可以了，我的任務已經完成了，接下來的首要任務就是解決黑煤鎮三水村村民姚翠花上訪這件事。」

孫玉龍不由得眉頭一皺：「柳同志，據我所知，這件案子省裡派出的調查小組都提出明確的調查結果了，你還瞎折騰什麼？」

「孫書記，這件事我必須折騰！」柳擎宇語氣堅定地說道：「孫書記，我認為姚翠花這個案子很有必要重新調查！不知道您想過沒有，為什麼姚翠花這個將近六十歲的老太太，牙齒都掉光了，腿瘸了，眼睛也瞎了，甚至無家可歸，依然堅持上訪，這是為了什麼？難道不值得我們介入調查嗎？**人民把權力賦予我們，為的就是替他們聲張正義！**而不是只會騎在人民的頭上作威作福！」

柳擎宇一錘定音，氣得孫玉龍差點拍案而起。

孫玉龍怒氣衝衝地說道：「柳同志，你不用唱什麼高調，真正想著為人民當家作主的並不只有你一個人，我不妨告訴你，姚翠花的事我曾經親自做過批示，還成立過專案小組調查，結果證明姚翠花一家人的確是犯了故意傷害罪！你可以懷疑市裡的調查結果，但是遼源市和省裡都派出過調查小組調查過，結果也是一樣，難道這還不足以說明嗎？

「柳同志啊，我知道你年輕，有懷疑精神，這不是壞事，但是做人做事必須有個分寸限度，不要太過，在這麼多的調查結果面前，你還有什麼好懷疑的呢？」

柳擎宇不以為然地說：「孫書記，不管別人的調查結果是什麼，這是省紀委韓書記親自轉給我的案子，我已經接手了，就必須親自調查，我相信您應該不會插手我們紀委的工作吧？」

「那你自己看著辦吧！」聽柳擎宇拿話來噎自己，孫玉龍憤怒地掛斷了電話。

電話裡傳來嘟嘟嘟的忙音，柳擎宇只能苦笑，心中也立即升起了一個個疑問：姚翠花這件案子，他是在遼源市接手的，東江市只有蘇力強一個人知道，**孫玉龍是怎麼知道的呢？他為什麼要反對自己管這件事呢？這背後是不是有什麼更深的不可告人的原因呢？**

回到東江市的時候，已經是中午了，柳擎宇帶著老太太先吃了飯，隨即把老太太安置在市委招待所自己房間的隔壁，給老太太留了一千塊，以備不時之需。

接著，柳擎宇把酒店專門為自己服務的服務員喊了過來，吩咐她多加照顧老太太，老太太有什麼需要幫忙照應著點，安排好一切之後，這才乘車趕回市紀委。

回到自己的房間，柳擎宇打開卷宗仔細地研究起來。

從卷宗上的調查結果來看，所有的證據和結論都對老太太姚翠花一家極其不利，因為不管是黑煤鎮、東江市，還是遼源市以及白雲省，調查小組的結論都是一致的，那就是，犯罪者就是姚翠花一家，而村支書一家沒有任何罪責。

柳擎宇納悶道：就算東江市和遼源市的調查小組辦案不公，白雲省的調查小組難道也會辦案不公？不應該啊！

柳擎宇仔細研究了一下卷宗裡的檔案資料，發現白雲省方面出動的調查小組是由省公安廳的一位副廳長領銜的，這個規格可是夠高了，而且調查小組的調查報告全都規規矩矩，沒有任何疏失之處，該問的證人全都問了，該進行的事項也都按照流程操作，所以，他們的調查結果按理說應該不存在失誤的問題。**難道姚翠花一家真的有罪嗎？**

看著手上一份份的調查報告，柳擎宇不由得一遍遍地問自己！

但是，老太太啃著窩窩頭在濛濛細雨中跪在省紀委大院外的場景，卻又讓柳擎宇心中疑竇重重：**如果不是有天大的冤屈，姚翠花何必要如此？這是作秀嗎？難道她不知道冷，不知道餓，不知道痛苦嗎？**難道她就不想安生地生活嗎？在她不斷上訪前，她的家境是不錯的啊！

答案顯然是否定的。

柳擎宇在鄉下待過好幾年，從他的切身經歷來看，越是鄉下人，越希望生活穩定，如果能吃飽穿暖，有個小康生活，大部分人是絕不願意像姚翠花這樣四處告狀的。

柳擎宇喃喃自語道：「看來這個案子真是大有問題啊，那麼問題的關鍵點到底在哪裡呢？為什麼這麼多的調查報告得出的結果都是一樣的呢？」

柳擎宇再次翻開卷宗，看了將近兩個多小時，研究了四五遍，他的目光突然聚焦在一個共同點上，那就是所有的報告之所以會得出一樣的結論，都是建立在東江市第一人民醫院所開具的一份厚厚的鑑定資料上。

從鑑定資料上可以清楚地看到，事發當時，村支書王海平的妻子趙金鳳滿臉是血，多處皮肉組織受傷，還有腦震盪以及小臂骨折等外傷，每一份鑑定報告都配有照片、醫生簽字，在這種情況下，還有什麼可以懷疑的呢？

看到此處，柳擎宇心中不由得再次浮起了一個疑問。

正常來說，這樣的鑑定報告是很難推翻的，畢竟東江市第一人民醫院在東江市，甚至遼源市都是相當權威的醫院，但是，從姚翠花一家人的供述來看，發生衝突的時候，雖然姚翠花一家人和村支書一家人發生了矛盾，也有推搡之舉，但是姚翠花一家並沒有大打出手；相反，在發生衝突的時候，姚翠花被王家人狠狠地揍了一頓，當時姚翠花身上倒是只有皮外傷，沒有太重的傷害。

但是當天晚上，王海平家的大兒子回來，聽雙方發生了矛盾，手中拎著鐵棍便闖入姚翠花家，將姚翠花腿打斷，眼睛打瞎。

根據姚翠花的供述，王海平的妻子趙金鳳並不是當天去醫院驗傷，而是第二天才去做鑑定的，所以鑑定結果是假的。

柳擎宇再次看了一下鑑定報告，鑑定報告上的時間寫的都是衝突當天的日期！那麼問題便出來了，**到底是誰在撒謊呢？**

再往下看，各個層級的專案調查小組在這個問題上也曾經產生過懷疑，就此詢問了一些村民和負責開具鑑定結果的醫生，所有的人都口供一致，指出是姚翠花一家人在撒謊，王海平一家人能夠拿出證據和證人，姚翠花一家卻沒有。在這種情況下，所有的調查自然得出了一致的結論。

可見輿論會一面倒的的關鍵，就在鑑定結果上，從卷宗上的詢問筆錄來看，調查小組採取的都是平面式的詢問方式，是一對一的，詢問的問題也很制式化，沒有多大變化。

想到這裡，柳擎宇突然腦中靈光一閃，要是換一個詢問方式，換一些細節問題，會不會得出不一樣的結果呢？

柳擎宇馬上拿起桌上的電話撥通了鄭博方的電話：「鄭同志，請你帶著巡視小組的成員到我的辦公室來一趟！」

鄭博方接到電話不禁一愣，因為這段時間裡，他一直扮演反派角色，好迷惑嚴衛東，並且一步步向嚴衛東靠近，以便得到更多的訊息。

在這個敏感時刻，柳擎宇竟然讓自己帶著巡視小組的成員過去，柳擎宇到底有什麼需要自己去做的呢？難道他不知道這樣做會讓嚴衛東起疑嗎？

雖然心中帶著疑問，鄭博方依然按照柳擎宇的指示，帶上自己所直管的第一紀檢監察室的主任桑斌和邢鵬飛兩個人趕到柳擎宇辦公室。

三人進來後，柳擎宇拿出卷宗的影本遞給鄭博方，開門見山地說道：

「鄭同志，我現在交給你們一個十分簡單卻又十分艱巨的任務，你們立刻趕往黑煤鎮三水村村支書王海平的家中，把王海平以及他的妻子趙金鳳、大兒子王東浩全部帶到新源大酒店一三〇八號房內看管並隔離起來，記住，我不管你們用什麼辦法，必須在今天晚上八點鐘以前帶回來，一個都不能少。

「這是對你們巡視小組的第一次重要的考核，如果在整個過程中發生洩密行為，導致你們沒能將所有人員全部帶回，那麼你們三人的考核成績直接扣分！」

柳擎宇冷冷地看了鄭博方一眼，繼續說道：

「鄭同志，我記得嚴衛東同志說你的工作能力很強嘛，那麼今天你就拿出你的全部能力來讓我看看吧，看看你的工作能力到底是吹出來的，還是實實在在幹出來的。」

鄭博方一聽柳擎宇的話，心中疑惑盡去，暗暗對柳擎宇豎起了大拇指，柳擎宇這一招表面上是在為難自己，其實是在給自己製造機會，一來可以加強對紀委第一監察室的掌控，二來可以讓嚴衛東對自己的防備心更加減少，從而增加自己融入嚴衛東派系的機率。所以鄭博方也有模有樣地拍著胸脯道：

「柳書記，你放心，我們保證能夠完成任務，絕對不會洩密，如果有洩密或者沒有完成任務的情況，我們願意加倍接受處罰。我們會用實際行動來證明我們的能力的。」

鄭博方又轉頭看向桑斌和邢鵬飛，問道：「你們的意見呢？」

鄭博方深知這兩人是嚴衛東的鐵桿嫡系，所以一上來就把兩人與自己拴到了一根繩子上，逼著兩人和自己一起表態。

如此一來，即便原來他們想要洩密，有了柳擎宇給設下的緊箍咒，他們絕對不敢輕易洩密，否則處罰起來，也就意味著他們三年內將會失去提升的機會，這對他們來說絕對是致命的打擊。

鄭博方猜得不錯，桑斌和邢鵬飛聽到鄭博方的問話後，雖然心中腹誹不已，然而當著柳擎宇的面，箭在弦上，不得不發，桑斌立即說道：

「柳書記，我們贊同鄭書記的意見，我們一定會用實際行動來證明我們的能力的。不過，柳書記，我有一個疑問，我想您應該知道，我們紀委對辦案的房間是有特殊要求的，房間四壁和窗戶必須設置相應的防護裝置，而且，如果同時審訊兩個人以上的話，必須將他們隔離審訊，這些條件，是一個普通飯店的房間能解決的嗎？還有，我們紀委辦案在資金上都有著嚴格的預算，如果在新源大酒店辦案，恐怕我們那一點點的預算根本就不夠啊！」

柳擎宇聽了，淡淡一笑說道：

「桑斌同志，這一點你不需要擔心，新源大酒店和我有些關係，我有一張新源大酒店的貴賓卡，所以在預算上你們不需要擔心。至於防護措施，就更不需要擔心了，我早就和酒店那邊的人打過招呼了，工作人員已經佈置妥當，從今天開始，那裡將會作為你們巡視小組的定點辦案審訊室，以後凡是由你們負責辦理的案子，沒有意外的話，都會在那裡進行。

「還是那句話，你們三個人仍然要做好保密工作，如果因為辦案地點洩露而導致工作中出現意外，你們三人將負全責！好了，你們去忙吧。」

從柳擎宇辦公室出來，鄭博方帶著桑斌和邢鵬飛回到自己的辦公室。

三人在沙發上落座之後，鄭博方臉色嚴峻地看向兩人說道：

「桑主任，邢主任，我相信目前的形勢你們應該也看得清楚，可以這樣說，我們市紀委目前形勢錯綜複雜，**柳書記和嚴書記這兩位神仙正在打架，我們這些小兵們是水深火熱**，柳書記交給我們的這個任務絕對是非常艱巨的，尤其是洩密問題，雖然看起來最簡單，卻也是最有可能致命的，一旦我們不小心把任務洩露出去，後果將不堪設想。

「柳擎宇這個年輕人的狠勁，我相信你們也應該看到了，我還得到消息，據說柳擎宇似乎和省紀委書記韓儒超有些關係，他硬是在群雄虎視眈眈的情況下，把我們東江市紀委成為省紀委考核機制的試行點爭取了下來，雖然我們都是向嚴書記這邊靠攏的，但是我認為，我們的立場該怎麼站怎麼站，**在做事的時候千萬不能胡亂站隊啊**，否則，何耀輝的下場很有可能就是我們的結局，你們怎麼看？」

桑斌苦笑著說：「鄭書記，您這番話的確是推心置腹啊。不瞞你說，我算是發現了，柳擎宇這個紀委書記和前兩位紀委書記真的是不一樣，他雖然年輕，但是手段非常強硬，而且做事也有股狠勁，尤其他還是市委常委，我們這些小兵也真拿他沒什麼辦法，我看就照你的意思去辦吧，我們做事的時候還是應該以不出錯為要，尤其是在保密方面，這一點您儘管放心，我和老邢絕對會保守所有工作上的秘密，一會兒我們兩個會去選幾個心腹的人，和您一起親自趕往黑煤鎮三水村執行任務，保證絕對不會把今天出任務的任何消息向外洩露的。」

「是啊，鄭書記，您放心吧，我們知道該怎麼做的。」邢鵬飛也在一旁附和道。

鄭博方讚許道：「好，只要大家明白我的苦心就好。我們永遠是和嚴書記站在一起的，但是我們首先要做的就是在柳書記和嚴書記之間能夠保住自己啊，畢竟他們的身後都站著靠山，我們可沒有啊！」

桑斌和邢鵬飛紛紛若有體會地點點頭。

不得不說，桑斌和邢鵬飛能夠擔任第一監察室主任、副主任，能力的確是很強。不到二十分鐘，兩人便給鄭博方打來電話，說是已經安排好車輛和人員，就在樓下等他，讓他下去。

而且為了確保行動的保密性，這次出任務的汽車是由第一監察室的工作人員自己來開，完全沒有動用司機班的司機。

聽到桑斌的彙報後，鄭博方十分滿意，先給柳擎宇打了個電話，報告了自己這邊的情況，這才下樓與工作人員會合，一起趕往黑煤鎮三水村。

柳擎宇站在窗口，看著鄭博方他們的汽車緩緩駛出紀委大院，臉上露出欣慰的微笑。

從鄭博方的彙報中，柳擎宇可以看出很多問題。

第一，市紀委內部能夠幹事的人還是非常多的，有能力的人也很多，以前之所以幹不出成績，一是風氣使然，二則是因為權力過於集中，嚴衛東一個人就主管了兩大最核心的監察室，而下面的主要領導又是他的人，在這種情況下，他不發話，下面的人怎麼敢亂動?!

第二，則是新的考核制度成效是顯著的。在新的考核機制的倒逼之下，下面這些中基層的工作人員比以往更注重對工作本身的關注和努力，在這種情況下，他們的戰鬥力將會最大程度地發揮出來。

尤其是柳擎宇聽到鄭博方彙報桑斌和邢鵬飛所制定的一連串行動方案後，更是對他們讚許有加。心想不愧是紀檢的老人，能力沒有話說。

想到這裡，柳擎宇心中對於今後如何在紀委內部展開工作已經基本上有底了。他決定在紀委內部的主要戰略目標，是**拉攏一切可以拉攏的力量，同化一切能夠幹事的工作人員，剔除那些工作能力不強、腐化墮落的人員**，將整個市紀委捏合成一個能力超強的團隊，帶領整個團隊披荊斬棘，為東江市的紀檢事業做出貢獻。

確定好戰略目標後，柳擎宇心中輕鬆了許多。

他也意識到自己前段時間的思路微微有些偏了。雖然大方向沒有錯，但是自己卻過於看重政治鬥爭，包括在蒼山市扳倒李德林等人的行為，雖然自己的出發點是好的，但是在戰略目標的選擇上卻是有些偏頗。

對於目前的他而言，把精力過多地用於政治鬥爭上並不是好事，畢竟在任何地方，政治鬥爭都是不可避免的，身為公職人員，首先要做好的應該是本職工作，為老百姓們多做事才對。

此刻，柳擎宇有些明白為什麼王中山雖然用自己，卻又不願意把自己放在身邊的原因了，因為自己過分好鬥，會牽扯太多的精力，甚至會影響到大局。自己被調到東江市來，恐怕省委曾書記也有讓自己好好反思的意思在裡面。

**做事！自己現在最應該的就是做事！**

柳擎宇會心地笑了，拿出手機給市紀委副書記姚劍鋒打了個電話，把他和他主管的第二紀委監察室的主任秦楓、副主任曹磊三人喊到了自己辦公室內。

柳擎宇交代著：「姚書記，現在交給你們這個巡視小組一個任務，你們立刻帶人趕往東江市第一人民醫院，將姚翠花案子中負責給趙金鳳做傷殘鑑定的所有醫生全部秘密帶回……」

隨後，柳擎宇把對鄭博方他們所談的那些警示語再次跟三人重述了一遍，告誡他們保密的重要性，同時也把他們的定點工作房間選在了新源大酒店一三〇八號房。

等姚劍鋒他們離開後，柳擎宇又把第三巡視小組的組長葉建群和黨風廉政建設室主任張瑞陽、副主任劉晨輝喊了來，同樣交給他們一個任務，只不過這次交給他們的任務是前往東江市黑煤鎮，把黑煤鎮負責審理姚翠花一案的鎮法庭的主要人員帶回來，照樣前往新源大酒店進行談話。

將三個巡視小組全部安排好任務，柳擎宇的心情一下子輕鬆許多，不過他卻不敢有任何放鬆的想法，又拿出紙筆寫寫畫畫起來。他要想好今天晚上三個巡視小組把人帶回來之後的所有後續策劃。

面對自己進入東江市紀委的第一個案子，柳擎宇有決心，也有信心把它做好，但是對於案子的整體策劃他不敢有絲毫的馬虎，因為他清楚，之前那麼多的調查小組都得出完全一致的結果，說明這些涉案的人在所有關鍵的口供上早已達成了空前一致，想要突破十分困難。所以，要想真正問出有用的資訊，需要下大功夫、真功夫。

柳擎宇一直忙碌到下午六點左右，才把所有的細節梳理完畢，並且趕到了新源大酒店，等候三個巡視小組回來。

七點半左右，柳擎宇分別接到三個小組組長打來彙報的電話，得知他們已經把所有涉案人員一個不少地請到了預定的房間裡，並且由紀檢監察人員分別看護。

當三個巡視小組的人員帶著那些涉案人來到一三〇八號房後，全都驚呆了，原來這個套間裡面包括了六個單獨的房間，每個房間內都配有獨立的審訊設備，包括視頻監控系統，而且每個房間彼此間無法相互傳遞訊息，一旦進入審訊狀態，房間中便無法進行通訊，外人要想進入房間，只能先按門鈴。

整個審訊、安保系統可謂獨具匠心，能夠最大程度地避免受審人員和審理人員通過任何管道相互串供。

這些自然是柳擎宇的精心安排。

柳擎宇對東江市紀委內部和審訊地點進行了初步的調研後，便讓新源大酒店著手準備了。

接到彙報後十分鐘，柳擎宇趕到了一三〇八號房，把自己擬定好的審訊程序和每一個問題等細節都交給鄭博方，讓鄭博方按照自己設定好的這些程序和問題督察審訊。

鄭博方接到柳擎宇交給他的資料，看完之後，心中暗暗一驚，他對柳擎宇的表現越來越欽佩了。

因為從柳擎宇交給他的這份資料中，他可以清楚地明白柳擎宇的操作思路。甚至行動的並不只是他們這個巡視小組，很可能其他兩個巡視小組也同步行動起來。

根據鄭博方的分析，柳擎宇很有可能是要就這個案子**展開背靠背的審訊**，也就是說，三個巡視小組同時對不同的涉案對象進行審問，每個小組同一時間就自己所擬定的那些問題進行詢問，再分不同的時段就一個問題反覆交叉提問，記錄，這樣做雖然會浪費一些精力和時間，卻能夠最大限度地保證口供的真實性，同時也容易發現被審對象是否有故意撒謊的嫌疑。

而柳擎宇要做的，就是等三個巡視小組第一批審訊結果出來之後，把三個小組的審訊記錄匯總起來，找出這三組被審訊對象彼此間口供無法銜接，或是與之前卷宗中口供不相同的地方。

鄭博方還發現，柳擎宇所設計的這些問供題目，很多都是很細節性的問題，比如說：你是在什麼時間被打傷的？打傷了哪裡？有沒有輸血？是誰給你輸的血？輸了多少血？輸的什麼血型的血？輸血之後的感覺如何？等等。這是之前任何一個調查小組都不曾問到的。

身為一個智慧的官員，鄭博方可以清楚地感受到，按照柳擎宇所設定的這套審訊套路去提問，被問的人根本沒有時間去編瞎話；而提問過程中，審訊人員也很容易判斷對方是否在撒謊，再加上柳擎宇和自己還可以同步通過監控視頻即時查看每一個審訊小組的提問情況，基本上在今天晚上就可以確定這個案子的結果了。

隨後，柳擎宇又分別到另兩個巡視小組所在的套間，把相關流程和資料交給他們，告訴他們第一波審訊時間為兩個小時，兩個小時後，自己會親自過來查看筆錄。所有人員的手機以及其他通訊工具都被柳擎宇暫時收繳了上來。

安排好一切後，七點整，三個審訊小組同步展開審訊。

# 第十章

# 重大黑幕

真正讓柳擎宇震驚的並不是趙金鳳、王海平一家人的處心積慮與陰狠毒辣，而是黑煤鎮煤礦的現狀。震驚！非常震驚！柳擎宇萬萬沒有想到，在黑煤鎮這個看似波瀾不驚的小鎮竟然存在著如此重大的黑幕！

柳擎宇首先把監控視頻的窗口切換到鄭博方所帶領的巡視小組，由桑斌負責審訊趙金鳳。

桑斌根據柳擎宇列出的問題，對趙金鳳進行審訊。

一開始，趙金鳳發現桑斌所問的和其他巡視小組問的幾乎一模一樣的時候，眼神中露出一絲喜悅，回答問題幾乎沒有任何猶豫，桑斌這邊提問完，她就回答完了，甚至桑斌剛剛提了一個開頭而已，趙金鳳就把答案說出來了。

顯然，這個村婦對於這些問題和答案早已倒背如流了。

僅僅是通過這麼一個細節，柳擎宇就發現了很多問題，他當即認定這個趙金鳳肯定是在撒謊，至少她是在有意識地應付審訊。

果不其然，等桑斌把所有趙金鳳熟悉的問題提問完，就在趙金鳳認為提問要結束的時候，桑斌突然問出柳擎宇早就擬好的一連串細節性的問題，這些問題是任何一個調查小組從來沒有提問過的，這一下趙金鳳慌神了。

趙金鳳眼神慌亂地四處看了一下，似乎想要尋找暗示，然而，這次審訊和以往不同，這是在一個獨立封閉的房間內，她所面對的是面沉似水的東江市紀委第一監察室主任桑斌。桑斌很有能力的人。從趙金鳳那慌亂的表情、動作中便發現了諸多疑點。

桑斌立刻追問後面的問題，每一個問題之間留給趙金鳳的思考時間非常短暫，逼得趙金鳳不得不憑藉著本能去回答。

隨後，桑斌又接連進行第二次和第三次詢問，每一次，前面的那些問題，趙金鳳都回答得天衣無縫，一點漏洞都沒有，但是到了後面那種細節性問題的時候，趙金鳳三次回答，卻出現了三個不同的版本，這一下，桑斌自是確認趙金鳳是在撒謊無誤了。

桑斌對柳擎宇設計的這些問題不禁感到欽佩不已，這個柳擎宇雖然不是紀檢系統出身的人，但是真的很不簡單啊，幾乎把紀檢系統一些極其高深的審訊技巧全都運用到了這一次的審訊之中，可以說效果非常好。

即便是讓他這個在紀檢系統工作了二十多年的老手來設計這次的審訊問題，恐怕也無法比柳擎宇設計的這一套審訊程序做得更好。

隨後，柳擎宇又通過視頻監控系統，觀看了其他兩個小組的審訊情況。

僅僅是這第一個回合，柳擎宇的心情便舒展了很多，這種舒展是源於他第一次出手辦案的進展迅速，然而，柳擎宇心情舒展的同時，心頭也多了幾分沉重。因為他非常清楚，自己這邊進展迅速，也就意味著這個案子很有可能是一起冤假錯案！

到目前為止，三個小組在審問的時候，有多個證人都出現了同一個問題多個版本的情況，而在很多細節性的問題上，為趙金鳳他們一家做鑑定的醫生、黑煤鎮法庭等諸多關鍵人員的證詞完全不一致。

柳擎宇拿到三個小組組長交給自己的審訊記錄後，暫時讓小組人員休息一會兒，他則拿起筆錄開始進行比對，把趙金鳳與負責給趙金鳳做最終鑑定的醫生顧向偉進行重點對比，發現兩人在好幾個關鍵細節上存在嚴重的不一致。

看完後，柳擎宇來到審訊顧向偉的房間內，在姚劍鋒、秦楓的陪同下，坐在顧向偉對面的審訊席上。

「顧主任，我先自我介紹一下，我是東江市新上任的紀委書記柳擎宇，這次之所以把你叫來談話，主要是想從你這裡瞭解一下黑煤鎮趙金鳳被打致殘一案的情況。我曾經查閱過這個案件幾個不同的調查卷宗，發現每個調查小組所採信的都是你的鑑定結果。我現在問你第一個問題，你認為你的鑑定結果是公平公正的嗎？」

一上來，柳擎宇便開門見山，直奔案件的核心。

顧向偉現在是市第一人民醫院的主任醫師，下一步準備競爭副院長，聽完柳擎宇的問題後，當即正色道：「柳書記，這一點我可以十分鄭重、嚴肅地回答您，我確定我的鑑定結果是真實可靠的。」

柳擎宇哼了聲說：「顧同志，對於你的回答，我感到很失望，因為我已經給過你一次機會了。現在我再鄭重地提醒你一下，根據法律，如果在刑事訴訟中，作偽證意圖陷害或者隱匿罪證的，將會處三年以下有期徒刑或者拘役；情節嚴重的，處三年以上七年以下有期徒刑。

「如果你問心無愧，那麼自然沒有什麼關係，但是如果你涉嫌作偽證的話，以這件案子目前的情況，你的行為已經屬於情節嚴重的作偽證行為了，我再給你三分鐘的考慮時間，你仔細想一想自己接下來應該如何回答我下面將要提出的問題。

「記住，這是你的最後一次機會。如果你實話實說，那麼一切後果還可以有所改變，至少將會向比較好的方向發展，如果你堅持到底，最終的結果將會向著最壞的方向發展。據我所知，你的第二任老婆比你小十五歲，又年輕又漂亮，還沒有工作，你們還有一個可愛的小兒子，你要是出現點什麼意外，你讓她們母子兩個以後如何生活下去啊。」

柳擎宇說完，便仰面靠在椅子上，開始閉目養神起來。

審訊室一下子安靜下來，這個房間的隔音效果非常好，外面的任何聲音都不會傳進來，整個房間內只有四個人的呼吸聲此起彼伏。

本來，顧向偉已經打定主意要將自己的回答堅持到底了。但是當柳擎宇最後提到他的老婆和兒子的時候，他的心突然緊張了起來。

因為他之所以能夠和現任老婆過得甜甜蜜蜜，這一切都是建立在自己是東江市第一人民醫院主任醫師、醫務處主任這個職務的基礎上，他對自己的美女老婆性格非常瞭解，她是一個十分勢利的人，當初硬生生逼著自己和原配離婚，以懷了自己的孩子為由逼著他跟她結婚，主要就是看重他手中的權力和金錢。

要知道，她以前只不過是醫院的一個小護士，自從嫁給自己之後就不再去工作了，而且花錢總是大手大腳的，自己之所以不停地想辦法弄錢，也是為了滿足她的物欲！如果自己栽了跟頭，美女老婆未必真的會在外面苦等自己啊。

不過顧向偉雖然心中有些發慌和掙扎，但是臉上卻裝著十分鎮定在思考的樣子。

然而，顧向偉哪裡知道，坐在他對面的這個紀委書記雖然年輕，但是具有超強的觀察力，哪怕是顧向偉最小的神態變化都被柳擎宇收入眼底。看到顧向偉的表現之後，柳擎宇對顧向偉涉嫌在鑑定過程中作假便越發肯定了。

時間一分一秒地過去，隨著三分鐘時間漸漸接近，柳擎宇緩緩睜開雙眼，冷冽的目光落在顧向偉的臉上。

一滴汗珠順著顧向偉的額頭緩緩滑落。他緊張了。

「好了，時間到了，顧同志，現在我問你幾個問題。你暫時可以先不回答我。等我問完之後，你好好思考一下再回答。第一，為什麼在這幾個問題的回答上，同一個問題，三次回答的答案不一樣？」

說著，柳擎宇把自己摘錄出來的問題遞給顧向偉，同時把秦楓提問和顧向偉回答的錄音放了出來，接著說道：

「第二個問題，顧同志，為什麼在這幾個問題上，你和趙金鳳以及趙金鳳的老公、三水村村支書王海平三個人的回答幾乎南轅北轍，差別如此之大？你們三個到底誰在撒謊？我可以這樣說，一旦確定有人在撒謊，那麼就是涉嫌作偽證，其罪行剛才我也已經給你解釋過了，你自己考慮。

「顧同志，我再提醒你一件事情，目前，趙金鳳這個案子，東江市、遼源市以及白雲省三方的調查小組都是採信了你所提出的鑑定結果，如果被我們證明是你在撒謊，你想想，這些調查組人員的臉可往哪裡放啊！到時候你得罪的人可不是一個兩個，而是一大片！如果你主動承認，那麼大家可能就不為難你了，至少不會再追究了。當然啦，你要是認為你沒有撒謊，那就當我剛才的那番話沒說。

「另外呢，我再告訴你一件事，那就趙金鳳這個案子，省紀委書記韓儒超同志十分關注，所以親自交代我辦理，我這個人有一個習慣，那就是絕對不能讓老實人吃虧，不能讓老百姓的權益受到損害！而我最討厭的就是別人欺騙我！如果被我抓到，沒二話，從重處理！

「現在，你還有一分鐘的考慮時間，一分鐘後，我要你的答案！」

柳擎宇說完，便開始注視手錶。

房間內再次陷入寂靜，一股無形的壓力在會議室內蔓延開來。

汗珠一串串地順著顧向偉的額頭滴滴答答地往下掉。

顧向偉臉色此刻已經顯得有些蒼白起來，眼珠子滴溜溜地在柳擎宇和其他兩名紀委官員的身上轉了幾圈，心中想法起伏不定。

當顧向偉的目光最終落在柳擎宇的身上的時候，顧向偉猶豫了。

他真的猶豫了。

柳擎宇剛才已經給他下了最後通牒，他現在能夠悔過的時間只有一分鐘了，怎麼辦？

**我該怎麼辦？是像以前一樣緊緊地把住口風，還是照柳擎宇的意思懸崖勒馬，回頭是岸呢？**

自己緊守口風已經五年了，雖然多次被調查小組詢問，但是卻來沒有出過問題，自己真的有必要去冒這個險說明實情嗎？

但是這次的調查可是由省紀委書記韓儒超親自督辦的，而柳擎宇這個新上任的紀委書記據說十分強勢，今天這些紀委工作人員在辦案的時候，幾乎沒有給自己留有任何的可乘之機，這和以往的調查明顯不同，而這些工作人員所提出的問題更是精心設計的，萬一自己這邊不說，趙金鳳那邊卻招供了，自己可就失去檢舉立功的機會了。

到了那時，自己被從重處理，在監獄裡一待就是好幾年啊！

顧向偉內心在激烈地交戰著，隨著時間的流逝，他腦門上的汗珠越來越多。

「好了，時間到了。顧向偉，你現在可以回答我的問題了。」柳擎宇說著，大有直接邁步向外走去的意思。

顧向偉最終做出了決斷：

「柳書記，我交代！我坦白，我給趙金鳳所做的鑑定全都是假的，趙金鳳當時來我們醫院鑑定的時候，其實她的身上沒有任何傷痕。」

顧向偉說完，便把頭深深地垂了下去，他知道，從這一刻起，自己將會在一段時間內失去自由了。但是權衡利弊，還是坦白交代更有利一些。

柳擎宇猛的轉過身來，狠狠一拍桌子說道：「行啊，顧向偉，你膽子夠大的啊，你這是黑白顛倒，助紂為虐啊，你說，你做這件事情的動機是什麼？是趙金鳳一家人給了你錢嗎？」

顧向偉聽到柳擎宇的痛斥，滿臉的歉意和苦澀：

「柳書記，我發誓，我沒有收到趙金鳳一家人任何的金錢，至於其他的醫生到底收沒收，我就不知道了。我之所以要幫趙金鳳他們一家人作偽證，是因為當時我們醫院的副院長，現在的院長毛金斌給我打電話，讓我這樣做的。當時我剛剛被提升為主任，位置還沒有坐穩，而毛院長是我最主要的支持者，所以他的話我不能不聽。」

話說到這裡，柳擎宇已經基本上百分之百肯定姚翠花一家人是冤枉的了。

為了儘快把這個案子搞清楚，給顧向偉錄完口供，並讓他簽字、按手印確認之後，柳擎宇當場給姚劍鋒和秦楓兩人下令：

「你們立刻以最快的速度將東江市第一人民醫院的院長毛金斌帶到這裡來，還是那句話，保密第一，這件事由你們兩人親自去辦，我不希望出現意外。」

就見秦楓臉上露出猶疑之色，顯得有些不安，一副欲言又止的表情。

柳擎宇發現秦楓的狀況，立刻說道：「秦楓同志，你是不是有些顧慮？」

秦楓為難地說：「柳書記，據我所知，毛金斌現在不僅僅是市第一人民醫院的院長，還是衛生局的副局長，以前曾經和嚴副書記共事過。」

柳擎宇擺了擺手，說道：「我不管他到底是什麼身分，他現在屬於我們東江市紀委業務範圍之內的公務人員，我們有權力找他進行談話，不管他身後有什麼背景，站著什麼人，也不管他到底是老虎還是蒼蠅，我們東江市紀委都將按照中央的指示，堅決老虎蒼蠅一起打！這是我們紀委的職責，也是對你們業務能力、工作品德的一種考驗，這也是我們全新紀委考核機制的核心出發點！

「秦楓同志，我可以給你另外一種選擇，那就是不參與此事，你放心，這件事進展到這種程度，你就算不參與後面的工作，按照考核機制的原則，你也不會受到扣分，但是呢，肯定也沒有加分。」

說到這裡，柳擎宇目光落在姚劍鋒的臉上：

「姚劍鋒同志，你如何抉擇？」

姚劍鋒臉上露出嚴肅之色說道：「柳書記，事情現在已經發展到這一步，不管毛金斌有什麼背景，我都會堅決執行您的指示，絕不手軟！」

柳擎宇滿意地點點頭，目光再次落在秦楓的臉上：

「秦楓同志，你呢？」

姚翠花這個案子，秦楓也的確非常不滿，這些年來，他雖然並沒有辦過多少大案要案，但是身為一名老紀委，心中依然充滿了正義感，再被姚劍鋒這麼一刺激，他當即也當機立斷，表態道：「柳書記，我願意和姚副書記一起去完成任務，照您的指示辦事。」

柳擎宇滿意地點點頭，主動伸出手來和姚劍鋒、秦楓握了握，有些激動地說道：

「姚同志，秦同志，我代表東江市紀委感謝你們，也代表姚翠花一家感謝你們，希望你們這一戰能夠**打出我們東江市紀委的威風，打出我們東江市紀委的士氣**，我們要向那些腐敗分子、不把人民群眾利益放在眼中的公務人員宣戰！辛苦你們了！」

姚劍鋒聽到柳擎宇的這番話，心中也有些激動，一個堂堂的紀委書記，能夠說出這樣的話來，這說明柳擎宇心中是多麼希望能夠實實在在地給老百姓辦點事情啊，東江市紀委需要的就是這樣的領導。

秦楓的心中也有些激動。以前他之所以不得不按照嚴衛東的指示辦事，是為了自保，是因為嚴衛東在東江市紀委勢大，而前任紀委書記又有些不著調，他只能沉默應對，現在有可以真正施展自己才華和能力的機會，他也決定拼了！

很快，姚劍鋒和秦楓、曹磊三個人商量了一下行動方案，最終由曹磊親自坐鎮審訊室，暫時繼續對其他醫生展開後續審訊，以便於把整個證據做扎實了，而姚劍鋒和秦楓兩人則帶著兩名紀委工作人員直接趕奔毛金斌的家。

在姚劍鋒他們行動的同時，柳擎宇也沒有閒著，因為顧向偉這個點突破了，但是如果僅僅是憑藉著他的證據，根本無法確定毛金斌的罪責，也根本無法最終確定趙金鳳他們的問題。

不過，突破了顧向偉這一點，趙金鳳那家人那邊審訊起來也就容易多了。

柳擎宇把顧向偉的口供拿過來交給了鄭博方他們這個巡視小組。在鄭博方的主持下，以顧向偉所提供的證據為突破點，很快，趙金鳳、王海平一家人便敗下陣來，交代了他們一家人黑白顛倒，倒打一耙，冤枉姚翠花一家人的事實。

聽完趙金鳳一家人的供述之後，柳擎宇震驚不已。原來，王海平一家人之所以出手這麼狠辣，其根源在於三水村煤礦的利益之爭。

在兩家人發生衝突之前，姚翠花一家人經營著一家私營小煤礦，小日子過得十分紅火，而王海平也同樣經營著一家小煤礦，兩家的煤礦彼此挨著，也曾經發生過彼此開採過界而相互爭吵的事情，只不過以前因為雙方關係不錯，這些事就都揭過去了，但是隨著當時煤炭市場的火爆，煤礦收益日益擴大，兩家人之間的矛盾也就越來越深了。

後來，王海平提出用一百萬收購姚家煤礦的想法，但是被姚家人拒絕。王海平一家人一直對此十分不滿，直到當時姚翠花潑水的時候濺了點泥點子到趙金鳳的身上，雙方矛盾徹底爆發，而王海平一家便以此為藉口，不僅將姚翠花打殘，還通過關係把姚家人全都送到了監獄，並且霸佔了姚家的煤礦。

然而，真正讓柳擎宇震驚的並不是趙金鳳、王海平一家人的處心積慮與陰狠毒辣，而是黑煤鎮煤礦的現狀。

從王家人的供述中可以得知，王海平他們這家煤礦一年的營收能夠達到幾百萬，多的時候甚至高達上千萬元，但是，他們也要為此花費巨額的打點費用。

而與他們類似的小煤礦在黑煤鎮還有很多，據王海平交代，黑煤鎮一年運出的煤炭至少價值好幾億。然而，據柳擎宇所知，黑煤鎮每年的財政收入才不到一百萬！

震驚！

非常震驚！

柳擎宇萬萬沒有想到，在黑煤鎮這個看似波瀾不驚的小鎮竟然存在著如此重大的黑幕！

直到這時候，柳擎宇這才明白為什麼當初自己接手這個案件的時候，孫玉龍反應會那麼大，如果黑煤鎮不存在一些十分敏感的事情，以蘇力強一個小小的鎮政府辦公室副主任，又怎麼可能請得動孫玉龍這個堂堂的縣級市的市委書記親自來給自己打招呼呢！就算是副鎮長趙金龍親自出面也不管用啊！

每年賣煤所得好幾億！每年不到一百萬的財政收入？**賣煤所得的那些錢去哪裡了？**難道黑煤鎮這麼大的產煤量，就不存在一家國有煤礦嗎？

**其中到底存在著怎樣的問題？**

一時之間，柳擎宇心中的震撼無以復加！

不過柳擎宇是個聰明人，在審訊趙金鳳、王海平一家人的時候，他曾經觀察過當時幾個審訊之人的表情，發現趙金鳳等人在提到黑煤鎮與煤礦有關的問題的時候，表情顯得十分自然，似乎這樣的事情他們早已經見怪不怪了。

這樣一來，柳擎宇心中的疑問就更濃了，這黑煤鎮到底存在著怎樣的黑幕！為什麼這麼多人都是這種表情啊。

在這種情況下，柳擎宇並沒有把內心的震撼表現出來，對於巡視小組在詢問的時候也沒有加以干涉，以免自己內心的想法暴露出來，隨後，柳擎宇依然把自己視線的焦點全都集中到了姚翠花一家人冤假錯案上面。

隨著對越來越多供詞的掌握，以及毛金斌被帶回和審訊，姚翠花與王海平一家人矛盾衝突一案的真相逐漸浮出水面。

毛金斌被姚劍鋒等人帶回審訊室之後，由姚劍鋒和秦楓兩人親自負責審訊，在強大的攻心策略面前，在確鑿的證據面前，毛金斌不得不如實交代問題。原來，毛金斌之所以和顧向偉打招呼讓他作假，是遼源市安監局常務副局長馬益平給他打了招呼。

得到這個消息，姚劍鋒、秦楓兩人眉頭全都緊皺起來。

因為身為東江市紀委的中堅力量，兩個人非常清楚遼源市安監局系統對東江市強大的影響力。原因很簡單，東江市是一個產煤大市，轄區內多個鎮都擁有豐富的煤炭資源，黑煤鎮更是其中煤儲量最大、交通最便利、開發程度最高的地區。而煤礦又是最容易出現安全事故的地方，所以，安監局對東江市的影響力是非常之大的。

兩個人商量了一下，沒敢做主，立刻聯繫了柳擎宇。

兩個人來到柳擎宇的臨時辦公室內，把毛金斌所交代的情況向柳擎宇彙報了一遍，彙報完之後，姚劍鋒沉聲說道：

「柳書記，目前這個案件要想繼續進行下去，面臨著三個重大的難題。

「第一，我們只是東江市的一級紀委機關，權力範圍無法影響到遼源市安監局，而且涉案的常務副局長馬益平的級別比我都高，要想把馬益平請到我們東江市來配合調查瞭解情況，恐怕很難實現。

「第二，遼源市安監局對我們東江市的影響力非常大，以前每到逢年過節，咱們東江市的相關領導都會到市安監局去打點送禮，在這種情況下，我們要想請馬益平來配合調查，就是市委領導那一關我們都不一定過得去。

「第三，如果不能把馬益平請過來核實情況，這個案子就不算完美，一旦相關資訊洩露出去，之前已經交代問題的那些人隨時都有翻供的可能，到時候我們就白忙活一場了。」

「柳書記，您看下一步我們應該怎麼做？」

彙報完之後，姚劍鋒和秦楓兩人臉上全都露出凝重之色。

對他們來說，這是一個極其難得的立功機會，他們非常清楚，一旦姚翠花這個案件查實了，他們這個巡視小組肯定會立下頭功的，不過，這一切都是建立在能夠獲得馬益平親口承認曾經給毛金斌打過招呼，讓他幫忙作假的供詞。

柳擎宇也沒有想到，事情竟然出現了這麼重大的變化。

本來在柳擎宇的推斷中，毛金斌應該是受了趙金鳳的哥哥趙金龍的請託才去找顧向偉的，沒有想到這件事竟然是遼源市那邊打的招呼，而且還是安監局的常務副局長直接打的招呼，這事情可就真的有些麻煩了。

柳擎宇從王海平一家人的供述中已經看出了黑煤鎮存在的嚴重問題，

本來是打算暗中查訪一下，低調地進行，但是現在看來，**馬益平這一關是整個案件中一個不可逾越的鴻溝**，如果不跨過這道鴻溝，這個案子要想完美收官恐怕很難，甚至有功敗垂成的可能。

這可不是柳擎宇願意看到的，但是如果真的動了馬益平，那麼這件事勢必會驚動很多人，下一步自己要想暗中調查黑煤鎮的煤礦問題就很難了。

因為很多**貪官的嗅覺是非常敏銳的**，警惕性非常高，一旦被他們察覺自己打算對黑煤鎮動手，那麼自己在這件事上將會遇到非常大的阻力。

這一點，就算是用腳趾頭柳擎宇也能想出來，畢竟，一個年產值幾億的煤炭大鎮每年只有不到一百萬的財政收入，怎麼說也說不過去啊！這裡面要是沒有存在巨大的利益關係網才是咄咄怪事呢！

一時間，柳擎宇猶豫起來。

不過，柳擎宇的猶豫只是那麼一瞬間而已，當想起姚翠花在濛濛細雨中穿著單薄的衣衫瑟瑟發抖，用沒有牙的嘴費力啃窩窩頭的場景，柳擎宇的心便一陣陣疼痛。

姚家人真是太可憐，太慘了，這個冤假錯案馬上就可以真相大白了，這個時候，自己需要考慮的並不是工作上是否便利，而是能不能真正為姚翠花一家人平反，要知道，姚家人已經冤枉地被關入監獄四年了！

人生撐死百年，四年的時間對於一個人來說是多麼寶貴啊！如果自己再不能給姚家人平反的話，那麼他這個紀委書記還算是合格的紀委書記嗎？

想到這裡，柳擎宇狠狠一拍桌子，說道：「我們必須把馬益平請來配合我們調查！」

秦楓苦笑道：「柳書記，我們怎麼請？這事恐怕得市委出面吧？」

柳擎宇搖搖頭：「從你們所分析的情況來看，如果這事真請市委出面的話，我估計很有可能不了了之，甚至會影響到這個案子的進展情況，甚至引起其他人翻供。我們必須悄悄進行，同時，還必須請夠大的佛來為我們站臺。」

姚劍鋒聽柳擎宇這樣說，心中一動，猜測道：「柳書記，難道您要請遼源市紀委的人幫忙？」

柳擎宇評估道：「遼源市紀委方面我還真不認識什麼人，不過，這件案子是省紀委的領導親自交代我辦理的，我想向省紀委的領導申請一下支援。」

姚劍鋒和秦楓聽了，眼中都露出興奮之色。

他們選擇跟著柳擎宇做這件事，最擔心的就是柳擎宇半途而廢，那樣的話，他們在柳擎宇這邊既得不到什麼好，又得罪了嚴衛東，可說是得不償失，現在聽柳擎宇說省紀委那邊有人可以幫忙，這說明柳擎宇很有人脈啊，如果柳擎宇真的能把這件事翻盤了，代表柳擎宇的能力和人脈都夠強，跟著這樣的領導幹是絕對不會錯的。

柳擎宇走出房間，到了一個單獨的房間，給省紀委書記韓儒超打了個電話，把有關馬益平的情形向韓儒超報告，韓儒超聽到彙報後大吃一驚。

他雖然知道柳擎宇的能力不凡，卻沒有想到柳擎宇短短一天就把案件查辦到如此程度；也就是說，柳擎宇僅僅是憑藉現有掌握的證據便推翻了之前數個不同層級調查小組的調查結論，這種辦案能力絕對是神人級的水準了。

韓儒超很滿意地說道：「好，既然涉及遼源市安監局的常務副局長，這件事的確已經超出了你們東江市紀委的能力範圍，正好這件案子我也非常感興趣，我立刻派人把馬益平帶到省紀委來跟他談一談，你把各種資料的電子版給我發一份過來。」

「好的，我馬上給您發過去。」柳擎宇說著，便把早就存在手機記憶體的資料發給了韓儒超，然後開始等待起來。

就在他等待省紀委那邊回覆的消息時，孫玉龍的電話突然打了進來，柳擎宇不禁一愣：這麼晚了，孫玉龍給自己打電話做什麼？

雖然他對孫玉龍的目的充滿了質疑，但是身為下屬，孫玉龍的電話，柳擎宇還是立刻接通了。

「柳同志啊，聽說你還沒有休息，仍然在忙姚翠花那件案子啊，怎麼樣？案件有進展沒有？要不要我派些人去幫你？柳同志，不是我說你，就算是你真心想要為老百姓做事，也要注意身體啊，萬一你累壞了，省領導肯定會把板子打到我這個班長的身上的，到時候我可吃罪不起啊！」

孫玉龍的聲音中似乎充滿了關心。

然而，柳擎宇怎麼可能聽不出孫玉龍的真實用意呢，孫玉龍這明顯是在刺探情報。

而且孫玉龍這一手很高明，表面上打著關心自己的旗號，自己找不出任何的毛病。

如果自己說還沒有辦完這件案子，那麼孫玉龍肯定會以幫助自己為由往自己身邊塞人，那樣一來，整個案件的進展情況很有可能洩露，甚至因此而功敗垂成；但是，如果說這件案子已經快要到尾聲了，那麼孫玉龍得知這個情況後，又會讓案子多出許多變數，畢竟，對孫玉龍的人脈和能力柳擎宇還是有些忌憚的。

怎麼回答呢？一時之間，柳擎宇還真有些為難。

就在這時，柳擎宇突然計上心頭，聲音中充滿了歉意，說道：

「哎呀，孫書記，真是不好意思，我手機快要沒電了，您稍等一下，我去借個手機，等下再給您回電。」

說完，柳擎宇便把手機關機了。

柳擎宇嘴角露出一絲得意的微笑：「嘿嘿，孫玉龍啊孫玉龍，想要讓我柳擎宇陷入兩難，給我設下神仙局（**編按：意指事件中出現了以常理無法判斷到的變數，從而導致連神仙也無法預判的局面。**）？你以為我柳擎宇是吃素的啊！」

柳擎宇對旁邊的姚劍鋒和秦楓說道：「你們回去繼續在辦公套間內等著，記住，不許任何人以任何理由出房間，也絕不允許除了我以外的任何人進去，一定要確保消息一點都漏不出去，否則的話，我們很有可能功虧一簣。」

姚劍鋒和秦楓也意識到他們辦理的這個案件的敏感性，身為東江市的老人，他們對孫玉龍的了解度自然心知肚明，尤其是聽到孫玉龍剛才的那番話後，他們都深刻地感受到整個巡視小組所面臨的嚴峻形勢，**他們現在只有一條出路，那就是儘快落實證據，把這個案子辦成鐵案**，到那個時候，誰也無法再翻案了！

等兩人離去後，柳擎宇又分別找到了鄭博方和葉建群，再次把保密條例向兩人重申了一遍。

電話那頭，孫玉龍正在焦急地等待著。

他透過手下得知柳擎宇所採取的一連串動作，並且得知趙金鳳、王海平一家和院長毛金斌都被巡視小組人員帶到了新源大酒店，孫玉龍眉頭便緊緊地皺了起來。

此刻，在孫玉龍身邊，黑煤鎮鎮委書記于慶生以及趙金鳳的哥哥、黑煤鎮的副鎮長、那位曾經帶蘇力強前往東江市接訪的領導趙金龍，都滿臉焦慮地在孫玉龍身邊關心著事件最新的進展。

等了好一會兒，見孫玉龍的手機依然沒有響起柳擎宇的回電，趙金龍有些等不及了，心急地說道：「孫書記，我們必須趕快瞭解到柳擎宇那邊的情況啊，萬一這件案子的真相真的被柳擎宇查出來，說實在的，我妹妹和妹夫的事倒是小事，我擔心的是萬一柳擎宇順藤摸瓜找過來，找我們黑煤鎮的麻煩，這事情可就不好辦了。」

孫玉龍聽了，臉色越發難看起來。

他剛才給柳擎宇打電話的時候還信心滿滿的，他自認在自己用話所設下的圈套面前，柳擎宇根本就沒有托詞，他只能選擇A或B，然而，他沒有想到柳擎宇如此狡猾、採用了關機這種最簡單的手段。

如此一來，孫玉龍徹底鬱悶了，因為他現在徹底和柳擎宇失去了聯繫。

從于慶生和趙金龍兩人的表現來看，王海平一家人雖然是小得不能再小的嘍囉，但是似乎牽扯很多啊，否則于慶生這個堂堂的市委常委、黑煤鎮鎮委書記也沒有必要連夜趕到東江市來找自己了。

如果說這件事只是涉及趙金龍的妹妹和妹夫，趙金龍不過是個普通的副鎮長，他連關注的心思都沒有，直接交給手下去處理就好了，畢竟自己怎麼也是堂堂的東江市市委書記，身分地位和趙金龍相比，差得不是一點半點，自己沒有必要如此紆尊降貴。

問題在於，黑煤鎮不同於一般的鎮，這裡是產煤大鎮，裡面有著錯綜複雜的利益關係，不僅關係到自己和東江市一眾嫡系人馬的利益，還關係到遼源市一些核心關係網的利益。

可以說，**黑煤鎮是整個盤根錯節的利益關係網的核心**，是絕對不容有失的。

趙金龍獻計說：「孫書記，要不我們派人直接去新源大酒店找柳擎宇，至少我們得深入瞭解一下柳擎宇他們那邊的進展如何啊。」

然而，孫玉龍卻搖頭反對道：「不行，絕對不行，不管怎麼說，柳擎宇畢竟是市委常委、紀委書記，我是絕對不能強行干涉紀委的行動的，否則，以柳擎宇的個性，絕對會拿這個問題來做文章。這樣做絕對不行。」

房間內一下子陷入了沉默。

就在這時候，房門被敲響了，趙金龍一皺眉頭，透過貓眼向外看了看，發現是嚴衛東，這才打開房門。

孫玉龍立刻看向嚴衛東，問道：「老嚴，你那邊聯繫得怎麼樣了？秦楓、桑斌他們那些人有消息沒有？」

嚴衛東眉頭緊鎖道：「沒有！不僅他們沒有消息，現在三個巡視小組所有負責人和辦案人員全部失去了聯繫，撥打他們的電話全部顯示關機。我懷疑柳擎宇對所有辦案人員都實施了資訊管制隔離。我和其他非三大巡視小組成員的紀委常委完全被蒙在鼓裡，是在得到您的電話後才知道這件事的，看來，柳擎宇這次是下定決心要在姚翠花　案中大動干戈了。」

聽到嚴衛東這樣說，孫玉龍、于慶生、趙金龍三人的臉色更加難看了。

尤其是孫玉龍，納悶不已地說：「老嚴，柳擎宇以前不是沒有在紀委系統幹過嗎？怎麼能夠把工作做得這麼仔細？照你的估計，柳擎宇在姚翠花這件案子上，一天時間內大概能辦到什麼程度？」

嚴衛東面色嚴峻地說：「孫書記，這個還真不好推測，我只能說，千萬不能低估柳擎宇的能力，從我之前和他的交手來看，這個人雖然年輕，但是做事極有章法，膽子特別大，而且往往會使出出人意料的招式。

「從目前我掌握的情況來看，凡是與這件案子有牽連的人，幾乎都被帶進了新源大酒店。如果柳擎宇他們真的下決心去審訊的話，恐怕一天的時間足以掌握不少關鍵口供；如果是我來操作的話，最遲明天中午，我就可以把整個案件搞個水落石出。」

聽了嚴衛東的話後，趙金龍可急眼了：「孫書記，我們不能再等了啊，如果再等下去，我們黑煤鎮的事真的有暴露的可能啊！」

孫玉龍這次沒有吭聲，內心在盤算著。

這時，黑煤鎮鎮委書記于慶生突然說道：「孫書記，我看這件事我們不能再按兵不動了，哪怕柳擎宇真的把這個案子搞清楚了，我們至少也得用事實來告訴柳擎宇，不要小看了我們的力量。」

孫玉龍目光看向于慶生，說道：「哦？老于，難道你有什麼好的辦法不成？」

于慶生點點頭道：「嗯，辦法倒是說不上好，但是我感覺是可行的。」

嚴衛東立刻催促道：「于書記，你就別賣關子了，到底是什麼辦法，說來聽聽。」

于慶生知道嚴衛東是個急性子的人，也不生氣，便笑道：

「最近南方東莞那邊掃黃打非不是進行得如火如荼嗎？這對我們東江市來說也是一個很好的啟示啊，我們東江市自然也該響應國家的號召，進行掃黃打非，締一切涉黃、涉黑的酒店，所以可以以此為由，對東江市各大賓館、酒店進行抽查。新源大酒店身為東江市五星級大酒店的魁首，當然應該以身作則，我們對新源大酒店進行抽查也在情理之中嘛！」

聽到于慶生的辦法，孫玉龍點點頭道：「嗯，我看行，就這麼辦吧！」

于慶生這邊計畫剛剛確定不到二十分鐘，一隊由公安、紀委、市委、市政府組成的二十多人的聯合檢查執法小組，便浩浩蕩蕩地開進了新源大酒店。

進門後，聯合執法小組立刻兵分三路，一路來到酒店櫃臺，對登記入住的客人進行身分盤查，另外兩路則伺機行動，隨機臨檢。

此刻，柳擎宇和姚劍鋒、鄭博方、葉建群四人坐在柳擎宇的臨時辦公室內，一邊討論著案情，一邊在等待著省紀委那邊的結果。

當三個巡視小組的組長到達柳擎宇辦公室的時候，都暗暗吃了一驚。因為他們只知道自己這個小組在行動，卻不知道柳擎宇一下子把三個巡視小組都調動起來了。

隨著四個人的討論不斷深入，整個案情已經徹底明瞭，現在只差遼源市安監局常務副局長馬益平的口供了。

就在這時候，柳擎宇的手機突然響了起來。看到電話號碼，柳擎宇不由得一愣，電話是新源大酒店總經理周志林打來的。

柳擎宇早就和周志林交代過，自己在新源大酒店有重大行動，如果沒有重大事情，不能打擾自己和他所訂兩個套間。對方卻在這個時候打電話來，這說明有事啊。

柳擎宇立刻接通電話：「周總，有事嗎？」

周志林有些焦急地說道：「柳書記，剛剛有一個由市委、市政府、公安、紀委等部門組成的聯合檢查執法小組，要對我們新源大酒店進行檢查，他們來了二十多人，我立刻向其他酒店進行瞭解，得知只有幾家酒店接受了檢查，而且其他酒店的檢查人數最多才三個，我們酒店卻來了二十多人，我琢磨著這些人是不是衝著您來的啊？」

柳擎宇聽了，點點頭說道：「嗯，這件事我知道了，他們要檢查就讓他們檢查吧，你不用刻意阻攔，畢竟現在是非常時期，他們檢查的理由也很充分，只要你們做到守法經營就成。」

周志林得到指示後，掛斷了電話。

柳擎宇臉上露出凝重之色。他不是傻瓜，這個什麼小組早不檢查晚不檢查，偏偏這時候來檢查，還是針對新源大酒店，那麼目的就不單純了，就像周志林所分析的，**很明顯是在針對自己啊**。

其他三個巡視小組的組長聽到後，臉色也顯得十分嚴峻。

他們三人，除了鄭博方，都是東江市紀委的老人了，對東江市的局勢非常清楚，知道東江市的諸多內幕，心中便開始盤算起來。

到了這個時候，不管他們願不願意，都被柳擎宇暫時綁到了一艘船上，他們眼前只能選擇站到柳擎宇這條船上來，否則的話，一旦這件事情失敗了，姚翠花背後的那些人是絕對不會放過他們的。

除非他們能夠想辦法向外面傳遞消息，表明決心。但是問題是，柳擎宇現在可是紀委書記、市委常委，在紀委這一畝三分地上，一般人要想挑戰他的權威，還是很難的。

更何況通過這次的案件，三人也已經發現柳擎宇這個人並不簡單，從種種跡象來看，柳擎宇的靠山很有可能是省紀委書記，那是什麼人啊，那可是東江市的鐵面包公，廳處級官員殺手，抓起腐敗分子來，一抓一個準。

當然，這還不是三人猶豫的原因，巡視小組組長這個位置才是其中的關鍵，現在形勢已經越發明顯了，東江市紀委已經成為省紀委新的考核機制的試行點部門，那麼接下來在考核、操作的過程中，柳擎宇這個規則的制定者自然握有相當大的主動權。很顯然，巡視小組的組長很有可能會成為紀委以後工作中的實權領導，尤其是現在三大關鍵科室已經被三個巡視小組組長暫時掌控，至於什麼時候巡視小組撤銷、什麼時候三大科室重回原來的主管領導麾下，這就得看柳擎宇的意思了。

柳擎宇願意讓三大關鍵科室重回原來領導手中嗎？絕對是不可能的！因為原來主管的領導全都是嚴衛東那邊的人馬，柳擎宇既然用巡視小組的形式重新主導了領導的分工權重，怎麼可能再放虎歸山。

而三人也在這個案件的辦理中逐漸發現，其實，雖然三大紀委科室的主任們之前是嚴衛東的人，但是從目前他們的表現來看，他們能力都是非常強的，並沒有因為柳擎宇的強行介入而產生特別激烈的抵制。

也就是說，他們三人依然有逐漸掌控這三大科室的權力，那麼以後，他們很有可能成為柳擎宇身後的三位巨頭，嚴衛東雖然是常務副局長，但是由於不是巡視小組的成員，以後除了紀委內部的工作以外，凡是涉及辦案，柳擎宇很有可能直接讓三大巡視小組出面，如此一來，嚴衛東這個常務副局長基本上處於被架空狀態了。

以三人的智商，自然不難想明白其中的種種問題，所以，三人此時此刻全都陷入了猶豫之中。

當然了，和其他兩人的猶豫不同，鄭博方的猶豫是裝出來的。

時間，一分一秒地過去。

辦公室內的氛圍卻越來越緊張。因為四個人都可以通過室內的液晶大螢幕看到周志林讓工作人員即時轉切過來的整座大樓的監控畫面，很清楚地看到執法小組正在向樓上推進。

現在他們已經到達八樓了，距離位於十三樓的一三〇八號房只有五個樓層的距離，按照目前的進度，恐怕不到二十分鐘就會到十三樓了，那時，柳擎宇費盡心血部署的辦公地點將會曝光，最重要的是，一旦執法小組到了一三〇八號房，那麼姚翠花一案的相關人員便等於接到了暗示，很有可能立刻更改供詞，這樣案情要想繼續調查下去，難度之大將會增加數倍。

姚劍鋒自告奮勇地說：「柳書記，要不我下去一趟吧，我應該可以拖延一段時間。」關鍵時刻，姚劍鋒毫不猶豫地選擇站隊了。他用實際行動表明了他的立場，決定和柳擎宇站在同一陣營，站在了正義的一方。

葉建群沒有說話，但是心中卻有所觸動。

他是前任紀委書記的嫡系人馬，在嚴衛東那邊並不討好，而且嚴衛東一直想收拾他，對柳擎宇伸出來的橄欖枝他心知肚明，但是他也擔心柳擎宇會像前任領導一樣黯然離場，那樣的話，嚴衛東一派絕不會再放過自己了。

柳擎宇目光落在葉建群的臉上，問道：「葉同志，目前的情況下，你有沒有什麼好的意見？」

柳擎宇自然看出了葉建群的猶豫，眼前形勢雖然危急，但對他來說也是轉機，他要利用這個機會來確定自己所挑的這三個小組組長是否會向自己靠攏，所以，他這番話也是在逼著葉建群站隊，以便於他安排下一步的棋局。

葉建群聽到柳擎宇的詢問，臉上露出苦澀，他自然明白柳擎宇的真正意圖。

「我該如何抉擇呢？」葉建群在心中一遍一遍地問自己。

看到葉建群在猶豫，柳擎宇並沒有催他，而是默默地低頭看著手錶，看著秒針的跳動。

葉建群雖然在猶豫，但是他眼角的餘光也在觀察著柳擎宇。

到了他們這種級別，做事都是十分注重細節的，隨著時間一秒一秒地過去，柳擎宇的臉色越來越暗沉，他知道柳擎宇留給自己思考的時間不多了。

也許到了柳擎宇預設的時間，自己還不表態，柳擎宇也不會說什麼，但是心中絕對會將自己歸入到非靠攏陣營。如果沒有了柳擎宇的支持，自己靠攏嚴衛東，會有好的結果嗎？

這個想法剛出現，便被葉建群直接掐滅了。

葉建群是一個十分明智之人，他非常清楚，嚴衛東他們那種瘋狂的舉動很難善終，畢竟現在國家法制越來越健全，中央的反腐力度越來越大，而且出手也越來越嚴，在這種大環境之下，瘋狂的貪腐只能換來一個結果，那就是被雙規！

而葉建群即便是在前任領導在任之時，除了選擇站隊自保以外，在工作中沒有做過任何貪腐之事，只是默默地把自己職責範圍內的事情做好而已，現在，又到了站隊的時候了，自己能不站隊嗎？

突然，葉建群眼角的餘光發現柳擎宇已經放下了手錶，目光向自己看了過來。葉建群知道柳擎宇留給自己思考的時間到了，這時候也終於下定了決心：

「柳書記，我和姚劍鋒同志一起去下面拖延一下時間吧，我認為目前也只有這個辦法可行了。」

柳擎宇點點頭：「好，那你們去吧。」

姚劍鋒和葉建群對視了一眼，隨即向外面走去。

與此同時，柳擎宇看向鄭博方，問道：「鄭博方同志，你有沒有什麼好的建議呢？」

鄭博方沉聲道：「柳書記，這樣吧，我先去我負責的那個套間內看看，穩住人家的情緒，確保內部不出亂子。」

「嗯，那好吧，你去吧。」柳擎宇揮了揮手，鄭博方隨即跟在葉建群和姚劍鋒兩人的身後向外走去。

姚劍鋒和葉建群都愣了一下，十分意外鄭博方竟然沒有向柳擎宇靠攏的意思，不過他們也沒有太過在意，因為鄭博方過來的時間畢竟才兩個多月，很多事情可能根本沒有弄清楚，如何選擇，那是鄭博方的事。

鄭博方此刻的心情和姚劍鋒、葉建群兩人完全不同，他對柳擎宇的淡定充滿了欽佩，都到這個十萬火急的時候了，柳擎宇居然還有心情讓葉建群去選擇站隊，而且柳擎宇成功了，並且當著兩人的面和自己再次演了一場戲，讓兩人誤認自己有向嚴衛東靠攏的意思。

如此一來，不管今後兩人是有意也好，無意也好，便會流露出自己真正的意向，如此一來，自己這個臥底的工作將會做得更加輕鬆。

突然，柳擎宇的手機響了起來，柳擎宇接通電話，和對方聊了兩句後，放下電話，對已經走到門口外面的葉建群和姚劍鋒、鄭博方大聲說道：「三位請留步。」

一邊說著，柳擎宇一邊邁步走出房門，衝三人招了招手，三人都是一愣，停住腳步看向柳擎宇。

三人意識到情況有變，又全都再次回到房間。

柳擎宇笑著看向三人說道：

「好了，省紀委的工作效率相當之高，我剛接到省紀委韓書記的電話，省紀委已經拿到了馬益平的口供，馬益平親口承認他給東江市第一人民醫院院長毛金斌打電話，讓他幫自己的連襟王海平一家人在傷殘鑑定上行個方便。毛金斌便指示下面的主任顧向偉操作此事。而馬益平之所以要幫王海平一家人，原因非常簡單，那就是馬益平的妻子和王海平的妻子是關係非常好的姐妹，馬益平和王海平是連襟。」

柳擎宇說完，眾人這才恍然大悟，而整件事情到了這個時候，一切都真相大白了。

柳擎宇把省紀委傳真過來的馬益平的口供資料整理好之後，交給三人，讓他們分別再次前往各自負責的套間進行核實。

因為之前眾人已經全部交代了，此刻看到連馬益平都招供了，也不得不簽字，按上手印。事情到此，完美收官。

然而，當柳擎宇拿到所有資料之後，他臉上流露出來的並不是輕鬆，更是沉重。

雖然姚翠花一案已經真相大白，誰也無法再翻案了，但是馬益平為什麼會為王海平一家人出面？這麼小的一件事情，按理說，僅僅靠趙金鳳的哥哥趙金龍一個人的力量便可以擺平了，完全沒有必要由馬益平來出面。

但是馬益平卻出面了，這說明了什麼？

根據柳擎宇的分析，有兩種可能，第一，馬益平身為安監局常務副局長，對這件事情關心，很有可能因為涉及他的利益。否則一般的官員遇到這種事，躲還來不及呢，誰願意牽扯到裡面？

第二，趙金龍為什麼沒有出面？他可以不出面嗎？趙金鳳可是他的親妹妹啊，但是在各方證詞中，誰也沒有提到趙金龍，這又是為什麼？是有意庇護，還是趙金龍真的沒有幫忙？

此刻，這兩個問題一直在柳擎宇的腦海中盤旋。

不過，柳擎宇的思考並沒有能持續多久，因為這時候，通過監控系統，姚劍鋒發現執法小組已經來到十一樓，還有兩層就到達十三樓了。

「柳書記，您看執法小組已經到十一樓了，我們必須想想辦法啊。」姚劍鋒急道。

柳擎宇淡淡說道：「好，既然有些人把目標對準了我們，那我們就主動出擊吧。三位組長，你們立刻帶領著各自巡視小組的成員，將所有涉案人員先送回我們紀委，到單位後，按照紀委和國家的法律以及相關流程，這批涉案人員，該移交司法機關的移交司法機關，該雙規的雙規，對其他涉案人員，按照程序，該通知的通知，該處理的處理。我立刻向上級彙報這件事。」

聽到柳擎宇的安排，三人便趕緊按照柳擎宇的指示，帶著所有涉案人員直接乘坐電梯下去。

當他們來到酒店大廳的時候，正巧遇到以嚴衛東為首的執法隊伍的人員，他們正在大廳等待著其他行動小組的行動結果。

嚴衛東看到三個巡視小組組長竟然帶著那麼多人一起走下來的時候，也不禁一愣，不過很快他立刻調整過來，笑著看向葉建群三人說道：「哎喲，老葉，老姚，老鄭，真沒有想到竟然在這裡碰到你們啊，你們興師動眾地帶著這麼多人，這是要做什麼啊？」

葉建群笑著說道：「嚴書記，我們是按照柳書記的指示，搞定了一起冤假錯案，現在要帶所有涉案人員回咱們紀委，倒是你在這兒做什麼？」

嚴衛東皮笑肉不笑地說：「我啊，我是奉了市委的指示，帶隊對全市的五星級酒店進行臨檢。老葉，你那邊是什麼案子啊？怎麼搞得這麼神秘？結果都出來了嗎？」

這時，一旁的姚劍鋒突然插口說道：「嚴書記，不好意思啊，我們這邊時間緊迫，得趕快回去處理和彙報，所以就先不和你聊了。老葉，咱們走吧。」

葉建群聽到姚劍鋒的提醒，意識到嚴衛東的存在是個巨大的變數，所以忙向嚴衛東告辭，帶著人趕回了市紀委。

等姚劍鋒他們離開後，行動小組的副手、市委辦副主任劉岩看向嚴衛東，低聲問道：「嚴書記，我們的執法小組還繼續檢查嗎？」

嚴衛東臉色陰沉著說道：「不用了，讓他們撤吧，看來那些人都交代清楚了，不然他們不可能現在就離開，我得立刻向孫書記彙報一下。」

嚴衛東說完，便拿出手機立刻給孫玉龍打了個電話，而一旁的劉岩則立刻下令讓執法隊伍撤退。

請續看《權力巔峰》8 移花接木

# 權力巔峰 卷7 雷霆專案

作者：夢入洪荒
發行人：陳曉林
出版所：風雲時代出版股份有限公司
地址：10576台北市民生東路五段178號7樓之3
電話：(02) 2756-0949
傳真：(02) 2765-3799
執行主編：朱墨菲
美術設計：吳宗潔
行銷企劃：林安莉
業務總監：張瑋鳳

初版日期：2020年2月
版權授權：蔡雷平
ISBN：978-986-352-786-2
風雲書網：http://www.eastbooks.com.tw
官方部落格：http://eastbooks.pixnet.net/blog
Facebook：http://www.facebook.com/h7560949
E-mail：h7560949@ms15.hinet.net
劃撥帳號：12043291
戶名：風雲時代出版股份有限公司

風雲發行所：33373桃園市龜山區公西村2鄰復興街304巷96號
電話：(03) 318-1378
傳真：(03) 318-1378
法律顧問：永然法律事務所 李永然律師
北辰著作權事務所 蕭雄淋律師

行政院新聞局局版台業字第3595號 營利事業統一編號22759935


定價：270元 

國家圖書館出版品預行編目資料

權力巔峰 / 夢入洪荒著. -- 初版. -- 臺北市：風雲時代, 2020.01- 冊； 公分

ISBN 978-986-352-786-2（第7冊：平裝）--

857.7 108020333